Sonja Rudorf
Alleingang

Sonja Rudorf

Alleingang

Frankfurt-Krimi

Die Autorin dankt dem Hessischen Ministerium für Wissenschaft und Kunst für die Unterstützung an diesem Buch.

Alle Rechte vorbehalten • Societäts-Verlag
© 2016 Frankfurter Societäts-Medien GmbH
Satz: Julia Desch, Societäts-Verlag
Umschlaggestaltung: Julia Desch, Societäts-Verlag
Umschlagabbildung: © BorisBlocksberg / photocase.de
Druck und Verarbeitung: CPI books GmbH, Leck
Printed in Germany 2016

ISBN 978-3-95542-216-5

Für Dieter Kuczka

Prolog

Kann man an Dunkelheit ersticken? Rechte Hand ist taub. Vielleicht war alles nur ein böser Traum. Die Hitze, sein Blick. Sein Blick? Dich sieht niemand, weißt du doch. Du bist ein Nichts. Unsichtbar. Warum hat dieser Typ gelächelt? Menschen wie er denken, sie können nicht verlieren. Du hättest nicht rennen sollen. Nie mehr rennen. Aber dieses Pochen an der Halsschlagader. Kann einen verrückt machen. Die wollen, dass du aufgibst. Kaputtgehst. Treibjagd, bis du von innen explodierst. Jetzt nicht durchdrehen! Raus aus dem Bett. Barfuß durchs Wohnzimmer. Tür auf. Der Garten. Luft. Endlich Luft!

Erster Teil

1 Die Nacht war warm und windstill, selbst am Mainufer regte sich kein Lufthauch. Dunkel zog der Fluss an den Menschen vorbei. Auf seiner Oberfläche schaukelten sanft die Lichter der Brücke, auch die Türme der Skyline spiegelten sich darin. Eine Melange aus Sehnsucht und Melancholie, so hatte Frau Keun in der letzten Sitzung das nächtliche Frankfurt beschrieben. Dabei pulsierte hier das Leben. Auf dem Rasenstreifen am Fluss saßen junge Menschen um eine Shisha, Weinflaschen machten die Runde, daneben lagen Pärchen und hörten Musik. Rufe, Gelächter. Von fern Technobeats aus einem Wagen, der vermutlich mit offenem Verdeck durch die Stadt raste. In all dem lag eine Spur Vergänglichkeit.

Unwillkürlich wandte Jona ihren Blick zu den orange angestrahlten, historischen Villen auf der Sachsenhäuser Seite. Frau Keun hatte am Nachmittag in der Praxis ihre Verlorenheit derart plastisch beschrieben. Das Mainufer, Menschen, Lichter, alles einzeln und unverbunden, hörte sie die junge Patientin sagen, man selbst nicht bedeutungsvoller als eine der Mücken, die im Kegel der Laterne das Licht umschwirren. Jona versuchte, die Erinnerung an die Patientin abzuschütteln, die zu jeder Sitzung ihre deprimierenden Gedichte mitbrachte und oft welche vorlas. Sie beschleunigte ihre Schritte in Richtung Brücke, an deren Pfeiler ihre Vespa stand. In den letzten Wochen hatte sie sich eindeutig übernommen und die Patienten zu nah an sich herangelassen. Aber jetzt hatte sie Urlaub. Seit genau fünf Stunden. Diesmal würde sie auf keinen Fall Anrufe auf ihre Privatnummer weiterleiten lassen. Sie musste das Band in der

Praxis neu besprechen und auf Alexander oder den psychologischen Notdienst verweisen.

Am besten sofort!

Die Praxis lag in einem Bürogebäude an der Zeil. Jonas Blick wanderte über die Fußgängerzone und dann zu dem beleuchteten Fenster im zweiten Stock. Seltsam, dass ihr Kollege nachts arbeitete. Während sie durch das verlassene Treppenhaus nach oben lief, empfand sie Beklommenheit, die erst nachließ, als sie in den Flur ihrer Praxis trat. Der Sandsteinbrunnen im Wartebereich plätscherte, in der Küche brannte Licht. Sie rief „Ich bin's", erhielt aber keine Antwort. Vermutlich saß Alexander an seinem Eichensekretär und studierte Patientenakten. Sein Zimmer wirkte wie die Kopie von Freuds Interieur. Er war nicht nur charmant und fleißig, sondern auch eitel. Sie lauschte. Nichts. Er musste wirklich in seine Arbeit versunken sein. Aber einen Drink würde er ihr nicht abschlagen. Sie klopfte an seine Zimmertür und drückte, als sich nichts rührte, zögernd die Klinke hinunter.

Die Schreibtischlampe warf einen gelben Lichtkegel auf eine Ginflasche und ein halbvolles Glas. Erst als ihr Blick auf das Teppichstück hinter dem Schreibtisch fiel, entdeckte sie ihn. Er lag auf der Seite, Beine angewinkelt, den Arm um ein Stuhlbein geschlungen, wie zum Schlaf, und am Kopf…

Wie von fern hörte sie den Schrei, der sich aus ihrer Kehle löste. Sekunden später kniete sie vor dem reglosen Körper, ohne den Blick von der kleinen, tiefroten Lache wenden zu können, in der der Kopf ihres Mitarbeiters lag. Der schwache Puls am Handgelenk verriet ihr, dass er lebte. Sie wählte die Nummer des Notdienstes. Ein Überfall auf meinen Kollegen, hörte sie sich sagen. Ja, er lebte, nein, er war nicht bei Bewusstsein. Nein, sie konnte die Verletzungen nicht abschätzen, eine Kopfwunde, viel Blut, er lag auf der Seite. Keine Erstickungsgefahr. 15 Minuten? Wie ein Massiv ragte der Eichholzschrank vor ihr auf. Sie unterdrückte einen Fluch und hörte, wie es in der Leitung klickte. Wieder schloss die Stille sie in ihren Kokon ein. Das Fitnesscenter zwei Stockwerke über ihr war längst geschlossen. Gut möglich, dass sie und Alexander die Einzigen in dem ganzen Gebäude waren.

Hör nicht auf zu atmen, flüsterte sie, während sie sein fein geschnittenes Gesicht betrachtete. Im Profil sah es noch hübscher aus, die hauchdünnen Linien um den Mund verliehen ihm etwas Vornehmes, selbst die verblasste Narbe zwischen Nase und Mund wirkte wie gemalt.

Sie konnte sich noch gut an den Moment ihrer ersten Begegnung erinnern, an das entwaffnende Lächeln, als er ihr im Türrahmen die Hand entgegengestreckt hatte. Der erste Mann, der im taubengrauen Anzug nicht spießig wirkte, und der sowohl ihre ungewöhnliche Größe als auch ihre farbenfrohe Kleidung unkommentiert ließ. Er hatte gelacht, als sie die Espressotasse neben den Rost der Maschine stellte, und das Küchenkrepp von der Wandrolle gezogen, als sei er in diesen Räumen bereits zu Hause.

Charisma, Offenheit, Selbstbewusstsein; ein Glücksfall. Nicht lange, und ihre Zusammenarbeit war besiegelt gewesen. Und jetzt? Panik überkam sie. Noch immer war sein Puls kaum zu spüren. Im schlimmsten Fall bliebe ihr nur die Herzdruckmassage. Den Erste-Hilfe-Kurs hatte sie erst letztes Jahr aufgefrischt. Aber hier, alleine und ohne Anleitung, wo es auf Leben und Tod ging ...

Sie erschrak, als es klingelte, und stürzte gleich darauf erleichtert zur Tür.

Im Treppenhaus stand ein Mann um die 40 in Jeans und blütenweißem Hemd und hielt ihr seine Dienstmarke entgegen.

„Kommissar? Wieso Kripo?" Sie hörte, wie sich ihre Stimme überschlug. „Verdammt, wir brauchen einen Arzt, dringend."

Ihr Gegenüber lächelte freundlich.

„Ulf Steiner. Und Sie sind?"

„Jona Hagen. Entschuldigung. Aber ein Arzt..."

„...kommt gleich. Ich war nur gerade im Präsidium um die Ecke. Wo liegt er denn?"

Jona führte den Kommissar durch den Flur und blieb an der Türschwelle zum Arbeitszimmer ihres Kollegen stehen. Bei dem Gedanken, dass er unbemerkt gestorben sein könnte, wurde ihr schlecht. Hinter dem Schreibtisch zog sich Ulf Steiner Handschuhe über und ging vor dem Liegenden in die Hocke. Wie im Krimi, dachte sie. Aber das hier war kein verdammter Krimi, das war echt. Die schrille Sirene eines Martinshorns zerriss die Stille. Wie betäubt lief sie zur Tür, drückte den Summer, bevor die Klingel ging und lauschte reglos ins Treppenhaus nach heraneilenden Schritten. Es schien eine Ewigkeit zu dauern, bis zwei Rettungssanitäter mit einer Trage vor ihrer Tür standen.

Als sich die Männer kurz darauf über Alexander beugten, suchte sie in der kleinen Praxisküche Zuflucht. Vor dem Fenster zuckten die blauen Lichtblitze des Rettungswagens durch die Nacht und reflektierten in den Scheiben des Kaufhauses gegenüber. Ihre Zunge klebte am Gaumen. Im Flur schnappte die Tür ins Schloss.

Gleich würden sie mit Alexander aus dem Gebäude kommen. Die Trage ins Innere des Krankenwagens schieben, die Türen schließen. Ihn fortnehmen.

„Der Erkennungsdienst ist schon informiert."

Ulf Steiner stand im Türrahmen und streifte die Latexhandschuhe von den Händen. „Also die Spurensicherung."

Sie nickte, suchte in dem scharfkantigen, schmalen Gesicht nach einer Gefühlsregung. Nichts, keine Spur von Empathie. Ihre Blicke huschten über sein grauschwarz meliertes Haar und die glatt rasierten Wangen.

„Ich habe keine Ahnung, was passiert ist. Als ich kam, lag mein Kollege schon so da."

Jona spürte, wie ihr Kreislauf absackte. Sie bot Steiner einen Espresso an, doch der schüttelte den Kopf. Wie ihr Kollege denn heiße, fragte er sie, und warum er nicht auf dem Praxisschild stehe.

„Das ist meine Praxis", erklärte sie, „seit dreieinhalb Jahren. Alexander ist mein Angestellter. Alexander Tesch."

Sie füllte den Wassertank der Kaffeemaschine und verspürte das Verlangen, ihren Kopf unter den kalten Wasserstrahl zu halten. Ungefragt schickte sie die Erklärung hinterher, dass ihr Terminkalender aus allen Nähten platze und sie Alexander, weil er noch keine eigene Kassenzulassung besitze, als Honorarkraft eingestellt habe.

„Wann war das?"

„Eigentlich erst Anfang des Jahres, aber gefühlt ist er schon ewig hier."

„Ein gutes Arbeitsverhältnis also."

„Perfekt."

„Wie schön. Ist das Ihrer?" Steiner deutete auf den Motorradkalender an der Wand.

„Seiner. Und nur so nebenbei: Wir haben kein einziges Mal gestritten. Ich habe nie auch nur ein lautes Wort von ihm gehört." Das Päckchen mit dem Espresso entglitt ihren Fingern. Jona starrte auf den von dunklen Kaffeebohnen übersäten

Küchenboden. Hatte sie überhaupt je etwas aus dem Nebenzimmer mitbekommen?

„Alexander war beliebt."

„Sie duzen sich."

„Macht mich das verdächtig?"

„Sie denken also an Fremdeinwirkung?"

Jona atmete hörbar aus. „Sein Kopf lag in einer Blutlache. Das passiert doch nicht, wenn man stolpert oder ohnmächtig wird."

Der Kommissar lehnte wieder am Türrahmen. Er blickte freundlich, als er sie fragte, ob sie ein Verhältnis mit ihrem Kollegen habe.

„Wie bitte?"

„Ich habe mich nur gefragt, ob es unter Therapeuten üblich ist, nachts zusammenzuarbeiten."

Fester als nötig stellte Jona die Tasse auf den Rost und sah zu, wie auf Knopfdruck die dampfende Flüssigkeit hineinfloss.

„Ich wollte nur die Ansage meines Anrufbeantworters ändern. Ab morgen habe ich zwei Wochen Urlaub. Dass Alexander auch da war, ist reiner Zufall."

Sie zögerte einen Moment, bevor sie angab, dass ihr die Nachtarbeit ihres Kollegen seltsam vorgekommen sei und sie deshalb nachgeschaut habe. „Hören Sie, privat kennen wir uns kaum. Wir waren nur einmal zusammen etwas trinken. Mein Kollege arbeitet eigenständig. Ich musste bisher nie nachfragen oder eingreifen."

„Was wissen Sie über seine Patienten?"

„Alles, was wichtig ist."

Wichtig! Wie sollte man das immer entscheiden, wenn man Tag für Tag Lebenskrisen anderer verhandelte. Da gab es nichts Unwichtiges. Alexander würde ihr das Wesentliche schon mitgeteilt haben.

Der Espresso, den sie in einem Zug trank, schmeckte bitter. Erst die Sätze, die sich nun von selbst aneinanderreihten und das flexible, vernetzte Nebeneinander ihrer Zusammenarbeit beschrieben, gaben ihr wieder Sicherheit. Und es war ja nicht gelogen, dass sie sich mit Alexander jeden Montagmorgen in der Teamsitzung über den Therapieverlauf von Patienten austauschte.

„So eine Art Supervision", hörte sie sich sagen, während ihr die gehemmte Frau einfiel, über deren extreme Spinnenphobie Alexander letzte Woche geredet hatte. Und der Lehrer mit seinen Panikattacken. Ein paar von den Patienten würde sie vertretungsweise übernehmen müssen.

„Kommt es vor, dass Patienten aggressiv werden? Es gibt keine Einbruchsspuren. Das legt nahe…"

„… tut es nicht. Hier klingeln öfter fremde Menschen. Letzte Woche stand ein Patient der HNO-Praxis vor meiner Tür, gestern Morgen die Zeugen Jehovas."

„Gut. Ihr Kollege könnte also jedem geöffnet haben. Wir warten erstmal ab, bis er wieder zu sich kommt. Noch etwas. Wir haben bei ihm weder Tasche noch Jacke gefunden. Dass jemand ohne Mobiltelefon oder Portemonnaie aus dem Haus geht, wäre ungewöhnlich."

„Klingt nach Raubüberfall."

„Möglich." Ulf Steiner sah sie prüfend an. „Wie gesagt. Vielleicht löst sich vieles von selbst. Wen sollen wir benachrichtigen?"

„Keine Ahnung. Ich weiß noch nicht mal, ob er alleine wohnt", sagte sie und fuhr zusammen, als die Türklingel schrillte.

Kurze Zeit später taten zwei Männer von der Spurensicherung ihre Arbeit, und Steiner bat sie um die Adresse ihres Kollegen. Ihren Vorschlag, gleich zur Wohnung ihres Kollegen zu fahren, lehnte er ab. Das werde frühestens am Nachmittag des folgenden Tages in Erwägung gezogen. Doch seine Worte vernahm Jona bereits wie aus weiter Ferne. Wie sollte sie jetzt Sitzungen halten, ohne in jedem Patienten einen Verdächtigen zu sehen? Steiners Frage nach einer Videokamera im Haus hatte sie auch verneinen müssen, und für Alexanders Handynummer im Adressspeicher ihres eigenen nachgesehen.

„Er hat mal was von einer abgelaufenen Prepaidkarte gesagt."

„Ein Prepaidhandy, als Therapeut?"

Sie zuckte die Achseln und bermerkte im gleichen Moment, wie einer von Steiners Kollegen Fotos im Zimmer ihres Mitarbeiters schoss.

Kurz darauf stand sie mit Ulf Steiner in der Sommernacht. Die Wärme, die sich wie ein Tuch auf ihre Haut legte, fühlte sich unwirklich an. Ebenso unwirklich wie die Tatsache, dass in ihrer Praxis Kriminalisten nach verdächtigen Spuren suchten und später, wie er ihr erklärt hatte, die Tür zu Alexanders Zimmer versiegeln würden. Die Welt stand still. Unbewegt reckten die Platanen ihre Blätterarme in den Himmel.

„Sie sollten heute nicht alleine bleiben. Haben Sie jemanden, zu dem Sie gehen können?

„Ich bin okay."

Jona starrte auf die geöffnete Schachtel Nelkenzigaretten, die ihr der Kommissar entgegenhielt und lächelte zum ersten Mal. Schweigend rauchten sie und sahen zur Bronzeskulptur, die in der Mitte der Fußgängerzone stand. Goliaths abgeschlagenes Haupt, auf dem der siegesgewisse David saß. Jona folgte dem Blick der Bronzefigur und sah direkt in die erleuchteten Fensterviereckte ihrer Praxis.

„Morgen werde ich in Ruhe die Patientenakten durchsehen. Ich rufe Sie an, wenn mir etwas auffällt."

Statt einer Antwort reichte der Kommissar ihr seine Visitenkarte, bevor er seine Zigarette mit dem Schuh ausdrückte, auflas und in den nebenstehenden Papierkorb warf.

„Bitte bleiben Sie für uns erreichbar. Soll ich Sie irgendwo hinfahren?"

„Ich komme schon zurecht. Danke." Jona sah der aufrechten Gestalt des Kommissars nach, bis er hinter einer Gruppe Jugendlicher aus ihrem Blickfeld geriet.

Sie kam schon zurecht. Wie oft hatte sie diesen Satz in ihrem Leben von sich gegeben und ihm Genüge getan, bis heute.

Sie überquerte die Fußgängerzone und hob kurz die Hand, als sie einen an seinem Wagen lehnenden Taxifahrer als Rons Kollegen identifizierte. Während sie in ihrer Tasche nach dem Handy suchte, wusste sie bereits, dass es falsch war, Ron darum zu bitten, seine Nachtschicht zu beenden und zu ihr zu kommen.

Auch die vertraute Umgebung ihrer Wohnung und die Stille darin beruhigten sie nicht. Sie legte sich auf ihren Futon und starrte in das Halbdunkel ihres Zimmers. Drei Kilometer Luftlinie entfernt auf der Intensivstation kämpfte Alexander vermutlich gegen den Tod an. Konnte man spüren, ob jemand noch lebte? Wieder tauchte das blasse Gesicht des Bewusstlosen vor ihr auf, doch der Anblick entglitt ihr, bevor sie ihn fassen konnte. Stattdessen sah sie die unergründliche Miene des Kommissars vor sich. Es war logisch, dass er seine Schlussfolgerungen zog. Was sollte er auch denken, wenn sich zwei Menschen nachts gemeinsam an ihrem Arbeitsplatz aufhielten, einer von beiden bewusstlos geschlagen wurde, keine Spuren eines Einbruchs festzustellen waren und eine halb leere Flasche Gin am Ort des Geschehens stand.

Ihr Blick tastete durchs Halbdunkel und blieb auf dem Umriss einer Weinflasche liegen. Hatte sie nach Alkohol gerochen? Wieder hörte sie Ulf Steiners harmlos klingende Frage nach einem Liebesverhältnis zwischen Alexander und ihr. Warum hatte sie nicht sachlich darauf antworten können, warum nicht emotional beherrscht wie täglich bei ihrer Arbeit? Stattdessen waren ihre Worte wie giftige Pfeile durch die Luft geschnellt. Viel zu schroff. Und unkontrolliert. Wie immer, wenn sie Rede und Antwort stehen sollte.

Ihr Atem wurde schwer. Sie war 14 gewesen, als sie den Glauben an ihre Unverwundbarkeit verloren hatte, und mit ihm einen Menschen. Franky. Wieder sah sie die ungläubigen Augen des Spielkameraden aus ihrer Kindheit vor sich, spürte seine Angst, dann ihre Wut, ihre unbändige Wut auf die anderen und die Ohnmacht, vor und nach den Elternverhören, in denen sie sich verteidigt hatte, Rede und Antwort.

Sie warf sich zur Seite und versuchte, ihre Gedanken wieder auf Ulf Steiner zu konzentrieren. War er ihr beim Rauchen nicht plötzlich sympathisch gewesen? Im Geiste ging sie ihr Gespräch durch. Noch während sie darüber nachdachte, warum er alleine, ohne Kollegen gekommen war und ob die gemeinsame Zigarette zu seinen Ermittlungsmethoden gehörte, sank sie in einen erschöpften Schlaf.

Ein Hupkonzert vor dem Fenster riss sie am nächsten Morgen aus ihren Träumen. Nur zeitverzögert kam die Erinnerung an die gestrige Nacht zurück. Jona sprang aus dem Bett, schöpfte sich im Bad kaltes Wasser ins Gesicht und atmete tief durch, bevor sie die Nummer des Krankenhauses wählte. Doch Auskünfte gab es telefonisch nicht und ohnehin nur für Angehörige, wie die sachliche Frauenstimme am anderen Ende der Leitung sie belehrte. Als ob sie das nicht wüsste. Ohne einen Kaffee zu trinken, verließ sie die Wohnung.

Eineinhalb Stunden später parkte sie ihren Roller an der Hauptwache. Passanten liefen über die Zeil, Brötchen und Pappbecher mit Kaffee in der Hand, als sei dies ein ganz normaler Morgen. Dabei war sie gerade einem Albtraum entronnen. Über die Gegensprechanlage der Intensivstation hatte sie sich als Alexanders Schwester ausgegeben und die Intensivschwester, die ihr öffnete, so selbstverständlich und mit einer Mischung aus Aufgeregtheit und Besorgnis um ein Gespräch gebeten, dass diese nicht nach ihrem Personalausweis gefragt hatte. Auch den Arzt hatte sie ausfindig gemacht. Schädelbasisfraktur, hatte er diagnostiziert und ihr damit in nüchternen Worten zu verstehen gegeben, dass Alexander zwischen Leben und Tod schwebte. Ihr Gespräch am Türrahmen des Schwesternzimmers hatte genau zwei Minuten gedauert. Der Stationsarzt hatte ihr beim Abschied versprochen, sie bei Neuigkeiten anzurufen. Sie. Die jetzt als Alexanders Schwester galt.

Sie blickte über die Reihe der Stahlbügel, die spätestens in einer Stunde von Fahrrädern verstellt sein würden. Ihre Schritte wurden langsamer, je näher sie dem Bürogebäude kam. Zögernd trat sie durch den Eingang und spähte in der zweiten Etage durch die Glastür, die das Treppenhaus vom Flur trennte. Während sie den Schlüssel ins Schloss schob, blickte das kreisrunde Auge des Spions sie an. Hatte Alexander vielleicht doch gewusst, wem er öffnete?

Vom Türrahmen aus ließ sie den Anblick der Praxis auf sich wirken. Die schräg einfallenden Strahlen der Morgensonne tauchten Warteraum und Flur in ein freundliches Licht. An der

Wand oberhalb der Stuhlreihe hingen das Wüsten- und das Dschungelaquarell, dazwischen reckte der üppig gediehene Drachenbaum seine Blätter in die Höhe. Zeitschriften, Informationsbroschüren, alles lag an seinem Platz. Auch Alexanders Adressregister fand sich in seinem Fach im Flurschrank, der keine Spuren eines Einbruchs aufwies. Sie schnappte sich den Kasten mit den Adressen und zwang sich, das Versiegelungstape an Alexanders Tür zu ignorieren, während sie zu ihrem Sprechzimmer am Ende des Flures durchging.

An ihrem Schreibtisch überflog sie die Namen der Patienten, die sie gestern in Steiners Beisein aus dem Terminkalender abgeschrieben hatte und sortierte nach Dringlichkeit, wem sie die Sitzung absagen musste. Von den meisten kannte sie nur Eckdaten, die Diagnose und einzelne Problemstellungen. Sollte sie Alexanders Patienten übernehmen, musste sie sich einarbeiten. Seufzend griff sie zum Hörer. Die erste war Melissa Raike, die Studentin mit der Spinnenphobie. Im Geiste wiederholte Jona noch einmal die zurechtgelegten Sätze, während sie die Nummer wählte. Ein automatisches Band bat um Hinterlassung einer Nachricht. In knappen, freundlichen Worten entschuldigte Jona ihren Mitarbeiter, der krankheitsbedingt bis auf Weiteres die Termine absagen müsse und sich bei den Patienten melden würde, sobald er wieder gesund sei. Für den Übergang oder Notfall gab sie ihre eigene Durchwahl an, dann legte sie auf und atmete tief durch. Das Flattern in ihrer Stimme hatte sich nach den ersten Worten gelegt. Sie fischte aus dem Durcheinander ihrer Schreibtischschublade ein Päckchen Nelkenzigaretten. Seltsam, dass der Kommissar die gleiche Marke rauchte. Sie schob den Gedanken an Ulf Steiner beiseite und beschloss, sich erst eine Zigarette zu genehmigen, wenn alle Patienten der laufenden Woche Bescheid wussten. Ihre nächste Absage landete auf der Mailbox eines Handys. Die gleiche Lüge, das gleiche Bedauern. Mit jedem neuen Telefonat kamen ihr die Worte glaubhafter über die Lippen, bis schließlich hinter nahezu allen Namen ein Haken stand. Nur eine Patientin ließ sich weder direkt noch über Anrufbeantworter erreichen: Anna Sturm. Ihr Termin war auf den heutigen Tag elf Uhr datiert, Zeit genug, um die Vollständigkeit der Patientenakten zu überprüfen. Außerdem musste sie unbedingt das Tape verdecken, mit dem Alexanders Tür von der Polizei versiegelt worden war. Erst jetzt fiel ihr auf, dass sie noch nie eigenmächtig an seine Unterlagen gegangen war.

Nachdenklich öffnete Jona das Fenster, um eine Zigarette zu rauchen und hielt in der Bewegung inne, als sie begriff, was ihr Sichtfeld gestreift hatte.

Dem Kommissar war es nicht in den Sinn gekommen, ihr Sprechzimmer zu inspizieren, und auch die Männer von der Spurensicherung schienen sich ausschließlich auf den Tatort konzentriert zu haben. Oder hatten sie das marineblaue Jackett, das über Lehne des hinteren Ledersessels hing, für einen Blazer von ihr selbst gehalten? Als sie es in die Hände nahm, drang ein feiner Duft in ihre Nase. Egoist. Gerade letzte Woche hatte sie Alexander nach dem Namen seines Parfums gefragt. Was hatte sein Jackett hier zu suchen?

Während sie sich fragte, ob sie es überhaupt anfassen durfte, schüttelte sie es bereits vorsichtig und vernahm ein Klimpern. Wie von selbst glitten ihre Finger in die Tiefen der Brusttasche und ertasteten einen schweren Schlüsselbund, den sie an einem Harley-Davidson-Anhänger herauszog. Neun Schlüssel. Im Geiste ordnete sie sie ihrer Bestimmung zu, Wohnung, Praxis, Motorrad und betrachtete ratlos drei flache Schlüssel an einem Extraring. Vielleicht hatte Alexander doch eine Freundin. Sie musste Ulf Steiner benachrichtigen. Mit einem leisen Klimpern glitt der Schlüsselbund in die Brusttasche des Jacketts zurück. In der anderen fand sich ein wenig Münzgeld und ein kleines, digitales Diktafon. Alexander konnte länger in der Praxis geblieben sein, um noch in Ruhe die nach der Sitzung aufgesprochenen Berichte in die Akten zu übertragen. Sie würde den Kommissar bitten, dabei sein zu dürfen, wenn es abgehört wurde. Aber erst einmal musste sie das Gespräch mit Anna Sturm führen. Unentschlossen sah sie sich im Zimmer um und nahm das Jackett schließlich mit in die Küche, wo sie es von innen an die Türklinke hängte. Mit einer Regenjacke, die zusammengefaltet im Flurschrank lag, verdeckte sie das Versiegelungstape an der Tür ihres Kollegen. Zurück im Sprechzimmer legte sie eine Liste der Patienten an, zu denen eine Akte existieren musste. Als sie beim Buchstaben „D" des Adressregisters angelangt war, schrillte es an der Tür in einer Weise, die keinen Aufschub zu dulden schien. Mit klammen Fingern legte Jona den Stift beiseite und betätigte den Summer.

2 Krank?"

Anna Sturm riss sich die Stöpsel des MP3-Players aus den Ohren. Instinktiv trat Jona einen Schritt zurück und betrachtete die junge Frau mit den schwarz gefärbten Haaren, die sie entgeistert anstarrte.

Ihr Mund war grellrot geschminkt, die Augenlider mit Kohlestift nachgezeichnet, und seit sie in den Praxisflur getreten war, durchdrang ein herbes Parfum die Luft.

„Sollen Sie mir was ausrichten?"

„Ich wüsste nicht, was."

Verdutzt sah Jona, wie die Frau im schwarzen Minirock sich an ihr vorbeidrückte und auf die Zimmertüre ihres Mitarbeiters zusteuerte. Gerade noch rechtzeitig konnte sie sie am Arm packen und davon abhalten, die Klinke hinunterzudrücken.

„Lassen Sie mich los, ich …"

Die junge Frau verstummte. Jona löste den Griff um ihren Arm.

„Möchten Sie vielleicht einen Kaffee?"

„Nein." Anna Sturm zögerte. Während sie in ihrer Handtasche nach etwas suchte, erhaschte Jona einen Blick auf die Unterseite ihres Armes, über die sich feine, rötliche Narben zogen.

„Bitte geben Sie ihm das." Auf dem Stück Papier, das Anna Sturm ihr reichte, stand eine mit Bleistift gekritzelte Telefonnummer.

Verwirrt sah Jona der jungen Patientin nach. Bisher hatte sie immer in sich gekehrt auf einem der Stühle gesessen und auf den Beginn ihrer Therapiestunde bei Alexander gewartet. Wie kam sie darauf, dass er nicht krank, sondern in seinem Zimmer war und sich verleugnen ließ? Anna Sturm litt, so viel wusste

Jona, unter einer Borderline-Persönlichkeitsstörung, die auch von starkem Misstrauen gekennzeichnet sein konnte, aber in der montäglichen Teamsitzung hatte Alexander von positiven Veränderungen geredet. Vielleicht war er mit Borderline-Patienten überfordert. Jona blieb vor dem Flurschrank stehen, während ihr das ewige „Vertrauen ist gut, Kontrolle ist besser" ihrer Mutter durch den Kopf ging. Erst der Gedanke, dass sie als Alexanders Arbeitgeberin auch Fallbeauftragte war und die volle Verantwortung für alle Kassenpatienten, auch für diese Frau, trug, ließ sie die unverschlossene Schublade ihres Kollegen öffnen.

Die Akte der jungen Frau lag zuoberst. Eine dünne Mappe. Jona blätterte im Stehen die Papiere durch. Therapievertrag, Bewilligungsschreiben der Krankenkasse, ein Klinikbericht, den Alexander ihr damals zusammengefasst hatte, die Diagnose der Persönlichkeitsstörung. Sie überflog den Bericht: Übergriffe in der Kindheit, Heimaufenthalt, Selbstverletzungen, wechselnde Beziehungen und Jobs, derzeit in einem Bistro im Nordend.

Die von Alexander erhobene Anamnese las sich dagegen ungewöhnlich lapidar und aussagelos und umfasste gerade die nötige Länge, um von der Krankenkasse akzeptiert zu werden. Auf eine Erfassung der Familienverhältnisse hatte er verzichtet, dafür lagen massenhaft ABC-Formulare darin, mit deren Hilfe man lernen sollte, negative Gedanken zu erkennen und zu ersetzen. Jonas Augen huschten über die steile, eng gedrängte Schrift, in der die Notizen zu allen bisherigen Sitzungen abgefasst waren. Die stichpunktartigen Beschreibungen der Stunde umfassten nur Erzählungen der Patientin. Keine Analyse, kein Therapieverlauf, keine Techniken, die er angewendet hatte. Nichts von dem, was sie in der gemeinsamen Teamsitzung besprochen hatten. Die beiden schienen gleich von der ersten Stunde an über Annas Gefühl der Leere geredet zu haben, über ihre Sucht nach Alkohol, Drogen und nach Nähe. Jona stockte, las sich den Satz, den ihr Kollege Alexander als Zitat markiert hatte, laut vor. „Wenn ich in diesen Sog gerate, gehe ich raus und reiße jemanden auf. Ich brauche das." Die Eintragung war auf den 9. Mai datiert, danach gab es nur noch wenige Notizen. Jona ging den dünnen Stapel Blätter noch einmal durch. An den Rand der dritten Seite war mit Bleistift eine Webadresse gekritzelt. Eine Vorahnung erfasste sie, während sie die Adresse ins Netz eingab, und Sekunden später die Homepage der Leguanbar auf dem Monitor erschien. Vor zwei Jahren war sie mit Freundinnen in der Bar gewesen und hatte sich damals über die Pärchen amüsiert, die bei gedämpftem Licht in Nischen mit schwarz gepolsterten Lederbänken knutschten. Dass Anna Sturm versucht hatte, Alexander in diese Bar zu lotsen, schien nicht abwegig. Gerade vor fünf Minuten hatte die junge Frau sich an ihr vorbeigedrängt, um ihn zu Gesicht zu bekommen. Die Frage war, ob Alexander sich darauf eingelassen hatte. Immerhin stand die Adresse der Leguanbar in seinen Notizen. Außerdem fehlte die Dokumentation der letzten zwei Monate. Jona schlug die Akte zu und starrte auf die Maserung der Ledermappe. Dieser Idiot.

Sie zog die Visitenkarte des Kommissars aus der Tasche, wählte seine Nummer und legte auf, bevor das Freizeichen ertönte. Wenn Alexander aus dem Koma erwachte, bevor intensivere Ermittlungen eingeleitet wurden, konnten sie die Sache vielleicht unter sich klären. Bislang war ihr Verdacht reine Spekulation. Außerdem ging es der Polizei schließlich um den Überfall, nicht um unprofessionelles Verhalten. Abwarten, hatte Ulf Steiner selbst gesagt. Sie schloss Anna Sturms Patientenakte in ihre Schreibtischschublade ein und verließ die Praxis.

Einer der Stehtische vor ihrem Lieblingsbistro war noch frei. Sie bestellte Espresso und verfolgte das Treiben in der Fußgängerzone, während sie gegen aufsteigende Bilder ankämpfte, Gesprächsfetzen, Erinnerungen an ihre letzte Teamsitzung, die suggestiven Fragen des Kommissars. Erst nach dem dritten Espresso begann sich eine gewisse Ordnung in ihrem Kopf einzustellen. Auf der gegenüberliegenden Straßenseite lehnte ein Taxifahrer an seinem Wagen und rauchte, während sich sein Blick an zwei vorbeilaufenden langhaarigen Frauen heftete.

Männer reagierten eben, würde Ron sagen und ihre Erwiderung, der Beruf eines Therapeuten verlange Distanz, mit einem Schulterzucken quittieren. Sie wandte ihren Blick von dem Taxifahrer und fragte sich, ob sie sich wirklich so in Alexander getäuscht hatte. Die junge Frau war regelrecht aus der Praxis geflüchtet. Warum? Was war so ungewöhnlich daran, dass jemand erkrankte? Oder wusste sie, dass es nicht stimmte? Dann war sie in die Geschichte verwickelt.

Jona lieh sich von der Bedienung hinter dem Tresen Zettel und Stift und schrieb Alexanders Namen in die Mitte des Papieres. Übergriff, fiel ihr als Erstes ein. Sie setzte den Begriff neben den Namen ihres Kollegen und malte ein Fragezeichen dahinter. Ergänzte ihn durch den Zusatz „sexueller Übergriff". Wieder mit Fragezeichen. Ihre Finger umklammerten den Bleistift, während wie von selbst das Wort „Enttäuschung" auf dem Papier erschien.

Sie starrte darauf und konzentrierte sich auf ihre eigene Enttäuschung. Auf ihr Misstrauen, das seine mangelhaft geführten Notizen in ihr hervorriefen. Anna Sturms Mappe war ein Zufallstreffer gewesen, dazu die erste seiner Akten, in die sie überhaupt einen Blick geworfen hatte. Der nächste Gedanke schlug wie ein Blitz ein und erhellte ein Szenario, das ihr für einen Moment den Atem nahm. Sie warf einen Zehn-Euro-Schein und den geliehenen Stift auf die Bistrotheke und eilte über die Zeil.

In ihrer Praxis zerrte sie den Stapel brauner Ledermappen aus dem Flurschrank und klappte nach kurzem Zögern die von Melissa Raike auf. Auch sie war laut der Notizen vorbehaltlos in die Therapie eingestiegen. Vor zwei Wochen hatte es eine Expositionsübung wegen ihrer Spinnenphobie im Zoo geben sollen, im Exotarium. Der Bericht darüber fehlte, vermutlich war der Termin verschoben worden, nichts Ungewöhnliches. Wie oft sagten Patienten die praktischen Übungen mit den Therapeuten ab. Er hätte ihr das dennoch mitteilen müssen. Aber war sie nicht froh gewesen, dass er so selbstständig arbeitete und sie sich auf ihre eigenen Patienten konzentrieren konnte?

Der Anflug eines Schuldgefühls überkam sie, während sie in der nächsten Akte die Anamnese eines 29-jährigen Werbetexters las, dessen verzweifelter Wunsch es war, seine junge Frau und ihr gemeinsames Baby nicht durch seine Spielsucht in den Ruin zu stürzen. Blatt für Blatt durchsuchte sie die Notizen nach Auffälligkeiten oder Anzeichen einer möglichen Grenzüberschreitung, bis ihr Blick an einem nachträglich mit Bleistift notierten Kürzel hängen blieb. „Sp" stand dort, wo gewöhnlich die ICD10-Klassifikation, die Diagnose, stand. Diese Abkürzung gab es in den Richtlinien nicht. Irritiert blätterte sie weiter. Schon seit Anfang Februar therapierte Alexander Florian Moser, dessen Sucht sich schwer in den Griff kriegen ließ. Sie erinnerte sich, dass sie ihren Kollegen Anfang Mai in einer Teamsitzung gebeten hatte, den Patienten eindringlich zu einer multimodalen Psychotherapie zu raten und ihm nahezulegen, sich jetzt endlich mit den Anonymen Spielsüchtigen in Verbindung zu setzen. Hier stand nichts davon. Überhaupt war in den Teamsitzungen seither kein Wort mehr über Florian Moser gefallen. Warum, verdammt, hatte sie nicht nachgehakt.

Und was war das?

Jona zog einen Computerausdruck von Wikipedia aus dem Papierstoß.

„Pathologisches Spielen" stand über dem mehrseitigen Artikel, der stellenweise mit Marker angestrichen war.

Ein Blatt fiel heraus und glitt zu Boden. „Exposition" lautete das einzige Wort, das, wie Jona am Datum erkannte, letzte Woche geschrieben worden war. Der dazugehörige Termin wäre am gestrigen Abend gewesen. Du meine Güte, flüsterte sie und trug die Patientenakten in ihr Arbeitszimmer.

Eine halbe Stunde später riss sie das Fenster auf und ließ das Nikotin der Zigarette tief in ihre Lungen strömen. Das sonst so süße Nelkenaroma auf ihren Lippen schmeckte bitter.

Wenn sie an Alexanders unpassende Aufheiterungsversuche einer Patientin gegenüber dachte, die anscheinend jede Sitzung über Suizidgedanken gesprochen hatte, wurde ihr ganz anders. Sie hatte sich sofort eine Notiz gemacht, dass sie mit der Frau über eine stationäre Einweisung reden musste. Zwischen zwei Blättern einer anderen Akte hatte sie eine Google-Recherche über einen jungen Patienten gefunden, der an Depressionen litt. Das Wort „Facebook" dahinter war eingekreist und legte den Verdacht nahe, dass ihr Kollege mit dem depressiven Patienten über eine soziale Plattform kommunizierte, vielleicht sogar anonym. Ihr war schwindlig. Was waren das für Berechnungen in der Akte von Celia Rumpf? Sie glichen einer Kalkulation. Einem Patienten hatte er geraten, seiner schüchternen Seite einen diffamierenden Spitznamen zu geben, sich vor den Spiegel zu stellen und den Namen so oft zu wiederholen, bis er seine Bedeutung verlor. Entweder hatte Alexander keine

Ahnung, dass er Grenzen überschritt oder er spielte ein Spiel. Ein Spiel, in dem jemand womöglich die Regeln neu definiert und sich gerächt hatte.

Jonas Nacken versteifte.

Auf dem Schreibtisch lagen drei Akten, die ihr besonders bedenklich erschienen. Sie hatte keine Ahnung, wie sie mit den Patienten reden sollte, ohne zugeben zu müssen, dass etwas gewaltig falsch gelaufen war. Aber auch die Wahrheit war riskant. Wer sagte ihr, dass sie damit nicht einen der labileren Patienten in die Krise stürzte? Sie war Therapeutin, keine verdammte Wahrsagerin. Der Rauch ihrer Zigarette wehte in Richtung der Platanen. Wie eine Armee reihten sich die Bäume entlang der Fußgängerzone, eine Armee vor den Glasfassaden der Kaufhäuser. Seit Jahren fluchte sie über die ständigen Veränderungen der Einkaufsmeile. Bäume raus, Bäume rein, hier ein neues Inselbistro, dort ein architektonisches Meisterwerk. Schräg gegenüber ihrer Praxis klaffte seit Wochen ein tiefes Loch im Erdreich und entblößte Metallleitungen. Die Zeil war eine ewige Baustelle. Doch jetzt, da ihre Praxis in Gefahr war, kam sie ihr vor wie ein Stück Heimat.

Bernhard Jung fiel ihr ein. Er arbeitete bei der Kassenärztlichen Vereinigung. Er mochte sie, aber im Falle von fahrlässigem Verhalten konnte er wahrscheinlich nichts für sie tun. Sie hatte ja noch nicht einmal Supervision nachzuweisen. Und wenn in Fachkreisen erst die Runde machte, was hier vor sich ging, konnte sie ihre Praxis schließen. Blind hatte sie einem Dilettanten vertraut und Patienten, die ihre Hilfe gesucht hatten, bedingungslos in seine Obhut gegeben. Wenn das nicht fahrlässig war. Ihre Bluse klebte am Rücken. Sie brauchte Luft. Während sie ihren Kopf weit aus dem Fenster streckte, wurde ihr bewusst, dass auch alle Patienten, die privat zahlten und die Alexander betreute, in ihrer Verantwortung lagen. Schließlich hatte sie ihn eingestellt. Und wenn sie sämtliche Fälle übernahm und versuchte, die Therapie auf den richtigen Weg zurückzuführen? Unauffällig und professionell.

Unten breitete ein junger Mann mit Pferdeschwanz eine Decke über das Kopfsteinpflaster und dekorierte sie mit Metalltieren, während sie gerade dabei war, das größte Versprechen zu brechen, dass sie sich je gegeben hatte: Nie einen Menschen absichtlich zu manipulieren und bei der Wahrheit zu bleiben, koste es, was es wolle.

Wie gelähmt saß sie am Fenster und spürte, wie ihr mit der Aufmerksamkeit auch die Kraft entglitt, den Gedanken, dem sie sich seit geraumer Zeit verschlossen hatte, weiter von sich zu schieben. Die Frage, ob in diesem Fall Verschweigen gleichbedeutend mit Lügen war. Ihr Freund Ron würde das verneinen. Im Geiste hörte sie seine klugen, in sich logischen Ausführungen. Er lebte in einem anderen Universum als sie. Manchmal war er ihr so fremd wie ein Außerirdischer, der die Dinge von seinem galaktischen Blickwinkel aus betrachtete und dabei zu niederschmetternd wahren Einsichten kam. Sie musste ihm endlich alles erzählen. Seufzend drückte sie den Zigarettenstummel am Fenstersims aus und sah zu der Bronzeskulptur des David und Goliath hinüber, auf deren Spitze gerade eine Taube landete. Gestern Nacht hatte ihr der Kommissar dort unten seine Visitenkarte gereicht und sie um Mithilfe gebeten. Doch wenn sie ihm gestand, dass sie allem Anschein nach einem Hochstapler vertraut und ihre Pflichten als fallverantwortliche Therapeutin vernachlässigt hatte, würde sich das wie ein Lauffeuer auch in Therapeutenkreisen ausbreiten. Einen Ermittler konnte sie schlecht um Geheimhaltung bitten. Mit klammen Fingern schloss sie das Fenster, räumte die Akten in den Flurschrank zurück und ging in die Küche, um ein Glas Wasser zu trinken.

Als sie das blaue Jackett an der Türklinke hängen sah, fiel ihr das Diktafon wieder ein. Zwei Minuten später hielt sie das Aufnahmegerät in ihren Händen. Es war flach und silbern und gab keine Informationen preis. Welchen Knopf sie auch drückte, die kleine Null auf dem Display zeigte an, dass sämtliche Datenspeicher leer waren.

Enttäuscht ließ sie es in die Tasche zurückgleiten und vernahm im gleichen Moment das Klimpern des Schlüssels aus der Brusttasche. Es dauerte mehrere Augenblicke, bis sie wusste, was zu tun war.

Der Sachsenhäuser Berg lag in mittäglicher Stille, nur das Raunen der Flugzeuge, die ihre Schleifen über dem Wohngebiet zogen, störte den Frieden. Über dem Hang lag der Malzgeruch der nahegelegenen Binding-Brauerei, der an windstillen Tagen so intensiv war, dass er selbst den süßen Duft der Lindenbäume überdeckte. Jona atmete ihn tief ein, während sie ihre Vespa im Schutz einer Einfahrt parkte, um die letzten 200 Meter zu Fuß zurückzulegen.

Das letzte Mal war sie hier gewesen, als ihre Tante auf dem Südfriedhof begraben worden war. Die Beerdigung lag zehn Jahre zurück. Damals hatte sie den Eindruck eines stillen, noblen Villenviertels gehabt, doch davon war nur noch wenig zu sehen. Staunend lief Jona an einheitlichen Wohnblöcken einer Neubausiedlung vorbei, die sich entlang des Grethenwegs reihten. Wie Schubladen aus Glas ragten die rechteckigen Balkone über die Vorgärten hinaus, präsentierten eine Landschaft aus Terrakottatöpfen, gediegenen Gartenmöbeln und Dreirädern. Spießerhochburg, dachte sie und fragte sich, was ihrem Mitarbeiter an dieser Gegend gefallen mochte.

Sie würde fragen. Wenn es denn zu einem Gespräch zwischen ihnen käme und sie nicht doch die Kripo aufklären musste. Aber noch waren es nur Verdachtsmomente, die sich auch anders erklären ließen. Vielleicht war Alexander ja doch der Mann, den sie zu kennen glaubte, und die unerklärlichen Notizen waren eine Kette von Missverständnissen und Irrtümern. Träum weiter, hörte sie Ron in Gedanken sagen und ballte ihre rechte Hand zur Faust, bis die Metallzacken des Schlüsselbundes in ihren Handteller schnitten. In jedem Fall sollte sie sichergehen, bevor er aus dem Krankenhaus entlassen würde und mögliche Hinweise verschwinden lassen konnte. Das war sie ihren Patienten schuldig. Und was, wenn er sterben würde? Der Gedanke war unvorstellbar. Im Geiste sah sie Alexander lachend auf seiner Harley-Davidson sitzen. Die Maschine stand am Bordsteinrand. Gewöhnlich kam er mit seinem Motorrad zur Arbeit, aber vielleicht war er ja gemeinsam mit jemandem in die Praxis gefahren. Um dort was zu tun? Bei dem Gedanken an sein Jackett, das sie in ihrem Zimmer gefunden hatte, beschleunigte sie ihre Schritte. Die Hausnummer, nach der sie suchte, gehörte zu dem Gebäude auf der anderen Straßenseite, einem zurückgesetzten Haus mit Granitfassade. Während sie sich nach möglichen Zeugen umsah, öffnete sich die Haustür. Entgeistert fixierte Jona die vertraute Gestalt, die heraustrat, und konnte sich gerade noch rechtzeitig hinter einem parkenden Wagen verstecken.

3

Im Schritttempo fuhr der Müllwagen die Straße hinauf. Zwei Männer sprangen vom Trittbrett und rollten die Tonnen an den Straßenrand. Während sie an der Klappe kopfüber entleert wurden, wehte ein fauliger Geruch durch die Luft. Fluchend drückte Jona ihre Nase in die Armbeuge. Normalerweise entspannte sie sich in dem Café an der oberen Berger Straße, in dem manchmal eine Bedienung auf einem in die Hausfassade eingelassenen Bänkchen saß und rauchte, in dem man Pastis und Milchkaffee trank, Zeitung las und sich der Hektik des Alltags verweigerte. Aber heute Mittag fiel ihr die Entspannung schwer. Sie sah auf das Display ihres Handys. Noch immer kein Rückruf von Ron, dabei hatte sie ihn sowohl auf Band als auch per SMS wissen lassen, dass es dringend war. Sie winkte der Kellnerin und griff nach der Tasche, in der der fremde Schlüsselbund steckte. Der Schlüssel, das Tor zu Alexanders Welt, einer Welt, die immer bizarrer wurde. Erst letzten Montag hatten sie den Fall der rundlichen Patientin mit dem Pagenkopf diskutiert, und dann trat genau jene so selbstverständlich aus der Tür des Mehrfamilienhauses, in dem er wohnte, dass man hätte meinen können, sie besitze einen Schlüssel. Oder war sie seine Nachbarin? Ein Blick auf die Adresse in ihrer Akte würde Aufschluss geben.

Jona krallte ihre Hände in die Armlehne, bis der Schwindel nachließ.

Wenn sie die Sache nicht jetzt anging, dann nie. Aber was trieb sie wirklich dazu?

„Schadensbegrenzung", murmelte sie und zog die Blicke des Nachbartisches auf sich, als sie energisch aufstand und dabei die Espressotasse vom Tisch fegte.

Zum zweiten Mal an diesem Tag lief sie den Sachsenhäuser Berg hinauf. Die Vespa hatte sie am Wendelsplatz vor einer Bäckerei abgestellt, nur für den Fall, dass Steiner oder einer seiner Kollegen schon am frühen Nachmittag nach Alexanders Wohnung schauen würden. Eine Kamera und Einweghandschuhe steckten in ihrer Umhängetasche. Statt ihres Pailletten-T-Shirts und der weißen Cordhose trug sie unauffällige Kleidung. Beim Aufsetzen der Baseballkappe hatte sich ein schiefes Lächeln in ihr Gesicht geschlichen, aber jetzt, kurz vor dem grauen Granitbau, ließ sich die forsche Haltung nur mühsam aufrechterhalten.

Alexander wohnte im Erdgeschoss, wie das Klingelschild verriet. Sie schellte. Während sie sich für etwaige Mitbewohner Worte zurechtlegte, huschte ihr Blick zum Fenster der Wohnung. Nichts. Erneut drückte sie die Klingel, wartete, fühlte, wie sie mit jeder verstreichenden Sekunde unruhiger wurde. Als sich nichts tat, verschaffte sie sich mit dem Schlüssel Zutritt. Im Treppenhaus war es still. Sie streifte die Latexhandschuhe über ihre feuchten Hände, führte den Schlüssel in den Zylinder und schlüpfte nach einem Moment des Zögerns in die Wohnung.

Das Erste, was sie wahrnahm, war der Geruch nach neuen Möbeln. Zwei in Zellophan gehüllte Hemden hingen am oberen Knauf eines Flurschrankes. Am Ende des länglichen Flurs zweigte die Küche ab, ebenfalls ein schmaler Schlauch, auf dessen Steinboden ein Bierkasten stand. Sie schob die halb geöffnete Tür zu ihrer Rechten auf und sah auf ein rotes Sofa, das den Raum dominierte. Zu dessen Füßen stand ein aufgerissener Karton, aus dem ein Flachbildfernseher ragte. Schräg gegenüber versperrte ein Schreibtisch aus Glas den Weg zum Fenster, das schlanke Regal rechts an der Wand fasste nur wenige Bücher. Jona legte den Kopf schief und entzifferte die Titel.

Die Welt des Motorsports, Opern für Alt und Jung, Der Aberglaube und seine Entstehung, Segeln lernen, alles Sachbücher, ungeordnet und ohne erkennbaren Schwerpunkt. Als sie sich an den Glastisch setzte, verglich sie ihn unwillkürlich mit ihrem eigenen Schreibtisch, einer Hügellandschaft aus kopierten Fachartikeln, Büchern und handschriftlichen Notizen, in deren Tälern Essbares und Kaffeetassen nisteten. Hier störte nicht einmal der Abdruck eines Glases die blanke Oberfläche.

„Mensch ohne Spuren", murmelte Jona und riss im letzten Moment den Finger vom PC-Schalter. Keine Spuren hinterlassen. Die Kripo würde unter Garantie auf das Datum achten, an dem das letzte Mal mit ihm gearbeitet worden war.

Vorsichtig zog sie die erste Schublade des Rollschranks auf und sah in ein leeres Fach. War jemand vor ihr da gewesen? Sie schloss die oberste Lade. Die darunterliegenden enthielten nichts als ordentlich sortierten Bürobedarf. Sie beschloss, nur die wichtigsten Plätze abzusuchen und dann gleich wieder zu verschwinden.

Im Schlafzimmer empfing sie ein rundes Bett, das mittig stand und die Hälfte des Raumes einnahm. Der rote Seidenstoff knisterte unter ihrer Berührung. Als sie das Bett umrundete, stieß ihr Fuß gegen einen Stapel Bücher.

„Kognitive Verhaltenstherapie für Dummies" stand in weißen Buchstaben auf schwarz-gelbem Paperback. Das Buch darunter führte in die Allgemeinpsychologie ein. Jona zog einen dünnen Band aus dem Stapel. Sie hatte ihn im zweiten Semester durchgekaut. Mein Gott. Wie hatte Alexander das so gut vor ihr verbergen können, und wie, verdammt, war er an seine Approbation gekommen? Sie legte die Bücher auf den Stapel zurück und betrachtete den abgesetzten Sockel. Erst bei näherem Hinsehen erkannte sie, dass es sich um einen Bettkasten handelte.

Sie zog ihn auf und sah auf ein Meer unsortierter Fotografien. Zuoberst lagen Aufnahmen von Anna Sturm. Sie saß in schwarzer Wäsche auf dem Arbeitsstuhl und zeigte der Kamera einen Schmollmund. Shit. Jona schlug mit der Handkante gegen das Holz und unterdrückte einen Schmerzensschrei. Während sie auf das Foto starrte, spürte sie, wie sich ihre Wut in Ekel verwandelte.

Die Fotos zogen alles, wofür sie täglich in ihrer Praxis kämpfte, in den Schmutz. Wieder sah sie den gekrümmten Körper ihres Mitarbeiters vor sich. Hatte Alexander dafür bezahlt? Sie schluckte, zog den Kasten bis zum Anschlag heraus und begann vorsichtig, die erste Schicht Fotos abzutragen. Anna nackt, Anna in Stiefeln, Anna mit verschiedenen Küchengeräten posierend. Die junge Frau schien die Shootings zu genießen, sie lächelte, von Gewalt keine Spur. Keine körperliche Gewalt, korrigierte Jona sich und rief sich wieder ins Gedächtnis, dass es sich um eine vom Therapeuten abhängige Borderline-Patientin mit Missbrauchshintergrund handelte. Idealisierung und Verachtung, Angst vor dem Verlassenwerden und sexuelle Selbstausbeutung. Alexander hatte ihr Repertoire gut bedient.

Angewidert arbeitete Jona sich durch die Fotografien. Auf manche war ein Gruß gekritzelt oder eine anzügliche Bemerkung. Vermutlich hatte Anna ihm Aufnahmen von sich geschickt, um ihm einen kleinen Vorgeschmack auf das zu geben, war er von ihr erwarten durfte.

Sie wirkte völlig enthemmt. Ob er sie unter Drogen gesetzt hatte? Ihr wurde heiß. In Windeseile durchsuchte sie den Nachttisch nach persönlichen Aufzeichnungen oder einem Adressbuch, doch es fand sich nichts. Im Grunde hatte sie auch genug gesehen. Mehr als genug. Jona blieb im Türrahmen des Schlafzimmers stehen und versuchte sich vorzustellen, was Ulf Steiner zu dem Fund im Bettkasten sagen würde. Bei dieser Indizienlage schien es eindeutig. Das Gesetz der Folgerichtigkeit, hatte der Kommissar in einem Nebensatz einfließen lassen. Unwillkürlich trat sie einen Schritt ins Zimmer zurück. Folgerichtigkeit, das bedeutete Akteneinsicht und Verhöre sämtlicher Patienten. Konnte das auch die Aufhebung von deren Intimsphäre bedeuten? Carlos Alvarez hatte sich vor wenigen Wochen erst seine Homosexualität eingestanden. Herausgeputzt saß er jede Woche 20 Minuten vor seiner Sitzung im Warteraum und tat so, als lese er in einer Illustrierten, dabei war es ganz offensichtlich, dass er Alexander vergötterte. War allein das schon ein Tatmotiv? Sie stöhnte auf, während sich das nächste Bild auf ihre Netzhaut setzte: Maria Held. Ihre eigene Patientin. Sensibel, ehrgeizig und so misstrauisch, dass es über ein Jahr gedauert hatte, bis sie ihr anvertraute, dass sie als Kind das Meerschweinchen ihrer Schwester erstickt hatte. Maria redete seit Neuestem von aufkeimenden Aggressionen ihrer Tochter gegenüber. Nicht auszudenken, was geschehen würde, wenn die Kriminalpsychologin sie auf ihr Gewaltpotenzial ansprach. Das sie an dem Kollegen ihrer Therapeutin ausgelassen haben konnte, warum auch immer. Jona kniete sich vor den Sockel. Zweifelsohne würden Anna Sturms Nacktbilder durch Polizeihände wandern. Die Latexhandschuhe klebten an ihren Fingern, als sie den Bettkasten wieder aufzog und begann, sämtliche Fotos in ihre Umhängetasche zu stopfen. Ob es noch mehr solcher Verstecke gab? Im Bad sah es unauffällig aus. Waschbecken, Armaturen, ein am Haken hängendes Handtuch. Der weiße Duschvorhang wirkte unbenutzt. Sie öffnete den Spiegelschrank, fing instinktiv die Medikamentenpackung auf, die ihr entgegen fiel. Die Aufschrift setzte nur für einen Moment ihren Verstand außer Kraft. Psychopharmaka. Natürlich. Sie entnahm die vorderen Schachteln und begriff nach einem Blick auf den Wirkstoff das vollständige Ausmaß. Benzodiazepine, Amphetamine, Valium, die ganze Palette. Anna hatte aus ihrer Suchtpersönlichkeit keinen Hehl gemacht, die Patientenakte gab Auskunft darüber, und Alexander hatte ihren Wunsch nach Rausch und Intensität schamlos ausgenutzt. Vermutlich nahm er das Zeug auch. Wenn er überlebte, würde sie dafür sorgen, dass er seine Approbation verlor. Und ihre würde sie wahrscheinlich gleich mit abgeben können. Sie unterdrückte den Impuls, aus dem Spiegelschrank einen Scherbenhaufen zu machen, und räumte hektisch alle verdächtigen Schachteln aus dem Schrank. Verschob Rasierschaum, Tuben und Aftershave, bis die Regale halbwegs gefüllt erschienen. Als sie innehielt, spürte sie ihre Halsschlagader pochen, und im Kopf jagte ein Gedanke den nächsten. War sie verrückt? Das waren schließlich Indizien. Aber als solche auch nur zu erkennen, wenn sie Alexander zugeordnet werden konnten. Sie stopfte sie zu den Aufnahmen in die Tasche und fixierte eine Fotografie, die zu Boden gefallen war, bis ihr klar wurde, dass immer nur Anna abgelichtet war. Kurzentschlossen drapierte sie einige Fotos wieder sichtbar in den Bettkasten und hielt das Szenario mit ihrer Kamera fest. Machte das Sinn? Unschlüssig stand sie in der Wohnung, die Tasche randvoll mit belastendem Material. Oder mit entlastendem. Wenn Alexander aus dem Koma erwachte, konnte er genauso gut behaupten, sie hätte auf ihn eingeschlagen. Ihr Puls jagte, als sie die restlichen Fotos wieder in ihre Tasche stopfte.

Noch einmal kontrollierte sie den Bettkasten und vergewisserte sich, dass die Polizei nichts vorfinden würde als die unpersönlich eingerichtete Wohnung eines Junggesellen. Vorausgesetzt, sie hatte nichts übersehen. Ein vages Bild flackerte auf und erlosch wieder. Bei einem letzten Blick in das Zimmer mit der roten Couch fiel ihr der Papierkorb ins Auge. Auf seinem Boden lag ein zerknülltes Blatt. Sie faltete es auseinander, las die wenigen gedruckten Zeilen und spürte, wie ihr Herz zu hämmern begann.

Wie sie zur Vespa gelangt war, konnte sie später nicht mehr sagen. Sie erinnerte sich an eine alte Dame mit Rauhaardackel, die sie fast überrannt hätte, an Rons SMS auf ihrem Handy, das Schließfach in der B-Ebene der Hauptwache, in dem nun die Tasche mit den Fotos und den Tabletten lag, bevor sie sich auf den Weg nach Bergen-Enkheim begeben hatte. Es gab kein Zurück mehr, nicht nach dem Entwenden des zerknüllten Papieres, das zuunterst in ihrer Tasche steckte.

Schon von Weitem sah sie die überdimensionale Weinflasche aus Kunststoff vor dem Rollgitter. Hinter der Einfahrt erstreckte sich der von Garagen gesäumte Hof, der zur ehemaligen Autowerkstatt führte.

In fünf Wochen wollte Ron hier seinen Weinladen eröffnen, doch bisher waren in dem Betonbau nur die Wände weiß gekalkt. Er lag auf dem Boden und drehte eine Schraube in zwei Holzbretter. Mit seinem langen, mageren Körper und dem zerzausten Haar wirkte er immer wie ein großer Junge. Als sie sich bemerkbar machte, fuhr er zusammen und musterte ihre Kleidung.

„Kommst du von einer Beerdigung?"

„Eher von einem Kreuzzug." Jona lächelte schwach. „Leg mal den Schraubenzieher weg. Ich muss dir was erzählen." Sie zog sich einen Farbeimer heran und setzte sich auf den Deckel, und dann sprudelten die Worte aus ihrem Mund. Sie erzählte von der vergangenen Nacht, dem Licht im Fenster ihres Mitarbeiters, von dem flauen Gefühl im Magen und dem Anblick Alexanders, seiner verrenkt daliegenden Gestalt unter dem Schreibtisch, dem vielen Blut und Ulf Steiner, einem Kommissar, der ihr ein Verhältnis mit Alexander hatte andichten wollen.

„Eben war ich in Alexanders Wohnung und …"

„Du warst wo?"

„Bei ihm zu Hause. Und jetzt hör mir zu." Sie stützte ihre Arme auf die Oberschenkel und ignorierte das Kopfschütteln ihres Freundes. „Er hat Sex mit einer Patientin, er hat den ganzen Schrank voll Psychopharmaka, und neben seinem Bett liegen Einführungsbücher in Psychologie."

Das Lächeln, das sich in Rons Mundwinkel schleichen wollte, erlosch wieder.

„Du machst Scherze."

Jetzt war es Jona, die den Kopf schüttelte.

„Das ist aber noch nicht alles."

Sie zog das zerknitterte Papier aus ihrer Tasche. Ein Computerausdruck. „Hab' ich in seinem Papierkorb gefunden. Hör mal: ‚Ich weiß über alles Bescheid. Das kostet. 10.000. Vorerst. Versuchen Sie nicht, mich auszutricksen und zwingen Sie mich nicht, Beweise zu verschicken. Die würden nicht an Ihre Adresse gehen. Das Geld in kleinen Scheinen. Ich melde mich, wohin es gehen soll. Anbei ein kleines interessantes Photo.'"

„Wow." Ron streckte seine Hand nach dem Blatt aus und las die Zeilen noch einmal. Von der Straße drang entferntes Motorengeräusch in die Werkstatt.

„Was für ein Foto?"

„Keine Ahnung. Brisante Fotos gibt es aber mehr als genug. Ich habe Dutzende in Alexanders Bettkasten gefunden. Eine Patientin von ihm in Aktion. Peepshow mit und ohne Accessoires, alles, was du dir vorstellen kannst."

Sie suchte in Rons Gesicht nach einer Reaktion, doch sein Blick schien durch sie hindurch zu gehen. Erst als der Schraubenzieher auf den Steinboden fiel, tauchte er aus seinen Gedanken auf.

„Vielleicht hat sie es von Anfang an darauf angelegt, ihn zu erpressen."

„Ich weiß nicht." Wieder sah Jona die funkelnde Wut in den Augen der jungen Frau, die versucht hatte, in Alexander Zimmer einzudringen. „Die Patientin ist mir begegnet. Sie war hochemotional, als ich ihr sagte, er sei nicht da. So etwas kann man nicht spielen."

„Und wenn diese Patientin einen Freund hat, der dahintergekommen ist und die Sache ausnutzt? Er lässt sich nicht davon abbringen, sie sitzt zwischen den Stühlen. Da kann man hochemotional werden."

Jona nestelte an dem engen Shirt. Sie begann sich in ihrer dunklen Kleidung unwohl zu fühlen.

„Ron, jemand hat versucht, Alexander zu töten."

„Ja und? Ist Eifersucht kein Motiv?"

„Aber da wollte jemand Geld. Da geht's um Erpressung."

„Vielleicht wollte dein Kollege nicht zahlen."

Er nahm den Schraubenzieher wieder zur Hand und begann, eine Schraube ins Regal zu drehen. Jona sah ihm dabei zu. Sie kannte Ron seit eineinhalb Jahren und hatte bisher selten erlebt, dass er die Fassung verlor. Manchmal fragte sie sich, ob das, was sie für Gelassenheit hielt, nicht in Wirklichkeit Desinteresse war.

„Wo warst du heute eigentlich den ganzen Tag?"

„Hier." Er nickte in Richtung der Holzbretter an der Wand. „Aber wenn ich gewusst hätte, was bei dir los ist."

„Ich habe bestimmt zehnmal angerufen."

„Mein Handy liegt im Auto."

„Was soll ich jetzt tun?"

„Jetzt gehst du zur Polizei."

„Bist du verrückt?" Beim Aufspringen streifte eine ihrer Schuhsohlen die Farbrolle. Als sie durch den Raum lief, hinterließ sie eine blasse Spur. Gut, dass Ron noch nichts von dem Schließfach wusste.

„Die ermitteln doch ohnehin schon. Am besten, ich greife da nicht ein. Ich muss mir erstmal selbst ein Bild verschaffen, für mich alleine."

Plötzlich spürte sie Rons Hände auf ihren Schultern.

„Hör auf mit dem Quatsch. Dafür ist die Kripo da."

„Und wenn sie schlampig ermitteln und nichts finden?"

„Du gibst ihnen anonym einen Hinweis, das ist sowieso besser. Dann musst du gar nicht sagen, dass du in seiner Wohnung warst."

Jona streifte seine Arme ab und drehte sich herum.

„Vielleicht lebt er gar nicht mehr", sagte sie und beschloss im selben Moment, den Abend alleine zu verbringen. Die Diskussionen mit Ron halfen ihr nicht weiter, und je mehr Details er von der Sache erfuhr, desto vehementer würde er ihr weitere Nachforschungen auszureden versuchen. Für ihn sah alles einfacher aus, als es der Wirklichkeit entsprach. Sie war auf sich alleine gestellt. Wie immer.

4 Inmitten der Gartenanlage östlich der Autobahn, die seit wenigen Jahren den Grüngürtel zerschnitt, hob sich eine verwilderte Parzelle allein durch die darauf stehende Hütte von den umliegenden ab. Vergangenen Sommer hatten Jona und Ron die alte Laube abgerissen und durch einen größeren, selbstgezimmerten Schuppen ersetzt. Johannisbeersträucher und eine Hecke wilder Rosen verhinderten neugierige Blicke durch das große Fenster, das nach Südwesten ausgerichtet war. Niemand sollte Einblick in das erhalten, was Jona ihre Werkstatt nannte. Es war der einzige Ort, der einen vollständigen Rückzug ermöglichte, ohne Telefon oder Internet. Wie oft hatte sie sich in die Abgeschiedenheit begeben, um einen klaren Gedanken fassen zu können.

Den Freitod einer suchtkranken Freundin, Streit mit ihrer Schwester, Probleme einzelner Patienten, die ihr wie Geister in die kleinsten Winkel ihres Privatlebens folgten; all das hatte sie in diesen vier Wänden loslassen können, und als sie sich am Vorabend ihres 40. Geburtstags mit einer Flasche Bordeaux und Käse in die Hütte zurückgezogen hatte, war sie ihr wie der perfekteste Ort auf Erden vorgekommen.

Auch heute erfüllte ihr Anblick Jona mit einem Glücksgefühl, während sie das Tor öffnete und den Garten betrat.

Das Gras stand knöchelhoch, explosionsartig hatten die Bäume ausgetrieben, die Morgensonne brach durch die Zweige und leuchtete in den Blättern. Am hinteren Gartenrand, von einer Eiche überschattet, stand neben dem Komposthaufen ein Verschlag mit Vorhängeschloss, für das nur sie einen Schlüssel besaß.

Sie schob ihre Vespa über die Wiese und stellte sie auf dem brachliegenden Gemüsebeet ab. Im Inneren der Hütte empfing sie der Geruch nach Fichtenholz und Terpentin. Seit Rons alte

Couch an der Wand stand, übernachtete sie dort gelegentlich, umgeben von einer Staffelei, alten Leinentüchern, die sie über Rahmen zog, fertiggestellten Bildern, von Eimern, Farbpigmenten und einem Meer steif getrockneter Pinsel. Mit der Serie grotesker Portraits hatte sie bereits im Winter begonnen, auch die Idee für einen Themenzyklus gab es schon. Dass sie diese Bilder nie würde öffentlich ausstellen können, war ihr klar. Schließlich hatte sie die Menschen ohne deren Einwilligung fotografiert und dann deren Äußeres stark verfremdet auf die Leinwand übertragen. Es hatte als Experiment begonnen und ihr so viel Vergnügen bereitet, dass sie damit nicht aufhören konnte.

Sie stellte ihre Tasche ab, durchquerte den Raum und öffnete beide Fensterflügel, dann ließ sie sich in den geblümten Stoffsessel fallen. Automatisch glitt ihr Blick über die Fotos an der Wand, die mit Stecknadeln befestigt zwei Blöcke bildeten.

Der rechte bestand aus Portraits von Personen, auf denen das Leben deutliche Spuren hinterlassen hatte. Links eine Galerie naiv wirkender Gesichter. Die Aufnahmen waren das Ergebnis unzähliger Streifzüge durch Frankfurter Lokalitäten und über Plätze, an denen man Menschen beobachten und unbemerkt mit dem Teleobjektiv heranzoomen konnte. Was sie mit Leidenschaft getan hatte. Ein Gespräch mit Lu hatte sie damals auf die Idee gebracht, Gezeichnete und vom Schicksal unberührt Wirkende zu polarisieren. Die Ausdrucksstärksten dienten als Vorlage für ihre Gemälde, auf denen sie deren Persönlichkeitszüge deformierte oder ins Gegenteil verkehrte, aus traurigen Gesichtern glückliche werden ließ oder neue Züge hineinmalte.

Seit ihrem letzten Besuch hing das neueste Foto, das sie bei sich „Das Inferno" nannte, in Großaufnahme an der Wand. Eine Weile betrachtete Jona das Konterfei einer etwa 30-jährigen, hübschen Frau, dann wanderte ihr Blick zu dem Block daneben, wo sie ebenfalls ein neues Foto angepinnt hatte. Dass es sich um dieselbe Frau handelte, war nur bei genauerem Hinsehen zu erkennen. Ein dicker Muskelstrang formte den Kiefer eckig, der Mund war zusammengepresst, zwischen die Augen hatte sich eine tiefe Falte gefressen. Selbst die Wangenpartie wirkte wie ein Panzer. Das dichte Haar floss um ein Gesicht, dem jede Weichheit fehlte.

„Was für Augen", murmelte Jona und schluckte. Der Blick brach aus dem Bild, voll von Verbitterung und Hass. Hass auf alles, am meisten auf sich selbst, dachte sie und schüttelte sich unwillkürlich, als ihr einfiel, was ihn ausgelöst hatte: Das kleine Kind an der Hand dieser Frau hatte eine Taube anfassen wollen, nichts weiter, als plötzlich aus dem netten, hübschen Gesicht diese Fratze geworden war. Manchmal waren die kleinen Facetten im Leben unheimlicher als die größte Gewalttat.

Sie stand auf, trat dicht an das Foto heran. So sahen wirkliche Qualen aus. Aufruhr und Beherrschung im Wechsel. Eine Seele, von Wut zerfressen. Unterdrückter Schmerz, der sich, sobald er ausbrach, in Gewalt entlud. Ob so ein Mensch dauerhaft seine Gefühle kontrollieren konnte?

In der Gartenhütte herrschte Stille, nur eine Drossel im Garten sang. Jona trat ans Fenster und betrachtete die Rosenhecke, in der die Blüten austrieben.

Gab es überhaupt einen bestimmten Typ von Mensch, der bewusst Gefühle von sich abspalten konnte? Der, problemlos von einer Rolle in die nächste schlüpfend, wie geschaffen war für Skrupellosigkeit und Betrug? Und wer um alles in der Welt sollte diese Frage besser beantworten können als eine Therapeutin. Ihr Atem entwich pfeifend. Wie oft hatte sie sich in schlaflosen Nächten gefragt, wie stark der Wille eines Menschen für sein Handeln verantwortlich war. Und ob es so etwas wie den freien Willen überhaupt gab. So etwas wie die Beherrschbarkeit von Gedanken. Vielleicht war es das, was sie am meisten an ihrer Arbeit faszinierte: Dass sich das Verborgene im Menschen immer einen Weg nach außen bahnte. Immer. Wie sie die verschlungenen Pfade ihres Mitarbeiters aufspüren sollte, war ihr jedoch ein Rätsel. Sie wusste nur, dass sie erfahren musste, was zwischen Alexander und den Patienten geschehen war. Und dass sie es behutsam angehen musste. Zunächst mit dem Angebot eines Ersatztermins. Florian Mosers Nummer stand als erste auf ihrer Liste.

5 In einem freundlich eingerichteten Zimmer zu sitzen, um sich den eigenen Problemen zu stellen, löste in den meisten Patienten zu Beginn einer Therapie Unbehagen aus. Angst, durchschaut zu werden, Angst davor, nicht durchschaut zu werden, Angst vor Stillstand und vor Wandel gleichermaßen. Jona wusste, dass Menschen sich mit Veränderung schwer taten, auch wenn sie gerade deswegen in ihre Praxis kamen. Dass Mut und Verzweiflung, die sie zum Therapeuten geführt hatten, sich in der Stille des Sprechzimmers in Luft auflösen konnten. Ganz zu schweigen von der Nervosität, die vielen den Mund verschloss oder Worte hineinlegte, die nichts mit ihnen zu tun hatten.

Jona kannte die Mechanismen und hatte sich angewöhnt, nach der Begrüßung zunächst in aller Ruhe zwei Gläser Wasser aus der Küche zu holen, um den Patienten einen kleinen Moment der Besinnung zu ermöglichen.

Manche traf sie dann tatsächlich entspannt im Sessel an, während andere reglos auf den Beginn der Sitzung warteten und nicht zum Leben erwachten, bevor ihr Blick auf ihnen ruhte. Es gab Patienten, denen es erst am Ende der Stunde gelang, sich zu öffnen und auch welche, die ab der ersten Sekunde sofort drauflos redeten.

Auch eine anfängliche Ablehnung war Jona vertraut. Der Anblick von Florian Moser jedoch ließ sie so abrupt im Türrahmen stehen bleiben, dass ein Schwung Wasser aus einem der Gläser auf den Boden schwappte.

Auf der vordersten Kante der Sitzfläche kauernd, den Nacken steif, mit hochrotem Gesicht und wippenden Beinen, verfolgte der Werbegrafiker jeden ihrer Schritte. Sie ließ sich Zeit und stellte die Gläser sanft auf dem Tisch ab. Unbehaglich setzte sie sich in den Sessel und schob ein Bein über das andere, bevor sie sich ihm mit einem Lächeln zuwandte.

„Also, was ist los? Wo ist er?" Wie schon bei der Begrüßung schob Florian Moser die schwarze Hornbrille zur Nasenwurzel, zweifelsohne ein Tick, genau wie die Geste, mit der er über seinen rasierten Schädel fuhr. Sein Brustkorb, dessen Magerkeit von einem engen T-Shirt mit Aufdruck betont wurde, hob und senkte sich auffällig schnell, und jeder seiner Atemzüge verströmte einen Hauch von Nikotin. Seit der junge Mann ihre Räume betreten hatte, schien er nur eines im Sinn zu haben: seinen Zorn auf Alexander loszuwerden.

„Ich dachte, ich hätte Ihnen am Telefon gesagt, dass Herr Tesch wegen gesundheitlicher Probleme bis auf Weiteres nicht arbeiten kann."

Florian Moser rutschte ein Stück nach hinten. „Trotzdem hätte er absagen müssen."

„Zu dem Expositionstermin?" Vor ihrem geistigen Auge erschienen die handschriftlich verfassten Worte ihres Kollegen in Mosers Akte. Der Werbegrafiker hatte aufgehört, mit dem Bein zu wippen. Die Augen hinter der Brille verengten sich. Ein Raubtier, dachte Jona, ein verletztes Raubtier, das Witterung aufnimmt. Witterung von was? Doch bevor sie den Gedanken zu Ende verfolgen konnte, stand das Wort „Casino" im Raum. Prüfend sah Moser ihr ins Gesicht.

„Wissen Sie, weshalb ich in Therapie bin?"

„Sie sind spielsüchtig." Eine Pause entstand. Jona ließ die stumme Musterung über sich ergehen. Dass sie ungewöhnlich groß war und farbenprächtige Kleidung trug, wirkte auf manche Patienten im ersten Moment einschüchternd. Mehr als einmal war es ihr passiert, dass ihr Äußeres in einer Sitzung thematisiert wurde. Worte wie „stark" und „selbstbewusst" fielen dann. Doch es gab auch solche, die ihre Erscheinung unseriös fanden und sich aus fadenscheinigen Gründen nach der Probesitzung gegen eine Therapie bei ihr entschieden, meistens Frauen.

Florian Moser schien durch seine Arbeit in der Werbebranche einiges gewohnt zu sein. Unbeeindruckt schob er seine Brille zurecht. Ein blasser Kreis umrandete seinen Mund. Jona wollte ihn gerade nach seinem Befinden fragen, als die Worte aus ihm herausbrachen. Am Dienstagabend um neun seien sie im Casino in Wiesbaden verabredet gewesen. Eine Expositionsübung, wie immer, wenn er mit seiner Sucht konfrontiert werden sollte. Alexander Tesch sei dann an seiner Seite gewesen, habe ihn von allzu hohen Einsätzen abgehalten. Aber am Dienstag sei er einfach nicht erschienen.

„Ich habe meine gesamten Ersparnisse verspielt."

Jona zwang sich, nicht auf die sich knetenden Finger ihres Gegenübers zu starren.

„Wie hat er das denn gemacht?" Sie räusperte sich. „Dass er Sie davon abhielt, viel Geld zu setzen."

„Nur mit seinem Blick." Die Augen hinter der Brille fixierten sie, als wolle er Alexander Teschs Ausdruck imitieren. „Der wurde starr, richtig unheimlich, als könne er hypnotisieren. Er sah mich so lange an, bis ich meine Jetons nahm und zur Kasse ging. Und dann lächelte er mir zu, als sei nichts geschehen."

Jona legte ihre Hände in den Schoß und spürte durch den Stoff die Hitze, die von ihnen ausging.

„Würden ... würden Sie sagen, er hat Sie manipuliert?"

„Er hat dafür gesorgt, dass ich mich nicht ruiniere. Hat eingegriffen, wenn die Kugel nicht so lief. Und im Gegenzug", ein unsicheres Lächeln huschte über sein Gesicht, „spendete ich ordentlich an diesen Hilfsfonds, wenn ich was gewann. Natürlich ging es in erster Linie darum, erst gar nicht zu spielen."

„Ein Hilfsfonds?", hörte Jona sich fragen.

„Für Spielsüchtige. ‚Einmal Hölle und zurück.' Sie haben noch nie davon gehört?" Ein kritischer Blick traf sie, bevor er aus seiner Kunststofftasche einen Flyer herauszog und auf das Holztischchen legte. Sie warf einen raschen Blick darauf.

„Wenn Sie möchten, kann ich mit Ihnen weiterarbeiten, solange mein Kollege krank ist."

Florian Moser zögerte. „Nichts gegen Sie, aber."

Ihr verständnisvolles Lächeln ließ ihn verstummen.

„Herr Moser, Sie haben sich nach meinem Anruf heute Morgen spontan entschlossen, Ihre Mittagspause für unser Gespräch zu nutzen. Warum sind Sie gekommen?"

Der Sitz knarrte unter der heftigen Bewegung, mit der der Werbegrafiker aus dem Sessel schnellte. Im Stehen sah er noch schmächtiger aus, die breitbeinige Pose, in der er sich vor ihr aufbaute, wirkte hilflos.

„Sagen Sie ihm, dass das noch ein Nachspiel haben wird. Rechtlich." Ohne ein weiteres Wort verließ der junge Mann das Zimmer. Es dauerte einen Moment, bis Jona sich in Bewegung setzte, doch da ertönte schon das Klicken der Tür.

„Einmal Hölle und zurück." Das klang eher wie die Beschreibung ihrer letzten drei Tage. Sie drehte den Flyer in ihrer Hand. Ein Spieltisch, darunter eine Kontonummer und etwas kleiner der Hinweis, dass mit den Spenden eine Initiative von ehrenamtlichen Helfern der Suchtberatung unterstützt werde. Als sie „Einmal Hölle und Zurück" in die Suchmaschine eingab, erschienen verschiedene Einträge zu dem Titel: ein Kinofilm aus dem Jahre 1984, ein Artikel über die Frauendiskriminierung in Südafrika, eine Börsenchronik. Von einem Hilfsfonds für Spielsüchtige wussten weder Google noch Wikipedia.

Unwirsch klappte Jona den Laptop zu. Eine Spende als Wiedergutmachung, wenn man sein Ziel nicht erreicht hatte. Versagen für einen guten Zweck. Das war doch verdammter Bullshit! Kein Wunder, dass Alexander davon nichts erwähnt hatte. Sie nahm sich erneut Florian Mosers Akte vor. Als sie das Deckblatt aufschlug, sprangen ihr die Buchstaben entgegen, die schon die ganze Zeit in ihrem Kopf herumgeisterten. „Sp". Das Kürzel existierte nicht, keines der Handbücher listete es auf, und dennoch kamen ihr die Buchstaben bekannt vor, die sie halblaut vor sich hin sprach, bis sie jäh innehielt. Gerade erst hatte Florian Moser den Hilfsfonds erwähnt, in den er, wenn es gut lief, ordentlich gespendet hatte. „Sp" – die Abkürzung stand für Spende. Ungläubig blätterte sie sich durch die Seiten und erschrak, wie oft das mit Bleistift notierte Kürzel am Seitenrand erschien. Fünf Spenden in sechs Monaten, da kam was zusammen. Sie fragte sich, woher ihr Kollege die genauen Daten kannte, an denen sein Patient dem Fonds Geld überwiesen hatte, und wusste die Antwort im gleichen Moment. Die hohe Anzahl der Expositionsübungen im Casino sprach auch dafür. Sie ließ die Hand mit der Akte sinken. Ulf Steiner würde im Handumdrehen ermitteln lassen können, ob sich ihr Verdacht bestätigten ließ und das Geld auf Alexanders Konto geflossen war. Aber wie sollte sie ihn überhaupt noch einschalten, ohne sich selbst zu denunzieren?

Ein Scheinfonds. Ein Geschädigter. Sexuelle Übergriffe. Ein Drohbrief und eine Schädelbasisfraktur. Sie schlug die Akte zu, verstaute sie im Schrank und lief ins Bad. Jeden Moment konnte die nächste Patientin klingeln. Celia Rumpf. Das Wasser, mit dem Jona ihr heißes Gesicht abkühlte, tropfte noch von ihrem Kinn, als sie in ihr Sprechzimmer zurückkehrte. Es klingelte genau in dem Moment an der Tür, in dem sie die Visitenkarte des Kommissars aus der Schublade zog.

6 Auf der Fensterbank reckte eine Kopie von Niki de Saint Phalles Nana-Skulpturen seit dreieinhalb Jahren siegesgewiss einen Arm gen Himmel. Die ausladend-weibliche Figur strahlte Kraft und Lebendigkeit aus, ihr hinteres Bein war in der Bewegung gestreckt, während sich um das Standbein eine Schlange wand. Jona nahm die Skulptur vom Fensterbrett und betrachtete sie aufmerksam. Sie schien nach vorn zu stürmen, eine Geste, die als Motto für die Patienten gedacht war. Jona hatte bislang immer nur auf den Schwung der ausladenden Nana geachtet, nie aber auf die Schlange, die sich das Standbein hinaufwand und an den kräftigen Oberschenkel schmiegte. Schleichende Lähmung. Hinterlist. Wieso war ihr nie aufgefallen, dass dem Aufbruch schon der mögliche Fall innewohnte?

Celia Rumpf hatte während der gesamten Sitzung auf die Figur gestarrt. In ihrem Tonfall war etwas Beleidigtes mitgeschwungen, als sie von ihrem besonderen Verhältnis zu ihrem Therapeuten sprach, eine Art Trotz. Der Nachhall ihrer gepressten Stimme hing noch im Raum, obwohl sie sich vor zehn Minuten mit einem schlaffen Händedruck an der Praxistür verabschiedet hatte.

Jona stellte die Nana auf die Fensterbank zurück, während sie im Geiste die letzten 50 Minuten Revue passieren ließ. Es war nicht einfach gewesen, der übergewichtigen Frau mit dem Pagenkopf zu entlocken, dass Alexander einer ihrer Mieter war und sie ihn als Freund betrachtete, der mit ihr nicht nur ihre Probleme besprach, sondern sie auch bei der Verwaltung ihrer Wohnungen beriet.

Ihre Körperhaltung, ihre Worte und die Art, wie sie an ihrem Pony gezupft hatte und einem Blickkontakt ausgewichen war, waren symptomatisch, aber nicht für Essstörungen, wie Alexander diagnostiziert hatte, sondern für ein hochgradiges Helfersyndrom.

Auch die enge, kindliche Anbindung an ihren kürzlich verstorbenen Vater, über die Alexander in den Teamsitzungen nie ein Wort verloren hatte, sprach für eine dependente Persönlichkeit.

Surrend fuhr der Laptop hoch, während Jona nach einem unverfänglichen Namen für die Datei suchte, in der sie ihre Beobachtungen festhalten wollte. Die zwei leeren Sessel vor dem Fenster schienen ihr den Rücken zuzuwenden. Wie konnte sie noch gewährleisten, dass alles, was auf ihnen gesprochen wurde, vertraulich blieb, und wie verhindern, dass sich jemand in ihren Computer hackte oder ein zweites Mal in ihre Praxis einbrach und ihn mitnahm?

Sie klappte den Deckel wieder zu und zog ein DIN-A6-Heft aus der Schublade.

Geringer Selbstwert. Immobilienbesitz. Helfersyndrom. A. wohnt in ihrem Haus, regelt ihre Geschäfte, schrieb sie unter die Buchstaben C. R. Danach notierte sie ihre Eindrücke zu Florian Moser. Sie schloss das Notizbuch, steckte es in ihre Umhängetasche und unterdrückte ihre aufkommende Paranoia, indem sie sich einredete, dass nur ein Eingeweihter ihre Notizen würde entschlüsseln können.

Plötzlich war ihr, als spüre sie Alexanders Gegenwart in ihrem Nacken. Reglos verharrte sie, um den Gedanken greifen zu können, der in der Luft lag, etwas Flüchtiges, Naheliegendes, ein Bild, eine Erinnerung, doch ihr Gehirn schien überflutet von den Eindrücken der letzten zwei Stunden. Alles, was sie wahrnahm, war die Unruhe, die sie schließlich aus der Praxis trieb.

Um diese Zeit war Rushhour in der Fußgängerzone. Passanten, mit Tüten beladen, Pärchen, Familien mit Kinderwagen,

Flaneure, dazwischen Radfahrer, die sich durch die Lücken schlängelten, mischten sich zu dem typischen friedlichen Tumult, der die Zeil ausmachte.

Unschlüssig lief Jona Richtung Konstablerwache, vorbei an dem Mann mit dem Strauß bunter Gasluftballons, dem Bauchladenverkäufer, an dem auf dem Kopfsteinpflaster kauernden Bettler, dem sie sonst oft eine Münze in den Pappbecher warf. Vor dem Inselbistro blieb sie stehen. Es roch nach gemahlenen Kaffeebohnen und dem süßen Teig von Crêpes. Der letzte Akkord von „Bésame mucho" verklang gerade. Sobald der Straßenmusikant mit seinem Hut durch die Tischreihen gegangen war, konnte sie in Ruhe einen Espresso trinken und den vorbeiziehenden Strom der Passanten beobachten. Sie visierte einen freien Tisch an, doch im letzten Moment schwenkte sie ab. Sie musste laufen. Die Bilderflut in ihrem Kopf eindämmen.

Zu Fuß ins Nordend, wie lange hatte sie das schon nicht mehr gemacht. Auf Höhe des Bethmannparks wusste sie plötzlich, wohin ihre Beine sie trugen. Wenn jemand Chaos in allen Facetten beleuchten und die verborgenen Zusammenhänge ans Tageslicht befördern konnte, dann ihre Freundin Lu, die an der Fachhochschule unterrichtete.

Doch Lu war mit Studenten auf einer Tagesexkursion, wie Jona 40 Minuten später im Sekretariat erfuhr.

Enttäuscht setzte sie sich im Innenhof des Hochschultraktes auf eine Holzbank. Studierende diskutierten zu zweit oder in Gruppen, aufgeschlagene Bücher vor sich. Hohle Theorie, dachte sie und fragte sich, ob es überhaupt irgendein Buch vermochte, junge Menschen auf das Leben mit seinen Absurditäten vorzubereiten.

Sie kramte eine verbogene Nelkenzigarette aus ihrer Tasche und rauchte in hastigen Zügen, bis sie den neugierigen Blick einer Studentin auffing. Jona musste lächeln und war dankbar, dass die junge Frau zurücklächelte. Der Filterkaffee, den sie sich aus der Cafeteria holte, tat ihr gut. Ganz allmählich kehrte Ruhe in ihre Gedanken ein.

Zwei der drei Patienten, bei denen die Akten schwere Grenzüberschreitungen Alexanders vermuten ließen, hatte sie heute Vormittag persönlich kennengelernt. Bisher waren ihre Befürchtungen noch übertroffen worden. Die dritte Begegnung mit Anna Sturm stand in den Abendstunden an. Allein das, was sie jetzt schon über das Verhältnis zwischen ihrem Mitarbeiter und der jungen Frau wusste, war ungeheuerlich. Das ließ sich nicht mehr unauffällig zurechtbiegen.

Ihre Gedanken wanderten zu Ulf Steiner.

Der Kommissar mit der ruhigen, unergründlichen Ausstrahlung würde sich Zeit für all die Fragen nehmen, die sich allmählich in ihrem Kopf sortierten. Steiner als Therapeut. Sie schüttelte den Kopf über sich selbst und registrierte, dass sie schon aufgestanden war und in Gedanken die Strecke zum Polizeipräsidium überschlug. Eine halbe Stunde. Der Weg dorthin führte an der Miquelallee entlang, auf der Laster, Kleinwagen und hochgetunte Mopeds an ihr vorbeidonnerten. Bei jedem Schritt drückte ihr Handy gegen den Beckenknochen. Sie wünschte sich, sich mit jemandem besprechen zu können, doch im Kreis ihrer Kollegen gab es keinen, dem sie ohne Vorbehalte vertraute. Sie hatte immer darauf geachtet, Freizeit und Beruf nicht zu vermischen und war auf Kongressen den üblichen abendlichen Streifzügen durch die Bars ferngeblieben. Und zu ihrer Kollegin Ute, der einzigen, der sie alles erzählt hätte, war der Kontakt abgebrochen, seit diese die Praxis verlassen hatte und in Spanien versuchte, ihrer Midlifecrisis davonzulaufen. Kurz keimte der Gedanke in ihr auf, sich einer Supervisionsgruppe anzuschließen, um dort die Sache zu besprechen, aber sie verwarf den Gedanken sogleich wieder. Bei all dem, was schon geschehen war, konnte sie keinen Kollegen um Geheimhaltung bitten. Jona schluckte gegen ihre trockene Kehle an und beschleunigte ihre Schritte. Als das Präsidium an der Miquelallee vor ihr auftauchte, blieb sie unwillkürlich stehen.

Der Bau sah aus wie ein riesiger, verkorkster Freizeitbungalow mit großen Fenstern, von denen die Hälfte durch herabgelassene Rollos verdeckt wurde. Hinter einem dieser Fenster musste Ulf Steiner sitzen. Unschlüssig überquerte sie den Parkplatz und setzte sich auf die warmen Steinstufen, die zum Eingangsportal führten. Vor ihr standen Polizeiwagen in Reih und Glied, und dahinter floss der nie abreißende Verkehr. Alle schienen es mörderisch eilig zu haben, und wehe, jemand hatte sich in die falsche Spur eingeordnet und war auf die Nachsicht anderer angewiesen. Gerade ertönte wieder ein Hupkonzert. Was waren die Menschen doch für Idioten!

Willkommen im Club, dachte Jona und wandte ihren Blick zum verglasten Eingang des Polizeipräsidiums. Im nächsten Moment löste sich ihr Körper wie von selbst von dem warmen Stein. Von der Treppe aus sah sie in die Vorhalle, wo hinter einer kugelsicheren Trennscheibe eine Frau saß, die sie bei Steiner anmelden würde. Steiner mit diesem feinen Lächeln, sie konnte sich genau vorstellen, mit welchem Gesichtsausdruck er ihr Fragen stellen würde, die alle ins Schwarze träfen. Wieso war sie sich da plötzlich so sicher?

Das Gesetz der Folgerichtigkeit. Das Kausalitätsprinzip. Mit dessen Hilfe würde Steiner sich von Sachverhalt zu Sachverhalt arbeiten und dabei etwaige Vertuschungsmanöver entlarven. Wie sollte sie ihm da mit ihrer Intuition kommen?

Ihre Hand, die sich um die Metallstange der Tür gelegt hatte, zuckte zurück. Sie lieferte sich gerade selbst ans Messer, indem sie die Wahrheit ungeschönt ans Tageslicht brachte. Die Angst vor der Wahrheit zu verlieren; war es nicht genau das, wozu sie ihre Patienten in den Sitzungen ermunterte?

Sie sah ins Foyer des Präsidiums, unfähig zu einer Regung, zu einem klaren Gedanken, bis sie sich plötzlich herumdrehte und so beherrscht, wie es ihr möglich war, den Parkplatz verließ. Den Weg zur U-Bahnstation nahm sie im Laufschritt und ließ sich dort erschöpft auf einen Sitzplatz fallen. Es gab Momente, in denen die Wahrheit zu viel Chaos anrichtete und eine wirkliche Klärung der Dinge verhinderte. Wahrheit ließ sich so schnell verzerren.

Sie verfing sich im neugierigen Blick eines dunkelhäutigen Mannes, den sie so lange erwiderte, bis er wegsah. Zu Hause würde sie eine Dusche nehmen, etwas essen und am frühen Abend in die Praxis zurückkehren, um sich auf die Begegnung mit Anna Sturm vorzubereiten. Das aber hieß erst einmal, sich vor Augen zu führen, was sie alles nicht wissen durfte.

Anna Sturm kam zehn Minuten vor der verabredeten Zeit zur Sitzung und setzte sich umstandslos in den Sessel. Unter ihren Augen lagen Schatten. Im Vergleich zu ihrer Begegnung am Vortag war sie dezenter geschminkt, nur ihre Stahlkappenschuhe zu dem Minirock besaßen etwas Aufreizendes. Ihr schwarzes Haar hing ihr strähnig ins Gesicht. Jona zwang sich, nicht auf die bloßen Oberschenkel zu starren.

„Schön, dass es heute Abend noch spontan geklappt hat. Wie geht es Ihnen?"

„Nicht gut."

Annas beringte Hand zupfte an dem Ärmel des T-Shirts, bis das Handgelenk vollständig verdeckt war, während sie beteuerte, dringend mit Alexander Tesch sprechen zu müssen.

„Vielleicht kann ich Ihnen in der Zwischenzeit weiterhelfen." Erleichtert registrierte Jona, dass ihrer Stimme der innere Aufruhr nicht anzuhören war. „Es hilft manchmal schon, wenn man über seinen Frust redet."

„Bei mir nicht. Juli nennt es meine fünf Minuten. Und ich", Anna Sturm zuckte mit den Schultern, „Dauerkoller."

„Wer ist Juli?"

„Ein Geigengenie. Und meine WG-Partnerin. Wenn sie so weitermacht, hat sie den Abschluss an der Musikhochschule nächstes Jahr in der Tasche."

„Studieren Sie auch Musik?"

„Ich kann noch nicht mal pfeifen", erwiderte Anna Sturm und fügte hinzu, dass sie in einem Bistro ihr Geld verdiene.

Ungewollt kam Jona die Erinnerung an eines der Fotos in den Sinn. Die Frau ihr gegenüber nur mit einer Bedienungsschürze bekleidet, der Oberkörper nackt, die Hände in die Hüften gestemmt, wie sie unter dem Türsturz zu Alexanders Schlafzimmer stand, doch die Patientin redete unbeirrt weiter von einem Deal, den sie mit ihrer WG-Partnerin abgeschlossen hatte. Wenn sie es schaffte, sich bis zum Jahresende an der Abendschule für das Abitur anzumelden, konnte sie Julis alten Fiat übernehmen.

„Ihre Freundin mag Sie", war alles, was Jona einfiel, während sie sich bemühte, die Bilder in ihrem Kopf zu löschen.

„WG-Partnerin, nicht Freundin. Hören Sie mir eigentlich zu?" Ein schmales, silbernes Piercing schoss unterhalb der Lippe aus der Haut und verschwand wieder. Das Schauspiel dauerte zwei Sekunden.

„Ich habe mich auch drei Jahre um ihre Katze gekümmert. Außerdem kriegt sie einen neuen Golf von ihrem Daddy. Zum Examen."

Eine Pause entstand. Jona lehnte sich im Sessel zurück und betrachtete die junge Frau, die aus dem Fenster sah. Dem Gesicht mit den Pausbacken und den vollen Lippen fehlte jeder Zug von Härte oder Berechnung. Es erinnerte sie an die Aufnahme eines Mädchens, die in ihrer Gartenhütte auf der Seite der Unschuldigen hing. Und dennoch, Anna Sturm musste wissen, dass Sex mit dem eigenen Therapeuten ein Tabu war. Jeder wusste das. Sie würde es nicht zugeben, schon gar nicht, wenn sie erfuhr, dass Alexander halb tot geschlagen worden war. Mit der Mischung aus Unschuld, Trotz und betonter Weiblichkeit ließen sich viele Männer um den Finger wickeln. Hatte Alexander ihr etwas versprochen und dann vorenthalten? In einer Momentaufnahme sah Jona, wie die Patientin nach einer heftigen Debatte im Sprechzimmer aufbrauste, einen großen Schluck Gin nahm und dem abweisend auf den Tisch Starrenden wutentbrannt etwas über den Kopf zog. Vielleicht die Kamera. Auf deren Chipkarte noch andere Frauen abgebildet waren. Andere Patientinnen. Unwillkürlich schüttelte Jona den Kopf. Der Gedanke war absurd. Genauso absurd wie die Tatsache, dass die Frau vor ihr sich nackt von Alexander hatte ablichten lassen.

Anna Sturm runzelte die Stirn.

„Was wollen Sie von mir?"

Die Lüge, dass sie alle Patienten ihres Kollegen kontaktiert habe, kam selbstverständlich über Jonas Lippen. Es war nicht die erste an diesem Tag, und sie wusste, dass ihr weitere folgen würden. Reglos saß sie in ihrem Sessel, gefangen in einem Blickduell mit Anna Sturm, deren linkes Auge zu blinzeln begann. So sachlich wie möglich erklärte Jona, dass die meisten Patienten das Angebot einer Vertretung durch sie abgelehnt hätten. Doch die junge Frau ihr gegenüber schnappte den Köder nicht und fragte stattdessen, wie sie ihr aus der Krise helfen wolle.

„Was passiert denn in so einer Krise?", fragte Jona. „Was machen Sie dann?"

Einen Moment hörte man die peruanische Band von der Fußgängerzone durch das geschlossene Fenster, leise, rhythmische Melodien, die von einer Panflöte begleitet wurden.

„Immer das Gleiche." Anna Sturm warf Jona einen raschen Blick zu, als wäge sie ab, ob ihr zu vertrauen sei. „Also, ich reiße dann jemanden auf. Einen Mann." Sie lachte. Zum ersten Mal in der Sitzung entspannten sich ihre Gesichtszüge. Sie rutschte tiefer in den Sessel und zog das Kissen in ihrem Rücken auf den Schoß. „Gestern ein Taxifahrer. War eigentlich gar nicht mein Typ. Er trank Kaffee an der Theke und starrte die ganze Zeit vor sich hin. Lilit kam zu früh zur Schicht und löste mich ab. Beim Bezahlen hat er mir zum ersten Mal richtig ins Gesicht gesehen. Und weil ich nicht so gut drauf war, habe ich ihn ein bisschen angemacht."

„Verstehe", sagte Jona und wechselte die Sitzposition, während sie sich zum zweiten Mal an diesem Tag einer unverhohlenen Musterung ausgesetzt sah.

„Ich glaube, ich habe ihm eher leid getan. Der wollte mich umsonst nach Hause fahren. Als ich im Taxi saß, hat es mich dann gepackt."

„Es hat sie gepackt", wiederholte Jona nach einer Weile, als Anna Sturm in Schweigen versank. Sie kannte den schmalen Grat zwischen schrankenloser Offenheit und Scheu, auf dem sich Borderline-Patienten bewegten.

„Während der Fahrt habe ich ihn ein bisschen angemacht. Gelächelt, mit der Hand sein Bein berührt, so eben."

Jona nickte.

„Schon währenddessen wusste ich, dass es falsch war. Aber dann habe ich an einer roten Ampel meine Hand auf seinen Oberschenkel gelegt, und… na ja…" Anna Sturm drehte den Piercing-Ring an ihrer Braue. „Nachher ging es mir noch schlechter. Ich frage mich jedes Mal danach, wieso ich sowas tue. Ich habe es Juli erzählt. Die meinte, ich hätte einen Knall, so unvorsichtig zu sein, mit einem Fremden in eine Gartenhütte zu fahren."

„Gartenhütte?"

„Das war so ein richtiger Freak. Überall Fotos an den Wänden, lauter Gesichter. Richtig gruselig. Aber der Sex war gut. Sehr gut sogar."

Jona sah, wie sich der Mund von Anna zu einem Lachen verzog, aber das Lachen schien von weit her zu kommen, jedenfalls fehlte der Ton dazu.

„Wow."

„Wie bitte?"

„Sie sind sehr ehrlich", sagte Jona hastig und spürte, wie das Blut langsam in ihr Gesicht zurückkehrte. „Was haben Sie bisher gemacht, wenn solche Sachen passierten? Wozu riet Ihnen mein Kollege?"

Durch Anna Sturm ging ein Ruck. Nicht nur an der geraden Sitzhaltung ließ sich ihre neue Wachsamkeit ablesen. Auch die hektische, unstrukturierte Art zu reden, hob sich von ihrer offenherzigen Schilderung des One-Night-Stands ab. Alexander Tesch stand ihr bei, so viel konnte Jona den Ausführungen der Patientin entnehmen, emotionale Einbrüche und Ausreißer waren regelmäßig Gegenstand der Therapie. Und sie vertraute ihm.

Einen Moment war Jona versucht, die Patientin auf ihr gestriges Misstrauen in der Praxis anzusprechen, ein Blick in das verschlossene Gesicht hielt sie jedoch davon ab. Und an den One-Night-Stand mit Ron durfte sie nicht denken, nicht jetzt. Aber sie hatte Schwierigkeiten, sich auf die Frau vor ihr zu konzentrieren. Ergebnislos tröpfelten die Minuten dahin. Es war kurz vor Ende des Gespräches, als Anna Sturm abrupt aufstand und unter einer kurzen Entschuldigung das Zimmer verließ. Dem anschließenden Klicken im Flur folgte Stille. Reglos saß Jona im Sessel und lauschte den Schritten der jungen Frau, die sich Richtung Toilette entfernten. Kaum war Anna Sturm zurückgekehrt, fragte sie, warum das Jackett ihres Therapeuten an der Küchentür hänge, wenn er nicht da sei.

„Ich habe ein Recht auf die Wahrheit."

Langsam erhob sich Jona aus dem Sessel und stellte sich der jungen Frau, die zwei Köpfe kleiner als sie war, frontal gegenüber.

„Wie meinen Sie das?"

Nur unter größter Anstrengung blieb sie ruhig. Die Frau vor ihr litt unter einer Störung, die Alexander zweifelsohne noch verstärkt hatte. Sie war Opfer, keine Täterin. Aber beides getrennt voneinander gab es selten.

„Es wäre besser, Sie würden mir alles erzählen." Vorsichtig legte Jona die Hand auf die Schulter der jungen Frau. „Das würde uns weiterhelfen."

„Uns", echote Anna und fegte mit dem Handrücken die Berührung fort. „Sonst noch was?"

Sie riss ihre Tasche vom Boden und stapfte aus dem Zimmer. Ein Rascheln untermalte jeden ihrer schnellen Schritte, die Jona vom Zimmer aus verfolgte. Erst der Knall, mit dem die Praxistür ins Schloss fiel, erlöste sie aus ihrer Starre. Ron mit Anna in ihrer Gartenlaube, und keine Unsicherheit im Blick bei seiner Lüge. Als hätte ein anderer Mensch auf dem Steinboden der

Autowerkstatt gesessen, den Schraubenzieher in der Hand und ihr zu einem Besuch bei der Polizei geraten. In seiner ruhigen Art, mit dieser verfluchten Souveränität.

Jona sah sich um. Mit einem Mal kam ihr die Praxis wie ein Gefängnis vor. Sie war stolz gewesen auf die eigenen Räume, die sie vor dreieinhalb Jahren bezogen hatte. Vertrauen schaffen, Ängsten ihre Bedrohung nehmen, menschliche Stärken fördern, all das sollte hier stattfinden, und jetzt reihte sich ein Verrat an den nächsten. Das hohe, quadratische Zimmer, das sie an den jungen Mann mit dem entwaffnenden Lächeln abgetreten hatte, damit er ihr Arbeit abnahm, war zum Schauplatz von Lüge und Verrat geworden. Der Verrat hing wie ein Geschwür an ihrer Praxis, eines, dem man schon die Versorgung abgeklemmt hatte, und das trotzdem wie Unheil aus den Ritzen heraus weiter wucherte, um ihrem Leben unaufhaltsam die Luft abzuschnüren.

Sie schwang ihre Tasche über die Schulter und wollte gerade die Praxis verlassen, als der Anrufbeantworter in ihrem Sprechzimmer ansprang und eine Männerstimme in knappen Worten um einen Termin bat. Es klang nach einem von Alexanders Patienten, denen sie auf Band die ursprünglich mit ihm vereinbarten Termine abgesagt hatte. Jona ließ die Ansage noch einmal ablaufen, notierte seinen Namen und suchte die dazugehörige Akte heraus. Als sie die erste Seite überflog, runzelte sie die Stirn.

In den Abendstunden war die Hauptwache Treffpunkt der Jugendlichen, die in Gruppen herumlungerten, rauchten oder mit ihren Skateboards Kunststücke einübten. Jeden Abend bot sich die gleiche Kulisse, doch diesmal lief Jona nicht wie üblich zu ihrer Vespa, sondern blieb vor dem verkehrsberuhigten Platz stehen. Wie hatte Anna Sturm es ausgedrückt: Eine Taxifahrt, knisternde Stimmung und sehr guter Sex. Die exakte Wiederholung ihrer eigenen Geschichte mit Ron.

Sie sah zum Taxistand auf der gegenüberliegenden Straßenseite. Genau hier hatte sie ihn vor anderthalb Jahren kennengelernt.

Es war November gewesen, Nebel lag über den Dächern, die Herbststürme hatten den Boden in einen glitschigen Teppich verwandelt, und sie war stundenlang durch Frankfurts Innenstadt gelaufen, bis ein Platzregen sie gezwungen hatte, sich unter dem Vorsprung eines Tattoo-Studios unterzustellen. Vom Inhaber mit Espresso geködert, hatte sie zwei Stunden später das Studio mit einer kleinen Tätowierung auf der rechten Gesäßhälfte verlassen. Im nächstbesten Taxi, das sie nahm, saß Ron und sah ihr mitfühlend beim Einsteigen zu.

„Ischias?"

„So ähnlich." Sie hatte sich ein Lächeln nicht verkneifen können und sich nach einem Blick in sein ratloses Gesicht kurzerhand entschlossen, die ganze Geschichte zu erzählen. Der Novemberfrust, ihr Spaziergang, das spontane Tattoo. Schweigend hatte Ron zugehört, und dann, auf Höhe des Bornheimer Uhrtürmchens, sein Taxameter ausgestellt und sie in ein Café eingeladen. Ab da hatte sich der Nebel gelichtet. Ron, der Taxifahrer, brachte sie zum Lachen. Er war zehn Jahre jünger als sie, er hatte sein Geografiestudium abgebrochen, um sich den Traum eines eigenen Weinladens zu erfüllen, und er fragte genau im richtigen Moment, was das Tattoo denn nun abbilde. Sie lud ihn ein, es sich selbst anzuschauen.

Bei dem Gedanken an seinen Gesichtsausdruck musste Jona unwillkürlich lächeln. Es hatte keine weitere halbe Stunde gedauert, bis er sich auf ihrem Futon selbst von den Künsten des Tätowierers überzeugt hatte.

Der blecherne Glockenschlag der Katharinenkirche holte sie jäh in die Wirklichkeit zurück. Erst jetzt fiel ihr auf, dass sie wie eine Statue mitten auf der Zeil stand. Sie setzte sich in Bewegung, stopfte ihre Tasche ins Topcase ihres Rollers und beschloss nach einem Blick auf die Uhr, in den Günthersburgpark zu laufen, um dort die Akte des Anrufers zu studieren. Ihre leere Wohnung konnte sie jetzt einfach nicht ertragen.

7 Über den kleinen Stadtpark im Osten des Nordends hatte sich Ruhe gesenkt. Auch die Boulespieler an der beleuchteten Orangerie, die ihre Wettkämpfe oft noch bis in die späten Abendstunden ausdehnten, waren nach Hause gegangen und hatten die Grünanlage sich selbst überlassen. Schwarz und mächtig ragten die Silhouetten der Bäume in der Dunkelheit auf. Jona schloss die Ledermappe und ließ ihren Blick durch den verlassenen Park schweifen. Seit über einer Stunde saß sie auf der Wiese. Die Nacht war unbemerkt über sie hereingebrochen, so sehr war sie in die Notizen vertieft gewesen, die sich im fahlen Licht des Mondes nur schwer hatten entziffern lassen.

So oft sie die Aufzeichnungen des 16-Jährigen auch durchgegangen war, es ließ sich kein Hinweis auf eine seltsame Wendung der Therapie herauslesen. Seine Akte gehörte zu denen, die Alexander korrekt angelegt hatte. Ausgefüllte ABC-Formulare, Gesprächsnotizen, eigene Vermerke am Rand, die sich mit dem Thema „Mobbing" beschäftigten, und haarklein notierte Berichte.

Erneut wallte Zorn in ihr auf. Der 16-Jährige tat ihr leid, aber mit Mitleid kam sie hier nicht weiter.

Hendrik Denge war das, was man gemeinhin einen Fußabtreter nannte. Unfähig zur Gegenwehr, ließ er die harmlosen und weniger harmlosen Späße seiner Mitschüler scheinbar klaglos über sich ergehen. Vor einem Jahr hatten sie ihn bei einer Klassenfahrt mit Alkohol abgefüllt, dann, als er schlief, seine Hand in einen Krug warmes Wasser getaucht, sodass er ins Bett nässte. Als er aufwachte, saß die halbe Klasse um ihn herum, einer riss die Decke weg und schoss Fotos mit seinem Handy, die er dann ins Netz stellte. Jona ließ die Akte sinken. Das alte Gesetz von Macht und Erniedrigung. Doch der Widerstand, der dem damals 15-Jährigen einmal gelang, indem er um sich trat und dabei die Schneidezähne eines Mitschülers ruinierte, wurde nicht belohnt. Der Fall kam vor den Rektor, sodass die halbe Schule davon erfuhr. Statt als einer gefeiert zu werden, der sich endlich einmal geprügelt hatte, erhielt er den Spitznamen „Pissi", der nicht nur in seiner Klasse die Runde machte.

Sie legte sich auf den Rücken und starrte in den vom Mond erhellten Himmel. Tritte, Schläge. Verfolgung auf dem Heimweg. Und Cybermobbing. Verleumdungen per Internet. Die Liste der Demütigungen war reichhaltig. Dennoch kam es ihr ungewöhnlich vor, dass Hendrik Kontakt zu ihr aufgenommen hatte. Jugendliche musste man in der Regel eher zu einer Therapie überreden. Vielleicht war er einer der wenigen, die in diesem Alter schon beschlossen hatten, ihr Leben in die Hand zu nehmen. Bei dieser Vorgeschichte? Der Schatten eines Eichhörnchens huschte dicht an ihrem Kopf vorbei. Sie überstreckte ihren Nacken und sah es in den Weiten des Parks verschwinden. Möglicherweise war Hendrik erleichtert über einen Therapeutenwechsel. Alexander konnte schließlich auch bei ihm Grenzen überschritten haben. Vielleicht hatte er ihn verbal gedemütigt. Eine fehlgeleitete Expositionsübung, eine ungewollte Erniedrigung, die ungeahnte Gewalt bei dem Jungen freigesetzt hatte. Ihr Oberkörper schnellte nach vorn. Ohne es zu wollen, hatte sie jemandem ein Tatmotiv unterstellt und ihn damit zu einem Verdächtigen gemacht. Musste sie das nicht mit jedem Patienten ihres Mitarbeiters tun? Erneut wanderten ihre Augen über die Blätter in der Patientenmappe. Der Eintrag „Vatergespräch", an dem sie hängen blieb, war vor zwei Wochen notiert worden, wenn sie das Datum in der Dunkelheit richtig entzifferte. Vatergespräch. Was hatte Alexander damit gemeint? Hatte es sich um den klassischen Fall von Übertragung gehandelt, in dem die Konflikte mit dem Elternteil auf den Therapeuten übertragen wurden, oder ging es in dem Gespräch inhaltlich um seinen Vater? Vielleicht lag hier der Schlüssel zum Verständnis des Jungen. Er war der Erste von Alexanders Patienten, den sie emotional auffangen musste. Warum sonst sollte er sich an sie gewandt haben?

Sie packte ihre Sachen zusammen. Die Steinchen unter den Sohlen ihrer Turnschuhe knirschten, als sie den Park durchquerte. Verlassen stand das Sprühfeld auf dem Wasserspielplatz, wie ein seltsames Steintier mit vier Köpfen, umrundet von verlassenen Bänken. Der Mond warf sein bleiches Licht auf den Rasen. Rechts des Weges schimmerte die Bronzeskulptur des Sämanns. Irgendein Witzbold hatte auf den Sockel mit schwarzer Farbe die Worte „Sei frei, immer" gesprayt. Solange sie in Bornheim wohnte, fand sich das Graffiti an der gleichen Stelle, auch wenn es vom Gartenamt in regelmäßigen Abständen entfernt wurde. Spätestens am übernächsten Tag prangte der Appell wieder auf dem Sockel.

Wie viele Male musste jemand noch diese Botschaft in die Welt sprayen, bis die Stadt Frankfurt resignierte?

Und was bedeutete Freiheit? Die Praxis zu schließen und neu anzufangen?

Wie immer, wenn sie einen Gedanken zu fassen suchte, blieb Jona stehen. Warum musste sie immer in Extremen denken? Der schwere, süße Blütenduft der Linden stand in der Luft. Warum nicht mal die goldene Mitte. Hatte sie Angst davor, mittelmäßig zu sein? Für viele Patienten gab es keinen schlimmeren Feind als das Mittelmaß, und obwohl jede Sitzung anders verlief, bestand eine ihrer häufigsten Anregungen darin, sich die Ergebnisse von Alles-oder-nichts-Reaktionen genau zu betrachten und nach realistischeren Handlungsmustern zu suchen. Jona verließ den Park durch das schmiedeeiserne Tor. Auf der von Laternen beleuchteten Straße fiel die Schwere von ihr ab. Wer sagte, dass Therapeuten ihr Leben besser meistern mussten als ihre Patienten?

Es war halb drei, als sie am nächsten Tag ihre Praxis betrat. Nicht mehr lange, und sie würde dem Jugendlichen gegenübersitzen, dessen Biografie sie die halbe Nacht beschäftigt hatte. Ihre Terminabsprache am Vormittag war knapp und förmlich verlaufen. Nach der Bestätigung des Drei-Uhr-Termins hatte Hendrik etwas vom Ende der Schulpause gemurmelt und die Handyverbindung unterbrochen. Zu diesem Zeitpunkt war sie gerade von der Intensivstation des Krankenhauses gekommen. Eine geschlagene Stunde hatte sie an Alexanders Bett gestanden und sich bemüht, aus dem fein geschnittenen Männergesicht eine Regung herauszulesen, irgendeine, die ihr begreiflich machen konnte, wo seine zweite, verborgene Persönlichkeit lag. Eine weitere Computertomographie hatte den Verdacht auf eine Hirnblutung bestätigt. Allein in dem schmucklosen Raum mit den Apparaturen, den Blick auf die Schläuche und das glatte, unschuldig wirkende Gesicht, hatte Jona nicht die kleinste Schwingung von ihm aufnehmen können. Als läge eine Leiche vor ihr. Nur das unaufhörliche Piepsen des Überwachungsmonitors verriet, dass er noch lebte. „Wer bist du?", flüsterte sie und berührte seinen Unterarm. Doch vor ihr lag ein Unbekannter, einer, der ihr mit jeder neuen Information aus seinem verborgenen Leben fremder wurde.

Vor zwei Wochen hatten sie in der Praxisküche bei einem Tee gesessen und sich gemeinsam über eine astrologische Beratung im Radiosender amüsiert. Seine Mimik zu den Kommentaren der Astrologin war so albern gewesen, dass allein der Gedanke daran sie erheiterte. Jemand, der solche Späße machte, konnte doch keine Patienten eigennützig manipulieren. Mit diesem Lächeln, das einem direkt ins Herz ging.

Erschöpft und unglücklich hatte sie die Intensivstation verlassen und das kurze Telefongespräch mit Hendrik Denge im Foyer geführt.

Jetzt in den vertrauten Räumen ihrer Praxis kam ihr der Besuch im Krankenhaus unwirklich vor. Nur das Gefühl der Leere war geblieben.

Jona wandte sich den Aufzeichnungen in ihrem Heft zu, die sie bei sich „Meine Ermittlungen" nannte. Bisher enthielten sie nur Stichpunkte über die drei Patienten, die von ihrem Mitarbeiter auf perfide Weise ausgenutzt worden waren. Anna Sturm, Celia Rumpf, Florian Moser. Jeder von ihnen hätte ein Motiv. Wie sie deren Alibi überprüfen sollte, war ihr jedoch ein Rätsel.

Ihr Gefühl sagte ihr, dass niemand von ihnen in die Sache verwickelt war, aber ließ es sich wirklich erspüren, ob jemand eine Gewalttat begangen hatte? Bisher hatte sie ihrem Bauchgefühl immer trauen können – bis Alexander in ihr Leben getreten war.

„Vatergespräch" schrieb sie hinter Hendrik Denges Initialen in ihr Heft und setzte dahinter ein Fragezeichen.

Sie hatte sich vorgenommen, die Beziehung zum Vater wie beiläufig ins Gespräch einfließen zu lassen. Als sie den Jungen jedoch an der Tür begrüßte, wusste sie, dass es schwierig werden würde. Sein gesenkter Blick konnte nicht über die Wachsamkeit hinwegtäuschen, die in ihm lag. Auch im Gespräch registrierte der 16-Jährige wie ein Seismograf jede Bewegung von ihr und jedes zu sorgfältig gewählte Wort. Erst nach einer Weile wagte Jona die Frage, ob seine Eltern von diesem Termin wussten.

„Klar."

„Und was haben sie dazu gesagt?"

Ein Schleier schob sich vor die Augen des Heranwachsenden, der mit hochgezogenen Schultern ihr gegenüber im Sessel saß, Arme über den Bauchansatz verschränkt, die Knie aneinandergepresst. Jona musterte das rundliche Gesicht mit den langen Wimpern, die ihm etwas Weibliches verliehen. Hendrik Denge war einer der Pubertierenden, die den ganzen Tag mit Stöpsel im Ohr herumliefen, zu viele Chips aßen, ihre überflüssigen Pfunde, Komplexe und Ängste hinter zu weiter, schwarzer Kleidung versteckten, und doch ging von dem Körper eine Spannung aus, eine Art Erwartungshaltung, als bedürfe es nur eines Codes, um den Panzer zu knacken. Stellte er sie auf die Probe?

„Sie sagen, Sie werden gemobbt, real und im Netz. Wie gehen Ihre Eltern denn damit um?"

Hendrik zuckte mit den Schultern. Wenn es so weiterging, verlor sie ihn. Sie drehten sich mit diesem Frage-Antwort-Spiel im Kreis, ohne dass sich herauskristallisierte, was der Jugendliche wirklich von ihr wollte. Seine schwammige Begründung, die Therapie ohne Pause durchziehen zu wollen, nahm sie ihm genauso wenig ab wie seine Ahnungslosigkeit. Dafür umschiffte er zu geschickt direkte Antworten auf ihre Fragen. Zweimal hatte er das Wort „Empowerment" zur Sprache gebracht, das sein Selbstbewusstsein stärken und ihn so vor weiteren Mobbingattacken bewahren sollte. Alexander musste ihm davon erzählt haben, und der Junge tat so, als sei dieser Therapieansatz eine Art Seelenaufrüstungssoftware, die auch von einem anderen installiert werden konnte.

Sich schikanieren lassen, geduckt, passiv und heimlich aufatmend, wenn es einen anderen traf, es war immer die gleiche Hölle, die manche Menschen in ihrer Kindheit und Pubertät erleben mussten. Unbehaglich lehnte Jona sich im Sessel zurück.

Die Erinnerung an Franky, den Prügelknaben aus Kinderzeiten, blitzte unvermittelt auf. Unsportlich und einfältig, war der Zwölfjährige eine beliebte Zielscheibe für jede Art von Demütigung gewesen, insbesondere von den älteren Jungs einen Siedlungsblock weiter. Keiner hatte sich getraut, Franky zu helfen, außer ihr. Bis zum Tag der Katastrophe. Sie zwang sich, den Gedanken daran niederzukämpfen, drehte sich zur Seite und nahm wieder den schwarz gekleideten Jugendlichen in Augenschein. Er sah Franky sogar ein wenig ähnlich.

„Hendrik, wie kann ich Ihnen helfen?"

„Gar nicht." Sein Blick wanderte zum Fenster. „Bescheinigen Sie mir einfach diese Stunde."

„Wie hat Herr Tesch Ihnen denn geholfen?"

„Wir haben geredet. Über die Schule. Ab und zu hat er mir Tipps gegeben, wie ich mich wehren soll. Aber ich kann das nicht. Zuschlagen."

„Haben Sie das geübt?"

„Was?"

„Zurückzuschlagen. Im geschützten Raum mit Herrn Tesch." Jona hielt die Luft an.

„Nur geredet", kam es zögernd.

„Über die Mitschüler, die mobben? Oder auch über andere Sachen? Ihre Familie?"

Sie trank einen Schluck Wasser. Es gab nicht viele Patienten, denen es gelang, mit der Intimität des gemeinsamen Stillsitzens zurechtzukommen. Doch der Heranwachsende ignorierte ihre Frage, als hätte sie sie nie gestellt. Er schien vollständig in sich zurückgezogen. Nur von den geröteten Wangen ließ sich seine Erregung ablesen. Und seine Verlegenheit. Vom Fitnesscenter setzte entfernt der dumpfe Bass von Discomusik ein. Hendrik hob den Kopf zur Decke.

„Ihre Musik?", fragte Jona.

Es war das erste Mal, dass ein Lächeln über sein Gesicht huschte.

„Nein. Nicht wirklich."

„Und was ist da drin?" Sie deutete auf die Ohrstöpsel, deren Kabel um seinen Hals flossen.

„Hip-Hop. Blues. Und Klassik."

„Interessante Mischung." Vergeblich forschte sie im Gedächtnis nach modernen Bands, deren Namen sie fallen lassen konnte, während sie erläuterte, dass das Sportstudio über ihr die Anlage für morgen ausprobierte.

„Die feiern da oben morgen Einjähriges."

Hendrik zuckte mit den Schultern. Der Wecker auf dem Tischchen gab ihr noch 15 Minuten, um an den Jugendlichen heranzukommen.

„Kann ich jetzt gehen?"

„Wenn Sie möchten, können Sie Ihre Therapie bei mir fortführen, bis Herr Tesch wieder", sie zögerte, „gesund ist."

„Kommt er denn überhaupt zurück?"

„Was spricht dagegen?"

„Weiß ich doch nicht", murmelte Hendrik, ohne sie anzusehen.

Sein feuchter Händedruck an der Praxistür war der letzte und widersprüchlichste Eindruck, den sie von diesem Treffen behielt. Trotz seines fluchtartigen Abschieds war seine Hand eine Spur zu lange in der ihren geblieben.

Bedürftig, notierte sie und beschloss, Hendriks Eltern wegen der Patientenübernahme um ein gemeinsames Gespräch zu bitten. Vielleicht ergab sich ja daraus, warum sie die Therapie privat zahlten.

8 Dass sie am Mittag des nächsten Tages im Zug nach Düsseldorf saß, hatte sich spontan ergeben. So spontan, wie ihr Leben sich gerade in einen Krimi verwandelt hatte, dachte sie und lehnte sich in den Sitz zurück. Müde folgten ihre Augen den Regentropfen, die in schrägen Bahnen die Scheibe des ICE hinunterkrochen. Das Rattern der Zugräder unterlegte ihre Gedanken mit seinem gleichförmigen Rhythmus. Sie hatte die halbe Nacht dem Plätschern des Regens gelauscht, sich Rons warmen Körper neben ihren gewünscht und ihn gleichzeitig verflucht. Erst gegen Vormittag war sie durch einen Telefonanruf Steiners erwacht und nach dem Gespräch unter die Dusche gesprungen, um eine halbe Stunde später mit dem Taxi zum Bahnhof zu rasen. Ein Espresso auf die Hand, ein kurzer Schlagabtausch mit zwei Japanerinnen, deren Rollkoffer ihre Ferse gerammt hatte, dann saß sie endlich im Zug.

Wie durch ein Wunder war das Abteil, in das sie sich gesetzt hatte, leer geblieben. Vielleicht aber hatten auch ihre Blicke zu den ins Abteil Spähenden dem Wunder nachgeholfen.

Jona legte ihre Füße auf den gegenüberliegenden Sitz. Die vorbeirasende Landschaft verschwamm zu einem grünen, schlierigen Meer.

Sie stellte sich vor, wie sie das Fenster aufschob, ihr Gesicht in den Fahrtwind streckte und ihr der Sommerregen die Erinnerungen an die Ereignisse der letzten Tage fortspülen würde, bis sie sich frisch und neu fühlte. Sehnsüchtig glitt ihr Blick nach draußen, während der vollklimatisierte Hochgeschwindigkeitszug mit unsanftem Schlingern in einen Tunnel einfuhr.

Niemand wusste von ihrem Ausflug, nicht einmal Ron. Seit sie durch Anna Sturms unfreiwilliges Geständnis von seinem Fremdgehen wusste, hatte sie sich zurückgezogen. Ein Zug aus der anderen Richtung donnerte vorbei und legte einen unangenehmen Druck auf ihre Ohren.

Ihre Regeln für eine gute, freie Beziehung waren klar definiert und Ausbrüche erlaubt – wenn der andere nicht von ihnen erfuhr! Im Geiste sah Jona, wie Ron ihre Malutensilien von der Couch fegte und die an die Wand gelehnten Bilder auf den Rücken drehte, um sich dann von Anna in die Kissen ziehen zu lassen. Warum, verdammt, musste er es ausgerechnet in ihrer Gartenhütte tun, wo er doch wusste, wie heilig ihr dieser Ort des Rückzugs war. Dazu mit einer 23-Jährigen. Es war so banal.

Von einer plötzlichen Unruhe getrieben, stand sie auf und verließ das Abteil.

Im Bordbistro aß sie ein belegtes Brötchen und starrte durch die regennasse Scheibe auf die Landschaft. Das Telefongespräch mit Ulf Steiner hatte ihre Ermittlungen in eine andere Richtung gelenkt. Dass keine Patientenmappe fehle und auch sonst keine Auffälligkeiten in der Aktenführung zu erkennen seien, hatte er bei ihrem ersten Gespräch einen Tag nach dem Überfall kommentarlos zur Kenntnis genommen. Entweder er besaß kein feines Gehör für den Klang der Lüge, oder der Fall war für die Polizei noch nicht brisant, weil man darauf wartete, dass die Schwellung in Alexanders Gehirn sich zurückbildete und er aus dem künstlichen Koma geholt werden konnte.

Als Steiner sich vor wenigen Stunden ein zweites Mal nach Neuigkeiten erkundigt hatte, war sie in Versuchung gewesen, ihm alles zu erzählen. Eigenmächtige Recherche. Verschweigen von Verdachtsmomenten. Fahrlässigkeit bei der eigenen Arbeit. Die Liste ihres Fehlverhaltens war beachtlich und wurde täglich durch neue Übergriffe erweitert. Den Telefonhörer fest umklammert, hatte Jona dem Zwiegespräch in ihrem Innern gelauscht.

Doch ihr langes Schweigen schien der Kommissar ihrer Müdigkeit zugeschrieben zu haben, und so war der Moment ihres möglichen Geständnisses ungenutzt verstrichen. Die Kripo ging inzwischen von einem Raubüberfall aus. Wie angekündigt hatten sie sich am Mittwochabend vom Hausmeister die Tür zu Alexander Teschs Wohnung öffnen lassen, jedoch nichts Verdächtiges gefunden. Auch im Computer seien nur unauffällige Dateien gewesen, weder ein Adressverzeichnis von Freunden noch private Notizen. Inzwischen hatte man den Vater in Düsseldorf ausfindig gemacht und verständigt, wie Steiner ihr erzählte, bevor er das Gespräch beendete. Der Kommissar war keiner, der Floskeln von sich gab, er schien ein stiller Mensch, aus dessen Formulierungen ein feiner Humor sprach. Erstaunt sah Jona in der Spiegelung des Zugfensters, dass ihr ein Lächeln im Gesicht saß.

Sie sah auf die Uhr. Es war später Mittag, in einer halben Stunde würde der Zug in den Düsseldorfer Hauptbahnhof einfahren. Sie beschloss, sich endlich auf die Fragen zu konzentrieren, die sie vorbereitet hatte. Eine zweite Begegnung mit Hans Tesch würde es vielleicht nicht geben.

Am Bahnsteig herrschte Trubel. Zwei oder drei Schulklassen schienen Wandertag zu haben und drängelten sich in den Zug, Passanten schimpften, ein Schäferhund, an kurzer Leine gehalten, bellte laut und heiser. Jona schulterte ihre Tasche und bahnte sich einen Weg durch die Reisenden, bis sie den Treppenabgang erreichte. Der Vorort, in dem Hans Tesch wohnte, lag laut Karte ganz in der Nähe. Es würde also nicht mehr lange dauern, bis sie dem Vater ihres mysteriösen Mitarbeiters gegenüberstand. Hans Tesch hatte die Nachricht vom Zustand seines Sohnes laut Steiner ungewöhnlich ruhig aufgenommen, und im

Krankenhaus war er den Aussagen der Schwestern nach nicht aufgetaucht. Das war mehr als ungewöhnlich.

Entschlossen lief sie auf das einzige Taxi auf dem Bahnhofsvorplatz zu und nannte der Fahrerin die Adresse, die sie über Internet recherchiert hatte.

Wenig später stand sie vor der Tür eines kleinen, roten Einfamilienhauses und spürte, wie ihr Herz zu klopfen begann. Sie klingelte. Eine halbe Minute passierte nichts. Erst als sie es erneut versuchte, war von innen ein Rascheln zu vernehmen. Jona straffte den Oberkörper und setzte eine freundliche Miene auf, als die Tür von innen geöffnet wurde.

„Ja bitte?"

Die stahlblauen Augen, die sie musterten, waren denen ihres Mitarbeiters so ähnlich, dass Jona für einen Moment die Sprache wegblieb. Der Mann in der Eingangstür war etwa 70 Jahre alt, sportlich gekleidet, und aus seinem schlohweißen Schopf sahen die zwei Halbmonde einer Lesebrille, die er ins Haar geschoben hatte, hervor. Erst als er seine Frage wiederholte, stellte sie sich vor und fügte hinzu, dass sein Sohn bei ihr angestellt sei.

Hans Tesch ignorierte die Hand, die sie ihm entgegenstreckte. „Ich habe keinen Sohn."

Irritiert sah Jona auf das Klingelschild an der Hauswand. Der Alte folgte ihrem Blick. „Nicht mehr jedenfalls." In das Blau seiner Augen war eine glanzlose Kälte getreten.

Eine derart übergangslose Veränderung der Persönlichkeit hatte sie bisher selten erlebt.

„Ich brauche Ihre Hilfe."

„Wissen Sie, wie oft ich das schon gehört habe?" Ein bitteres Lächeln legte das Gesicht in Falten, während seine Hand nach der Klinke griff. „Es passt auch gerade nicht."

„Ich kann später wiederkommen." Jona registrierte die rasche Musterung ihrer Person und beglückwünschte sich zu dem Entschluss, ihre beste Jeans und eine weiße Bluse angezogen zu haben. Mit Abwehr hatte sie gerechnet, mit Aggression und Unmut, nicht aber mit der ruhigen Bestimmtheit, die einen Riegel vor ihre Wünsche schob. Vor ihr stand ein Mann, der es gewohnt war, Entscheidungen zu treffen und sich nicht gegen seinen Willen in ein längeres Gespräch an der Tür verwickeln ließ.

„Ich muss das verstehen." Sie trat einen Schritt nach vorn, sodass sie notfalls einen Fuß in die Tür stellen konnte. „Ich habe Ihren Sohn in meiner Praxis angestellt, ihm Patienten anvertraut und ihn als Therapeut weiterempfohlen und finde ihn bewusstlos geschlagen in seinem Zimmer. Geben Sie mir ein paar Minuten, seinen Patienten zuliebe."

„Er arbeitet als Therapeut?"

Jona nickte und registrierte, wie Hans Tesch sich kopfschüttelnd umdrehte und ins Haus ging. Sie folgte ihm bis zur Türschwelle des Wohnzimmers. Ein blaues Ledersofa mit einem Nierentisch davor und ein Schaukelstuhl waren die einzigen Möbel in dem Raum, der direkt in einen lichtdurchfluteten Anbau überging. Drei verglaste Verandatüren fingen das Licht des Tages ein und bündelten es auf dem Esstisch, von dem aus man Sicht auf einen prachtvoll angelegten Garten hatte. Selbst jetzt, bei regenverhangenem Himmel, spendeten sie Helligkeit. Jona versuchte, die Designerstühle und den Kronleuchter mit der Erscheinung des älteren Mannes in Einklang zu bringen, der sich demonstrativ hinter sein Bügelbrett verschanzt hatte. Erst jetzt fiel ihr der halb gepackte Koffer in der Ecke auf.

„Sie verreisen?"

„Nach Rom. Studienfahrt. Am frühen Abend, genauer gesagt in drei Stunden. Was wollen Sie?"

Der Wasserdampf zischte beim Aufsetzen des Bügeleisens, als entlade sich Hans Teschs Unmut in das weiße Hemd.

Alles kurz und klein schlagen, dachte Jona, von hier verschwinden und die alte Welt vorfinden, die jemand von einem Tag auf den anderen ausgelöscht hat. Sie atmete durch und lehnte sich an den Holztisch.

„Ihr Sohn hat als Therapeut eine Menge unverantwortlicher Dinge getan. Es könnte sein, dass jemand sich deswegen rächen wollte."

Nach einem langen, undefinierbaren Blick verschwand Hans Tesch durch die angrenzende Küche. Das Ächzen der Stufen verriet seine Schritte in den ersten Stock, aus dem er kurz darauf mit einem Fotoalbum in den Händen zurückkehrte.

„Das ist mein Sohn." Der Zeigefinger seiner Hand tippte hart auf eine Schwarz-Weiß-Fotografie.

Es war nicht schwer, in dem lächelnden Jungen die Gesichtszüge des 31-jährigen Alexander Tesch zu erkennen.

„Den, der durch die Gegend läuft und Menschen kaputtmacht, kenne ich nicht. Der trägt nur meinen Namen."

Seine Miene war zu Stein geworden. Unschlüssig blickte Jona auf die Fotografie, die Mutter und Sohn im Schwimmbad zeigte. Nicht nur Alexander schien mit seiner Vergangenheit abgeschlossen zu haben.

„Wie denkt Ihre Frau darüber?", fragte sie und bereute im gleichen Moment ihre Unüberlegtheit. Dass in diesen Wänden nicht noch jemand lebte, war mehr als ersichtlich.

„Er hat sie auf dem Gewissen", sagte Hans Tesch leise und schob die Brille auf seine Nase. Eine Weile versank er in die Welt, in der eine hübsche, dunkelhaarige Frau mit einem etwa dreijährigen Jungen auf dem Arm auf einer Wiese stand.

„Fortgeschrittenes Mammakarzinom hieß es." Er sah hoch und klappte das Kapitel Vergangenheit wieder zu. „In Wirklichkeit jedoch ist sie an gebrochenem Herzen gestorben. Die Enttäuschung über ihr einziges Kind hat sich in jede ihrer Zellen gefressen."

„Und Alexander?"

„Mit dem waren wir fertig. Ich habe ihm verboten, sich nochmal zu melden, das war zwei Jahre vor Beginn ihrer Krankheit."

„Das heißt, er weiß gar nicht, dass seine Mutter nicht mehr lebt."

Die reglose Miene ihres Gegenübers war Antwort genug. Hans Tesch trat hinter das Bügelbrett zurück und begann, die Ärmel des Hemdes zu glätten, als sei alles gesagt.

Verzweifelt suchte Jona nach Worten, die das Gespräch in Gang halten konnten. Hatte der Regen schon länger wieder eingesetzt oder begann das feine Trommeln gegen das Verandaglas erst jetzt, da sie im Begriff war, sich der ganzen Wahrheit auszusetzen?

„Was heißt das: Menschen kaputtmachen?"

„Sie sind die Psychologin."

„Und deswegen frage ich mich, wieso Alexander so geworden ist. Irgendetwas muss er doch erlebt haben."

Sie trat einen Schritt nach vorn, doch Hans Tesch nahm keine Notiz von ihr.

„Und dabei ist er nie zur Rechenschaft gezogen worden", murmelte er, „man hat ihm geglaubt."

Eine Weile war nur das leise Ächzen des Bügelbretts zu hören. Jona wandte ihren Blick ab. Das satte Grün des Gartens schob sich in ihre Wahrnehmung. Noch immer standen die letzten Worte Teschs im Raum. Konnte es sein, dass die Eltern für all das, was Alexander angestellt hatte, verantwortlich gemacht worden waren?

„Ich musste mir sogar von seiner Therapeutin anhören, dass wir zu autoritär seien. Wir. Die nachgiebigsten Eltern, die man sich vorstellen konnte. Aber er hat ihr eine Lüge nach der anderen über uns aufgetischt, und sie hat sie ihm abgenommen. Als Therapeutin."

Jona schluckte. „Warum war Ihr Sohn denn in Therapie?"

Stumm sah sie zu, wie er nach dem nächsten Hemd auf dem Stapel griff. Dann, einem Impuls folgend, bückte sie sich und zog den Stecker des Bügeleisens aus der Dose.

„Ihr Sohn kann jede Sekunde sterben."

„Was wollen Sie hören?" Knallend schlug das Bügeleisen in die Halterung. „Die Geschichte eines Menschen, der seine Freunde ausnutzt, sich prügelt, heimlich die Schmuckstücke seiner Eltern versetzt und immer nur auf seinen Vorteil bedacht ist? Dem statt eines Herzens eine pumpende Maschine im Körper sitzt?"

Mit gepresster Stimme erzählte er weiter. Von einem Jungen, der schon im Kindergarten nur eines kannte: andere Kinder gegeneinander auszuspielen und sich bei den Erziehern beliebt zu machen.

„In der Grundschule hat er Schwächeren das Spielzeug geklaut. Die Gutmütigen hat er durch Schmeicheleien oder Erpressung dazu gebracht, seine Hausaufgaben zu erledigen. Für jeden seiner Diebstähle lieferte er Erklärungen, die selbst wir ihm oft abnahmen. Warum, verstehe ich heute nicht mehr. Bernd, seinem einzigen Freund, hat er mit 15 Jahren die Freundin ausgespannt, um sie nach zwei Nächten wieder fallen zu lassen. Jeder, der ihn neu kennenlernte, war fasziniert von seinem Charme. Ein Mädchen nach dem anderen tauchte hier auf, aber immer nur für ein paar Wochen, dann wurden sie ihm langweilig." Hans Tesch hielt inne, sein Blick glitt in die Ferne, als tauche er einer Erinnerung nach.

„Viermal ist er von zu Hause ausgerissen. Die Polizei musste ihn zurückbringen, und jedes Mal ist meine Frau einen kleinen Tod gestorben. Und er? Immer die gleiche Antwort: Weil ich das wollte. Keine Entschuldigung, keine Ausflüchte. Als wäre das eine Legitimation. Etwas zu wollen. Zur Therapie ist er nur gegangen, weil ich gesagt habe, dass er sich sonst die Ausbildung zum Piloten aus dem Kopf schlagen kann."

„Pilotenausbildung?"

„Abgebrochen. Nach einem halben Jahr. Und das Geld, das ich ihm vorab überwiesen hatte, wortlos einkassiert. Glauben Sie mir, Alexander ist böse, durch und durch."

Der Glanz in seinen stahlblauen Augen war erloschen. Jona zwang sich, dem resignierten Blick standzuhalten, während sie versuchte, die vielen Informationen zu einem Gesamteindruck zu verarbeiten. Gab es das, einen durch und durch bösen Menschen? Berechnung, Ellenbogendenken, Schadenfreude, Arglist, Gehässigkeit, Neid, Rache, Unvermögen, all das offenbarte sich täglich in den Sitzungen. Doch noch nie hatte jemand ihre Praxis verlassen, den sie als böse bezeichnet hätte. Die Schilderungen über Alexander klangen, als sei er ein Teufel.

„Eines verstehe ich nicht", sagte Jona und spürte Mitleid mit dem Mann ihr gegenüber. „Warum haben Sie das solange mitgemacht?"

Hans Tesch zog die Brille aus dem Haar und strich eine Strähne nach hinten. Die Erscheinung des abgeklärten Geschichtsprofessors war der eines gescheiterten Mannes gewichen.

„Wie oft habe ich darüber mit meiner Frau gestritten. Aber sie hoffte bis zum Ende. Wenn Sie meine Meinung hören wollen: An Alexander ist das alles vorbeigegangen. Als könnte er seine Gefühle mit einem Schalter ausknipsen, nein, als hätte er gar keine. Es interessierte ihn dann einfach nicht mehr. Wenn ich ihm sagen würde, er soll sich um seine Tochter kümmern, würde er sagen, dass sie das Kind gewollt hat, nicht er…"

„Alexander hat ein Kind?"

„Das er nie gesehen hat. Sandra zieht es alleine groß, ich unterstütze sie finanziell. Und jetzt fragen Sie mich bitte nicht nach seinem Gewissen. Glauben Sie mir, er weiß nicht einmal, was das ist."

„Gewissenlos."

Jona öffnete eine Dose Bier und trank den Schaum ab. Sie war müde und erschöpft. Den Nachmittag über war sie ziellos durch Düsseldorf gelaufen und hatte versucht, das, was sie erfahren hatte, mit dem Mann in Einklang zu bringen, dem sie bis vor einer Woche blind vertraut hatte. Es war ihr nicht gelungen.

In der Zugscheibe spiegelte sich die im Sitz kauernde Gestalt eines Jugendlichen, der durch seine Kopfhörer wie an einer Nabelschnur mit seinem Laptop verbunden war. In Abständen griff er in eine Tüte mit Gummitieren und schob sich eines davon in den Mund, ohne den Blick vom Monitor zu nehmen. Jona schloss die Augen und spürte das Schlingern des Zuges, der durch die Dunkelheit schoss. Der vertraute Takt der Schienen unterlegte ihre Gedanken. Gewissenlos. Skrupellos. Ohne Empathie. Und das bei einem Therapeuten. Vermeintlichen Therapeuten. Hans Tesch hatte von keinem Psychologiestudium seines Sohnes gewusst. Selbst wenn Alexander direkt nach dem Bruch mit seinen Eltern damit begonnen hätte, wäre er kaum damit fertig. Die Approbation, die in seinem Sprechzimmer an der Wand hing, musste gefälscht sein. Sie hatte sich von einem Schwindler täuschen lassen, einem Charmeur, der seine Ausstrahlung rücksichtslos einsetzte, um Menschen zu manipulieren und seine Bedürfnisse zu befriedigen. Sex, Geld, Macht. Und vielleicht Nervenkitzel gegen den sich immer wieder öffnenden Schlund der Langeweile. Konnte es sein, dass Alexander Tesch einer von denen war, die immer neue Kicks brauchten, um sich überhaupt zu spüren? Oder dass er, wie sein Vater behauptete, wirklich keine Gefühle hatte? Seine unpersönlich eingerichtete Wohnung kam ihr in den Sinn. Der Gedanke an das Psychologiebuch vor seinem Bett versetzte ihr einen Stromschlag. Sie riss ihre Füße vom Sitz, die Computertasche von der Ablage und zerrte ihren Laptop heraus. Während der Computer hochfuhr, überschlugen sich ihre Gedanken. Jemand, der keine Gefühle empfand, musste sich Reaktionsmuster anlesen. Alexander hatte die Fachbücher für sich selbst gelesen, nicht zum besseren Verständnis seiner Patienten. Gefühlsarmut, Lügen, Manipulation, mangelndes Gewissen. Mein Gott, wie konnte sie so blind gewesen sein!

Hektisch huschten ihre Finger über die Tastatur, bis sich die gesuchte Datei öffnete.

Die Psychopathie-Checkliste.

19 Kriterien und für jedes Kriterium bis zu drei Punkte.

Ihr Puls jagte. Sie nahm einen Schluck aus der Dose und fing den grinsenden Blick des Jugendlichen auf, der sich nun bückte und ebenfalls ein Bier aus seiner Sporttasche zog.

Die stichpunktartig aufgelisteten Merkmale der Störung lasen sich wie die Zusammenfassung der Person, von der Hans Tesch am Nachmittag ein Bild entworfen hatte: Charme, Selbstüberschätzung, Bedürfnis nach Stimulation, Lügen, Manipulation, fehlendes Schuldgefühl, parasitäres Verhalten. Ihr Blick huschte die Liste hinab, erfasste Begriffe wie frühe Verhaltensprobleme, promiskuitives Sexualverhalten, Unverantwortlichkeit. Bei dem Punkt der Weigerung, Verantwortung zu übernehmen, ließ sie sich in die Sitzlehne zurückfallen. Noch immer raste der ICE wie ein blindes Tier durch die Nacht.

Die Punktezahl auf der Checkliste enttarnte Alexander als klassischen Psychopathen. Magensäure stieß ihr auf und brannte in der Kehle. Sie steckte die halbvolle Dose Bier in den Klappmülleimer, drückte ihren Handballen in die brennenden Augen und fing den neugierigen Blick des Jugendlichen auf.

„Schöne Scheiße", entfuhr es ihr.

„Was?" Der Jugendliche löste einen Stöpsel aus seinem Ohr.

„Der dunkle Lord liegt im Koma." Ihr Auflachen klang heiser, aber der Junge schien sich über ihre Worte nicht zu wundern. Er deutete auf ihren Laptop. „Soll ich mal?"

Jona schüttelte den Kopf, bevor sie das Abteil verließ. Wenn sie Glück hatte, bekam sie im Bordbistro noch einen Espresso. Die Nacht würde lang werden.

Am Frankfurter Hauptbahnhof stieg Jona in ein Taxi und sah aus dem Seitenfenster, in dem die Lichter der Stadt vorüberzogen. Seit sie wieder Frankfurter Boden unter den Füßen hatte, spürte sie Rons Gegenwart so deutlich, als müsse er jeden Moment um die Ecke biegen. Sie fragte sich, ob auch er Nachtschicht fuhr und entdeckte neben dem Armaturenbrett die Plakette des Unternehmens, für das er arbeitete. Jona starrte auf das Taxameter, dessen rote Leuchtziffern im Halbminutentakt umsprangen. Sie mussten reden miteinander, endlich alles auf den Tisch legen. Als sie auf der Suche nach Geld seinen Ring in ihrer Hosentasche erfühlte, spürte sie einen kleinen Stich, bevor sie ihn mitsamt der Silberkette in die Tasche zurückstopfte und dem wortkargen Taxifahrer einen Zehn-Euro-Schein reichte.

An der Hauptwache war das Nachtleben noch immer rege. Doch der meiste Trubel herrschte vor dem Bürogebäude ihrer Praxis. Beklommen überquerte Jona die Zeil, bis es ihr plötzlich einfiel. Jetzt konnte sie auch die laute Musik zuordnen, die über die Fußgängerzone schallte. Sie kam aus dem vierten Stock des Bürogebäudes. Sämtliche Fenster waren gekippt, bläuliche Lichtblitze zuckten durch die Räume des Fitnesscenters. Vorgestern hatte sie den Flyer aus ihrem Briefkasten gezogen, es schien eine Ewigkeit zurückzuliegen.

Sie nickte der Gruppe Raucher vor dem Eingang zu und betrat das Gebäude. Nachts wirkte das Treppenhaus noch trostloser, beige Wände und Linoleumboden, Luft wie aus der Dose, selbst jetzt, wo wegen der Feier Menschen auf und ab liefen und die mannigfaltigsten Gerüche hinterließen.

Durch die Glastür im zweiten Stock fiel Licht. Bevor sie begriff, was sie gesehen hatte, erlosch es. Ihr Schlag auf den Schalter hallte durch den Flur und setzte surrend die Deckenbeleuchtung in Gang. Dort, wo das Schloss ihrer Praxistür für gewöhnlich saß, klaffte ein Loch. Zögernd näherte Jona sich der angelehnten Tür, während sie nach ihrem Handy tastete. Die Nummer des Innenstadtreviers hatte sie seit dem Überfall auf Alexander eingespeichert. Sie blieb stehen. Die monotonen Disco-Beats zerhieben jeden zusammenhängenden Gedanken. Ihr war übel. Vorsichtig schob sie die Tür ein Stück auf und spähte in den dunklen Flur. Der Umriss eines Balkens ragte wie aus dem Nichts in die Luft. Es dauerte einen Moment, bis Jona das Bild, das sich ihr bot, enträtselte. Als sie zögernd das Licht in der Praxis anknipste, wurde ihr klar, dass sie die Polizei nicht benachrichtigen konnte. Ein weiterer Einbruch würde die These vom Raubüberfall nichtig machen. Es würde heißen, der Täter sei zum Tatort zurückgekehrt. Einer bösen Vorahnung folgend, schob sie das Regencape an der Türklinke von Alexanders Zimmer ein Stück beiseite und fühlte beim Anblick der durchtrennten Versiegelung, wie ihre Knie weich wurden.

Die Sache geriet außer Kontrolle. Was, wenn sie einen früheren Zug genommen hätte? Wenn sie den Eindringling kannte? Mit zittrigen Händen zählte sie die Ledermappen ihres Mitarbeiters, die verstreut auf dem Boden lagen, dann ihre eigenen Akten. Soweit sie es auf die Schnelle beurteilen konnte, fehlte keine. Dass der Schlüssel noch in Alexanders Jackett war, glich einem Wunder. Sobald sie wieder einen klaren Gedanken fassen konnte, würde sie in Ruhe recherchieren und auch nach inhaltlichen Lücken in den Akten suchen. Zunächst galt es, dem Mann vom 24-Stunden-Schlüsseldienst eine Geschichte aufzutischen, die Nachfragen im Ansatz erstickte. Erst als sie das Durcheinander aufgeräumt hatte, griff sie zum Telefon.

Zweiter Teil

1 Der silberne Toyota rollte durch die Toreinfahrt und blieb im Innenhof vor den Mülltonnen stehen. Cornelius Denge warf beim Aussteigen einen Blick auf die Uhr. Seine Mutter war ziemlich anhänglich gewesen und hatte ihn, kurz bevor er gehen wollte, noch um einen Spaziergang mit dem Rollator gebeten, den sie zu einem kleinen Ausflug auszudehnen wusste. So spät war er selten von seinem sonntäglichen Besuch zurückgekehrt. Eine Rechtfertigung auf den Lippen, betrat er die Wohnung. Im Wohnzimmer lief der Fernseher. Unbeachtet flackerte ein Werbeclip für Katzenfutter über den Bildschirm. Er schaltete ihn aus. Gleich darauf verstummte das Klappern in der Küche und das erschöpfte Gesicht seiner Frau erschien im Türrahmen.

„Ich habe dich gar nicht gehört. Isst du mit?"

Er nickte und nahm ein Tablett mit zwei Tellern, Aufstrich und Käseplatte entgegen. Auf die Frage, wo Hendrik sei, wies sie mit dem Kopf in Richtung seines Zimmers. Ihre Mimik war eindeutig. Ihr hatte mal wieder die Kraft für eine Auseinandersetzung gefehlt. Seit sie den Feinkostladen besaß, war die energische, attraktive Frau, die er geheiratet hatte, nur noch ein Schatten ihrer selbst, abends zumindest. Ein paar Worte, ein Glas Wein zum Essen, dann würde sie auf die Couch hinüberwechseln und wenige Minuten später einschlafen. Er schluckte seine Enttäuschung hinunter.

„Hendrik verbarrikadiert sich richtig. Ich finde…"

„Lass ihn, das ist die Pubertät", erwiderte sie.

„Ich weiß nicht." Er spürte, wie der Griff des Tabletts in seine Hand schnitt und versuchte sich zu entspannen. „Ich sehe mal kurz nach."

Vor der Tür mit dem „Betreten verboten"-Schild blieb er stehen. Verwaschene Musiktöne drangen aus dem Innern des Zimmers. Vorsichtig drückte Cornelius die Klinke hinunter und erfasste durch den Türspalt den erwarteten Anblick. Hendrik mit geschlossenen Augen auf dem Bett liegend, die Beine angewinkelt, Arme über der Brust verschränkt wie ein Toter. Im Raum hing der Geruch nach Terpentin. Es war stickig. Beklemmend stickig. Zögernd klopfte er an die offene Tür und beobachtete, wie sein Sohn hochfuhr und ihn verstört ansah. Sekundenbruchteile später schob sich der vertraute Schleier vor die Augen des 16-Jährigen.

„Hab keinen Hunger."

„Wenn du jeden Tag Fast Food..." Er verstummte, als Hendrik die Decke über ein Bild am Fuße des Bettgestells rutschen ließ und suchte nach einer Erklärung in dessen Gesicht, doch alles, was er sah, war Verschlossenheit.

Die großen, braunen Augen und die weichen Gesichtszüge hatte er von Margot geerbt, ebenso den Hang zur Rundlichkeit. Aber woher kam dieser Weltschmerz? Die Wände waren übersät mit vergrößerten Schwarz-Weiß-Fotografien. Hendrik hielt den Fotoapparat auf alles, was morbide Züge trug und hörte dazu seine seltsame Musik. Gedämpfte Töne eines Saxofons, das klang, als hauche es seinen letzten Atem aus.

„Die Musik ist ein bisschen deprimierend, oder?" Cornelius trat vor eine Fotografie, die eine zwischen Papierfetzen stehende Plastiktüte abbildete. Im Hintergrund Beton. „Ich kann nicht verstehen, was dir daran gefällt. Erkläre es mir doch mal."

Hendrik regte sich nicht. Die dunklen, rauen Saxofonklänge schienen durch den Raum zu wabern und dehnten die Sekunden ins Endlose, Cornelius war, als kröchen die Töne langsam an ihm empor. Er wollte etwas sagen, konnte aber nicht. Diese

Töne. Quollen aus jeder Ritze des Zimmers und schienen ihn zu lähmen.

Er drehte sich zu Hendrik, der auf der Bettkante saß und ihn ansah.

„Du musst dir doch was dabei denken."

„Nein."

„Nein?"

Cornelius atmete tief aus und steckte die Hände in seine Hosentaschen. Was hatten sie bloß aus seinem Sohn gemacht, diese sogenannten Mitschüler. Aber dieses Thema war Tabu. Sein Blick schweifte durchs Zimmer und blieb auf einer analogen Spiegelreflexkamera liegen, die samt Lederhülle auf dem Schreibtisch lag.

„Warum benutzt du denn noch das alte Ding von Stefan? Ich habe dir doch eine Digitalkamera geschenkt."

In seiner Kehle kündigte sich das übliche Brennen an. Er zwang sich zu einem Lächeln, während er in den Raum warf, dass er am Freitagabend einen Anruf erhalten habe. „Von deiner Therapeutin."

„Sie ist nicht meine Therapeutin."

„Das hatten wir doch schon. Sie ist bis auf Weiteres Alexander Teschs Vertretung, sei froh, dass sie noch einen Platz für dich hat", hörte er sich sagen und von der gemeinsamen Sitzung berichten, die sie vorgeschlagen hatte. „Morgen Nachmittag, wenn wir wollen."

Das „Wir" war geschönt. Margot wusste noch nichts davon. Er würde ihr unter vier Augen die Notwendigkeit des Termins klarmachen und, sollte sie im Laden unentbehrlich sein, alleine hingehen. Viel wichtiger war es, dass Hendrik sich bereit erklärte. Wenn der Junge nicht wollte, half auch kein Zureden. Über die Einzelsitzung mit der Therapeutin hatte er kein Wort verloren. Lag in diesem Verschweigen nicht auch eine ungeheure Macht?

„Ich möchte, dass wir dort hingehen."

„Und was soll das bringen?"

„Endlich mal Nägel mit Köpfen. Mensch, du willst doch nicht dein Leben lang herumgeschubst werden."

Eine Ewigkeit verging, bis Hendrik unwillig nach der Uhrzeit fragte.

„Um vier." Erneut fiel sein Blick auf die Leinwand, die sich unter der Bettdecke abzeichnete.

Wann hatte Hendrik begonnen, sich in einen Fremden zu verwandeln?

Margot und er waren übereingekommen, nicht nach den Sitzungen zu fragen, aber jetzt, in dieser Situation, schien es unmöglich. Ein Brummeln war das Äußerste, was Hendrik als Zustimmung aufbrachte, bevor er sich erhob, das schwarze T-Shirt in die Hose stopfte und aus dem Zimmer schlurfte.

Das Saxofon war verklungen, ein depressives Klavier klimperte Halbtonschritte in Moll.

Er warf einen letzten Blick in das verlassene Zimmer und spürte beim Anblick der auf dem Boden liegenden Decke einen Stich. Vielleicht war das darunter ja auch gar kein Gemälde, sondern wieder eine dieser seltsamen Kollagen. Vor einem Monat hatte er ein auf DIN-A4-Größe hochkopiertes Foto in der Mülltonne entdeckt, das Hendriks Klasse plus Lehrer abbildete. Die Köpfe mehrerer Mitschüler waren weggeätzt. Er hatte das Bild aus der Tonne gezogen, es in kleine Fetzen zerrissen und wieder unter den Hausmüll gestopft. Nicht einmal Margot wusste davon. Was hätte sie tun können, was er nicht auch schon tat. Außerdem: Das passte nicht zu seinem Sohn. Hendrik war phlegmatisch, aber doch nicht zerstörerisch. Der hatte doch schon Probleme, Wut aufzubauen, wenn jemand die Reifen seines Fahrrads zerstach. Wie oft hatte er ihm gepredigt, sich endlich zu wehren, statt alles hinunterzuschlucken. Aber doch nicht Hass. Und schon gar nicht solche kranken Aktionen wie die mit dem verätzten Bild.

Für einen schmerzlichen Moment erschien die Erinnerung an den stillen, sanften Jungen, der den Kopf auf seinen Schoß gelegt und den brandenburgischen Konzerten gelauscht hatte. Aber die Zeiten, in denen Hendrik sich gemeinsam mit ihm ins Wohnzimmer setzte, waren vorbei. Jetzt lag er stundenlang auf dem Bett, hörte Untergangsmusik und ätzte Gesichter aus Fotos.

Der Einsatz eines Saxofons riss ihn aus seinen Gedanken. Ohne einen Blick auf das Bild unter der Decke zu werfen, schloss er die Tür zu Hendriks Zimmer. Im Wintergarten saßen Frau und Sohn am gedeckten Tisch, als sei alles in bester Ordnung.

Er wusste von anderen Vätern, dass sie in solchen Situationen hinzugetreten und nach einem Hieb auf den Tisch ein Machtwort gesprochen hätten. Ihm fiel das schwer. Bei Bela, dem älteren Sohn, war so etwas nie nötig gewesen. Der war von selbst in die richtigen Schienen gesprungen. Und Hendrik nahm Standpauken inzwischen so stoisch hin, dass er nicht wusste, ob sie ihn wirklich erreichten oder sich einfach in dem Labyrinth seiner Innenwelt verloren: Mit starrem Blick verharrte Hendrik ohne den geringsten Impuls zur Verteidigung, bis es vorbei war. Wenn er nur einmal wüsste, was sich hinter dieser Stirn abspielte. Aber Hendrik war ein Meister im Verbergen von Gefühlen, und so war das Abendessen auch diesmal schweigsam verlaufen.

Cornelius spulte den Gartenschlauch von der Trommel und drehte die Spritzbrause auf, bis das Wasser in einem weichen

Strahl heraussprühte. Für das an den Wintergarten angrenzende Gärtchen war er zuständig, das Gießen, Pflanzen und Aufziehen von Blumen gab ihm ein Gefühl von Ruhe. Margot war wie erwartet vor dem Fernseher eingedöst, dabei war es noch nicht einmal dunkel, und Hendrik lag natürlich längst wieder auf seinem Bett, wahrscheinlich in der gleichen Totenstellung wie vor zwei Stunden, und erträumte sich seine eigene Wirklichkeit.

Er hob eine abgeknickte Rosenblüte an und trennte sie vorsichtig vom Stängel. Der Junge war intelligent und einfallsreich. Ihm fehlte einfach der Antrieb. Wie oft hatte er ihn ermuntert, später sogar befohlen, Sport zu machen oder, wenn er schon keine Clique hatte, einem Verein beizutreten. Mitmachen, nicht zusehen. Die Welt teilte sich in Macher und Zuschauer, man musste sich für die richtige Seite entscheiden, je eher desto besser. Wenn er sich wenigstens nicht alles gefallen lassen würde. Neulich hatte ihn eine Bande Jungs direkt hinter der Schule abgefangen und ihn gezwungen, die neue Jacke herzugeben, auf die er so stolz war. Cornelius drehte am Regler der Brause, bis ein scharfer Wasserstrahl die Blätter von den Pfingstnelken riss. Seit Hendrik das Gymnasium besuchte, ging das so. Er musste endlich dagegenhalten. Zurückschlagen, egal, welche Konsequenzen das nach sich ziehen würde. Wie letztes Jahr bei der Klassenfahrt. Gelobt hatte er ihn für den ausgetretenen Zahn des Mitschülers. Aber kein Bitten hatte seither mehr geholfen, kein Drohen, nicht einmal das versprochene Kleinkraftrad zur Belohnung. Hendrik blieb passiv.

Verschlossen war er schon seit Beginn der Pubertät. Von der alten Jonges, ihrer ehemaligen Nachbarin aus Bonames, hatte er damals erfahren müssen, dass sein Sohn sich verliebt hatte, unglücklich natürlich. Aber auch die Jonges besuchte der Junge schon lange nicht mehr.

Ein Wunder, dass er sich zur Therapie bereit erklärt hatte. Und dann dieser Ausfall.

Er stellte das Wasser ab und horchte in Richtung des Hauses. Aus Hendriks gekipptem Fenster erklang klassische Musik, Dvořák, wenn er sich nicht täuschte. Warum konnte er sich darüber nicht mehr freuen?

Morgen um vier würde er ein paar Weichen für Hendrik stellen. Am Telefon hatte die neue Therapeutin nett geklungen. Sie würde ein Auge zudrücken, wenn er etwas früher erschien.

2

„Frau Hagen?"

Jona nickte und musterte den Mann in Stoffhose und pastellfarbenem Hemd, der vor ihrer Praxistür stand und ihr die Hand entgegenstreckte. Vergebens suchte sie in dem schmalen Gesicht mit Dreitagebart nach Zeichen des Wiedererkennens.

„Ich bin Cornelius Denge. Mein Sohn und ich haben einen Termin." Die Augen legten sich in sympathische Lachfältchen. „Also in 30 Minuten."

Jona erwiderte den festen Händedruck, während sie versuchte, den sportlich wirkenden Mann vor ihr mit dem Jungen in Verbindung zu bringen, der letzten Freitag wie ein Stein ihr gegenübergesessen und nur wenig von sich preisgegeben hatte. Bevor sie etwas erwidern konnte, knurrte ihr Magen und eine vertraute Übelkeit kündigte sich an. Das Frühstück mit Ron lag schon einige Stunden zurück und hatte nicht wirklich befriedigt. Zu viel Espresso, zu viele unausgesprochene Gedanken.

„Könnte ich trotzdem schon reinkommen?"

Wieder sein einnehmendes Lächeln. Die Nervosität dahinter war deutlich zu spüren. Unschlüssig blieb Jona im Türrahmen stehen. Patienten, die zu früh kamen, verwies sie für gewöhnlich auf einen Stuhl im Wartebereich, aber sie konnte Hendriks Vater nicht 30 Minuten dort sitzen lassen, und die mentale Vorbereitung auf die Sitzung hatte sich ohnehin erledigt, sie war schon mittendrin. Cornelius Denge war garantiert nicht zufällig so früh gekommen.

„Mögen Sie Würstchen?", fragte sie und sah, wie aus dem überraschten Gesicht die Anspannung wich. Fünf Minuten später standen sie an der Imbissbude vor der Katharinenkirche.

Cornelius Denge nahm die Pappschalen über den Thekenrand entgegen und bestand darauf, für beide zu zahlen.

„Die letzte Currywurst habe ich vor vielleicht zehn Jahren gegessen", sagte er lachend.

Und ich vorgestern, dachte Jona und riss den Deckel ihrer Cola-Dose auf. Sie hatte Mühe, sich zu konzentrieren. Den halben Sonntag hatte sie damit zugebracht, die Patientenakten Seite für Seite durchzugehen und sie anhand der Therapietermine auf Vollständigkeit zu überprüfen. Es schien nichts zu fehlen. Wie Sherlock Holmes war sie durch ihre Praxisräume geschlichen, ergebnislos, und am späten Nachmittag ratlos nach Hause gefahren, wo ein überdrehter Ron sie erwartet hatte. Er wollte mit ihr zusammen im Rheingau die ersten Weine für seinen Laden kaufen. Sichtbar ungeduldig hatte er auf ihre ausführliche Schilderung des erneuten Einbruchs und ihrer Spurensuche in der Praxis reagiert und mit dem Kopf geschüttelt, als sie sein Angebot, gemeinsam zur Polizei zu fahren, abgelehnt hatte.

Und jetzt stand ihr Cornelius Denge gegenüber und zeichnete von seinem Sohn das Bild eines gutmütigen, etwas passiven Spätentwicklers, der hochsensibel war, aber in handwerklichen Dingen ein Ass. Ob darin ein Widerspruch lag, wollte Jona wissen und nahm einen Schluck kalte Cola aus der Dose. Ihr war heiß. Über ihren Köpfen hing ein träger Wolkenteppich, der die Hitze des Tages abstrahlte. Cornelius Denge lachte ertappt und schüttelte den Kopf. Kein Widerspruch. Er hatte sich so gestellt, dass er den Platz der Hauptwache überblicken konnte und sah immer wieder an ihr vorbei zu den Jugendlichen, die am Aufgang der Rolltreppe herumlungerten. Vielleicht fragte er sich, ob Hendriks Peiniger darunter waren.

Auf dem Weg zur Imbissbude hatte er erklärt, dass seine Frau sich den Termin leider nicht einrichten konnte und gleich darauf begonnen, die Verstocktheit seines Sohnes zu erklären und zu entschuldigen. Und weshalb der leider gerade schmerzhaft lernte, dass im Leben manchmal auch Ellenbogen benötigt wurden.

„Wir haben das vielleicht falsch eingeschätzt, meine Frau und ich. Letztlich war es seine Mathematiklehrerin, die den Impuls zur Therapie gab. Wir dachten, es wäre gut für ihn, wenn er das alleine hinkriegt. Sich zu wehren. Ich meine, in seinem Alter zum Therapeuten, das muss doch …", er suchte nach dem richtigen Wort.

„Entwürdigend sein?" Jona lächelte.

„Nein." Die Plastikzinken seiner Gabel spießten das letzte Stück Currywurst auf, als wollten sie es erlegen. Doch dann blieb es im Ketchupsee der Pappschale liegen. „Sie haben recht. Hendrik wollte nicht zum Therapeuten. Er meinte, wenn das in der Schule die Runde macht, braucht er sich dort nicht mehr blicken zu lassen. Ich habe ihm gesagt, wenn er nicht ewig auf der Verliererseite stehen will, muss er etwas tun. Oben und unten, dazwischen gibt es selten etwas. Leider. Da muss man sich eben auch mal professionelle Hilfe holen. Wir haben ihm versprochen, mit niemandem darüber zu reden. Und er mag Herrn Tesch inzwischen sehr gerne."

Jona betrachtete die vorgeschobene Unterlippe, die dem Gesicht einen verletzten Ausdruck gab und fragte sich, ob es die Angst war, bei seinem Sohn versagt zu haben.

Eine Weile schwiegen sie, dann schlug Jona nach einem Blick auf die Kirchturmuhr vor, in ihre Praxis zu gehen, bevor Hendrik sie zusammen am Imbissstand entdeckte.

Während sie neben Cornelius Denge durch die Fußgängerzone lief, suchte sie nach Anknüpfungspunkten für ein Gespräch. Noch am Morgen hatte sie seinen Namen gegoogelt und keinen passenden Eintrag gefunden. Nur den einer Frau, die in Eckenheim einen kleinen Feinkosthandel betrieb und den Hinweis auf die Finissage eines gleichnamigen Künstlers.

„Sagen Sie mal: Denge. Der Name stand doch erst kürzlich im Frankfurt Journal, im Rahmen einer Ausstellung, im Nordend, glaube ich. Haben Sie was mit dem Künstler zu tun?"

Cornelius Denge blieb stehen. Die Verblüffung hatte das feine Lächeln auf seinem Gesicht gelöscht, bevor sich ein neutraler Ausdruck darüber schob.

„Mein Bruder Stefan."

„Wirklich? Die Ausstellung wurde ziemlich gut besprochen. Sie waren bestimmt da."

Sein Nicken kam zögernd. Themenwechsel, riet ihr eine innere Stimme, während sie sich schon nach der Kunstrichtung fragen hörte. Sie standen vor dem Bürogebäude, dessen Eingangstür unter ihrem schwungvollen Druck nachgab und mit der Metallfassung gegen die Innenwand schlug. Hinter ihr zuckte Cornelius Denge zusammen. Bis zum Aufzug am Ende des Gangs sagte er kein Wort. Erst als sich die Metalltüren zusammenschoben und der Fahrstuhl sich mit einem Rucken in Bewegung setzte, sah er sie an.

„Verfremdete Heimatmotive. Großstadtansichten. Kräne. Rolltreppen in allen Variationen. Striche und undefinierbare Linien darüber. Und alles immer düster und mit viel Schatten, das sind seine Themen, seit ich ihn kenne. Aber ich verstehe nicht viel von Kunst." Er zuckte mit den Schultern. „Da müssen Sie meinen Sohn fragen. Der fotografiert und malt, und es würde mich auch nicht wundern, wenn er Gedichte schreibt."

Jona versuchte zu ergründen, ob Stolz in seiner Miene lag oder eher Geringschätzung, aber alles, was sie sah, war ein Mann, der stur den Blick auf die elektronische Ziffernanzeige richtete.

Mit einer sanften Erschütterung hielt der Fahrstuhl und öffnete seine Türen. Auf dem Boden gegenüber ihrer Praxis saß Hendrik mit gesenktem Kopf, den Rücken an die Wand gelehnt. Er trug ein graues T-Shirt über einer anthrazitfarbenen Hose, und die großen Turnschuhe, die in den Flur ragten, waren dunkel. Wieder schob sich das Bild des dicklichen, hilflosen Franky aus ihrer Jugend vor Jonas Augen. Was damals in ihm vorgegangen war, wenn er alleine auf der Schaukel des Spielplatzes saß, hatte sie sich nie vorstellen können. Und auch Hendrik wirkte so in Gedanken versunken, als sei er meilenweit entfernt in einer anderen Welt, blind und taub für die Gegenwart.

Als sie begriff, dass er Musik hörte, räusperte sie sich. Hendrik hob seinen Kopf. Nach einem Blick von ihr zu seinem Vater versteinerten sich seine Gesichtszüge.

Na bravo, dachte sie und reichte ihm, nachdem er sich umständlich erhoben hatte, die Hand.

50 Minuten später lehnte Jona am Fenster und sah zu, wie sich Vater und Sohn in der Fußgängerzone verabschiedeten. Nach einem unbeholfenen Schulterklopfen wandte Cornelius Denge sich um und lief mit dynamischen Schritten zur Freßgass, während Hendrik in die entgegengesetzte Richtung radelte. Kaum waren die beiden außer Sichtweite, zündete sie sich eine Zigarette an. Unvorstellbar, dass es Patienten gab, die sich mit ihrer Hilfe das Rauchen abgewöhnt hatten. In gewissen Situationen brauchte sie einfach eine. Doch der Nelkenduft und das Knistern, mit dem sich die Glut durch Tabak und Papier fraß, beruhigten sie nicht wie sonst. Erst als sie am Laptop saß und alles, was ihr durch den Kopf ging, in Hendriks Datei eingab, legte sich ihre Unruhe. Der Junge war noch einsilbiger gewesen als in der Einzelstunde. In der Hauptsache hatte Cornelius Denge

Fragen gestellt. Wie sie vorging, welche Ziele sie verfolge, wie viel Zeit sie dafür einrechne, hatte er wissen wollen und mehr als einmal Hendrik mit einem raschen Seitenblick bedacht, doch der saß unbeteiligt im Sessel und starrte auf seine Hände. Hatte sie überhaupt eine Chance, zu dem 16-Jährigen vorzudringen? Als Alexanders Name fiel, war ein Flackern in seine Augen getreten, nur für den Bruchteil einer Sekunde, aber sie kannte die Zeichen von Panik zu gut, um sich zu täuschen. Und dann die Sache mit dem Bruder. Bela Denge, Hendriks älterer Bruder, war weder im Genogramm, der symbolischen Darstellung eines Familienstammbaums, aufgetaucht noch in irgendeiner Sitzung zur Sprache gekommen. Auch Cornelius Denge schien überrascht, dass Hendrik ihn unterschlagen hatte. Der Blick des 16-Jährigen, der sie von der Seite traf, war nicht unfreundlich gewesen. Eher hilflos.

Passiv, gab sie in den Laptop ein, und zum Abschluss ihrer Eindrücke die Worte Schwarz und Weiß. Warum, würde sie später analysieren. Erschöpft lehnte sie sich im Sessel zurück. Sie konnte nicht sagen, was ihr mehr Energie geraubt hatte, die unermüdlichen Versuche Denges, seinem Sohn Verständnis entgegenzubringen, oder Hendriks Schwermut. Nur einmal hatte sich die Spannung zwischen den beiden in einem Schlagabtausch entladen. Nach der Bemerkung des Vaters, er könne sich vorstellen, wie es seinem Sohn gehe, war ein brüskes, sarkastisches „Aha" von Hendrik gekommen. Jona hatte deeskaliert und Denges dankbaren Blick aufgefangen.

Sie verließ die Praxis, leerte den Briefkasten und verstaute die Post in ihrer Tasche. Eine Ahnung von Gewitter lag in der Luft, eine fühlbare Unruhe, die sie ihre Schritte beschleunigen ließ. Im Laufen wählte sie Rons Nummer. Er liebte diesen Moment, kurz bevor ein Unwetter ausbrach. Letzten Sommer hatten sie in seiner Dachgeschosswohnung die Fenster geöffnet, sich die Kleider vom Leib gestreift und von seinem Bett aus auf den Moment gewartet, in dem es losging. Das grelle Zucken der Lichtblitze und den wollüstigen Schauer, wenn der Donner die angespannte Stimmung der Stadt zerriss – manchmal hatten sie in den ersten Monaten ihrer Bekanntschaft so gelegen und dem Spektakel gelauscht, bis die Erregung auf ihre Körper übergegangen war.

„Jona?" Rons Stimme im Hörer klang gedämpft. Im Hintergrund klimperte etwas. Als sie fragte, ob er noch im Weinladen sei, war es einen Moment still in der Leitung.

„Ich bin in der Gartenhütte."

Der Schlag in die Magengrube kam unvermittelt. Jona lehnte sich an den Sitz ihrer Vespa.

„Alleine?"

„Äh, ja. Wieso?"

Obwohl sie den Hörer ans Ohr presste, konnte sie keine weiteren Geräusche herausfiltern. Von fern war ein leises Rumpeln zu vernehmen, eine Plastiktüte fegte über die Straße, und Ron erklärte ihr, dass er sich Werkzeug von ihr hatte ausleihen wollen. Jona holte tief Luft, bevor sie fragte, ob Anna bei ihm sei.

„Anna?"

„Klein, schwarzhaarig, gepierct. Und fast noch ein Kind. Schon vergessen?"

In der Leitung knisterte es, dann hörte sie Rons Stimme deutlicher als zuvor. Er redete von einer Abmachung. Einer einmaligen Sache. Dass es ihm leid täte und nichts bedeute.

Jona lachte auf, erhaschte den neugierigen Blick eines Mädchens, das an der Hand seiner Mutter vorbeilief und wandte sich ab.

„Fällt dir nichts Besseres ein?"
„Nur Lügen." Es klang, als würde er lächeln. „Hey, ich konnte nicht ahnen, dass du sie kennst. Woher eigentlich?"
„Aus der Praxis. Und von den Aktfotos, die im Bettkasten meines Kollegen liegen."
Das Aufstöhnen in der Leitung verschaffte ihr nur für einen Moment Genugtuung. Im Geiste sah sie Ron mit ausgestreckten Beinen auf ihrem geblümten Gartensessel sitzen und das Treiben vor dem Fenster beobachten. Seine Reaktion zeigte keine Spur von Betroffenheit, nur ein schlechtes Gewissen. Er würde warten, bis sie sich vergaß und laut wurde, um dann seelenruhig zu argumentieren, dass sie ihren eigenen Prinzipien widersprach. Zu warten, bis sie sich selbst ins Unrecht setzte, war in Streitsituationen seine bevorzugte Taktik, auch wenn er es abstritt.
„Jona, wollen wir uns treffen?"
„Nein."
Sie wühlte in ihrer Tasche nach Zigaretten und zog mit dem Päckchen unwillentlich einen der Briefe heraus. „Erklär mir lieber, wieso du ausgerechnet in meine Werkstatt gehen musstest, um zu vögeln. Für sowas gibt es Absteigen."
Sie wollte den Brief gerade wieder in die Tasche zurückstecken, als ihr Blick auf die Adresse fiel. Er war an Alexander adressiert. Sie stockte. Das Mobiltelefon zwischen Ohr und Schulter geklemmt, riss sie das Kuvert auf, entfaltete den Brief und überflog ihn.
„Ich fasse es nicht."
„Jona. Ein One-Night-Stand, das war alles."
Sie nahm den Hörer vom Ohr und starrte auf die Zeilen. Verliebtheit, natürlich, das war die logische Konsequenz aus dem Verhältnis eines übergriffigen Therapeuten und einer Pati-

entin mit dependenter Störung. Aber wieso schickte Celia Rumpf den Brief per Post an die Praxis, wenn sie doch seine Privatadresse kannte und sich nicht scheute, dort vorbeizusehen wie neulich. Sie war ja schließlich die Vermieterin der Wohnung. Das alles ergab keinen Sinn, außer ... Natürlich. Sie tippte sich gegen die Stirn, hörte im gleichen Moment ihr Handy über den Asphalt schlittern. Sie hob es auf. Die Schale war abgeplatzt.

„Ron?"

„Weißt du, was dein Problem ist, Jona? Du kämpfst an den falschen Fronten."

Das Klicken in der Leitung kam unvermittelt, obwohl sie das Gespräch selbst beendet hatte. Eine Sekunde später eilte sie in ihre Praxis zurück.

Noch immer hing ein Hauch von Denges Aftershave in der Luft. Sie zerrte Alexanders Schublade im Flurschrank auf, durchwühlte den Stapel seiner Akten und ließ, als sie die von Celia Rumpf gefunden hatte, alle anderen kreuz und quer verteilt auf dem Boden liegen

Identisch. Oder doch nicht? Wieder und wieder glitt ihr Blick von der blumig gewundenen Schrift des Anmeldeformulars zu den handschriftlich verfassten Zeilen. Zumindest die Unterschrift in dem Liebesbrief ähnelte der auf dem Antrag so stark, dass sich nur feine Unterschiede erkennen ließen. Einem plötzlichen Impuls folgend schrieb sie in rascher Folge viermal hintereinander ihren eigenen Namen auf ein Schmierpapier und verglich die Schriftbilder miteinander. Ähnlich, aber nicht identisch. Wieder nahm sie ihren Füller zur Hand und bemühte sich, Celia Rumpfs Handschrift so getreu wie möglich nachzuzeichnen. Das Ergebnis war verblüffend. Auf den ersten Blick war kaum ein Unterschied festzustellen. Erst wenn man genauer hinsah, merkte man, dass der von ihr geschriebenen Signatur der typische Schwung fehlte. Und im Brief?

Dicht über das Papier gebeugt, verglich Jona Linie für Linie, schloss die Augen und konfrontierte sich abrupt mit den beiden Schriftzügen, doch all das brachte keine Gewissheit. Entmutigt ließ sie die Schultern sinken. Sie benötigte einen professionellen Grafologen. Steiner könnte ihr bestimmt einen empfehlen, aber der Kommissar stand auf der anderen Seite. Sie durchblätterte die Akte Celia Rumpfs, las in den Einschätzungen ihres Mitarbeiters, denen sie keine Aussagekraft mehr beimaß und blieb an einem ausgefüllten ABC-Formular der Patientin hängen. Schon bei der ersten Aktendurchsicht vor knapp einer Woche hatte sie sich gewundert, dass die Einträge in Alexanders steiler Schrift und nicht von der Patientin selbst verfasst waren. Gedankentagebuch stand über der in Spalten eingeteilten Seite. Ob die Worte von Celia Rumpf kamen und von Alexander nur schriftlich festgehalten wurden oder ob er sie frei erfunden hatte, konnte sie nicht einschätzen. Inzwischen hielt sie alles für möglich. Dennoch las sie die Einträge in den verschiedenen Feldern des Formulars noch einmal durch.

Unter dem Punkt „Gefühle" waren Selbsthass und Minderwert angeführt, dahinter ihr darauf folgendes Verhalten: Fressattacken. In dem dritten Feld, in dem es um das auslösende Ereignis des Gefühls ging, war eine kleine Szene in der Eisdiele geschildert, in der zwei Mädchen nach einem Blick von ihr zum Eisbecher kichernd ihre Köpfe zusammengesteckt hatten. Danach kamen die Gedanken, die ihr dabei durch den Kopf gegangen waren: Kein Wunder, dass Leute über mich lästern, wenn ich so fett bin. Jona schluckte. Es war der schwierigste Punkt der ganzen Übung, und Celia Rumpf war ihm, wenn der Inhalt der Einträge von ihr kam, schonungslos begegnet.

Doch statt als letzten Punkt den Denkfehler in ihrem Reaktionsmuster zu erkennen und zu benennen, hatte Alexander scheinbar eigene Gedanken in das Kästchen gekritzelt.
C. ist von dem Gedanken besessen zu helfen.
Selbstbild: Fett. Der Drang zu Essen Strafe. Für was??
Bei mir fühlt sie sich dünn.
Ich, der Bildhauer, der sie von ihrer unförmigen Gestalt befreit und ihr wahres, schlankes Wesen herausmeißelt.

Alexander als Bildhauer und Celia das Rohmaterial, das bearbeitet wurde. Entgeistert nahm Jona den Brief zur Hand und las sich die Zeilen im mittleren Teil, die ihr beim ersten Überfliegen schon bekannt vorgekommen waren, laut vor.

„Ich liebe die Art, wie Sie mit Ihren Ratschlägen meine Gedanken modellieren. Sie können mit mir machen, was Sie wollen. Mein Freund sagt, das ist nicht gut. Er ist wütend geworden, als ich ihm erzählte, dass ich Ihr Meisterwerk bin, manchmal macht er mir richtig Angst. Er sieht nur die Hülle von mir und nicht wie Sie die Seele in meinem Körper, der nur behauen und von seinem Schutzpanzer befreit werden muss."

Jona ließ die Hand mit dem Brief sinken. Sie stand im Flur ihrer Praxis, doch genauso gut hätte es der Mars sein können, so fremd waren ihr die Räume seit den Vorfällen geworden. In diesen Zeilen lag mehr Information, als es der Verfasser beabsichtigt hatte. Der konnte weder ahnen, dass Celia Alexanders Vermieterin war, noch dass die beiden sich duzten, eine Tatsache, die Celia Rumpf ihr letzte Woche in der Sitzung preisgegeben hatte.

Zudem war der Vergleich mit dem Bildhauer identisch. Jemand hatte auf Material zurückgegriffen, um es möglichst authentisch klingen zu lassen. Blieb nur die Frage nach diesem

Freund. Wahrscheinlich eine Erfindung. Eine fiktive Gestalt, der Eifersucht und damit ein Tatmotiv untergeschoben werden sollte.

Sie dachte an Alexander. Seit sechs Tagen lag er nun auf der Intensivstation, ohne dass sich sein Zustand verändert hätte. Solange die Hirnblutung nicht zurückging und den Hirnstamm noch beeinträchtigte, galt es laut Einschätzung der Ärzte abzuwarten. Außerdem konnte sich sein Zustand jederzeit verschlechtern.

Nachdenklich räumte Jona die Akten in die Schublade zurück. Im Falle seines Todes würde die Polizei vermutlich anders ermitteln. Sie musste mit der Durchsuchung ihrer gesamten Praxis rechnen. Und wenn sie dabei den Brief fanden? Sie drehte und wendete ihn in ihrer Hand. Ein harmloser, beschrifteter Papierbogen, und doch hob sein Besitz sie in den Rang einer Verdächtigen. Gab es das perfekte Versteck? Hier in der Praxis auf keinen Fall. Und wenn sie ihn mit nach Hause nahm? Da würde garantiert niemand suchen. Doch der Gedanke beruhigte sie nicht. Alleine dass der Brief existierte, trieb ihr den Schweiß auf die Stirn.

Zwei Minuten später entsorgte sie seine Papierfetzen im Müllbeutel, den sie aus der Tonne nahm, mit einer weiteren, blickdichten Tüte umhüllte und damit in den Hinterhof marschierte.

Der Gestank der Container war durch die Hitze kaum auszuhalten. Beim Öffnen des Metalldeckels schlug ihr der Geruch nach altem Fisch entgegen. Sie stopfte die Tüte neben leere Katzenfutterdosen und ließ ihren Blick prüfend die Bürofassade hinaufklettern. Niemand zu sehen, und morgen früh würde die Müllabfuhr diesen ganzen Dreck in das städtische Abfallmeer kippen.

Am Horizont zerriss das erste grelle Zucken den Himmel. Es sah so aus, als würde es ein infernalisches Gewitter geben, ein Spektakel, aber nichts gegen das Chaos, das sich im zweiten Stock dieses unscheinbaren Bürogebäudes abspielte. Jemand war in ihre Praxis eingebrochen, sie hatte den Brief als eine falsche Fährte entlarvt, sie hatte Beweismaterial vernichtet. Sie war eingebunden worden in ein undurchsichtiges Spiel, in dem sie ihre Rolle nicht wirklich kannte. Nein, sie hatte sich in diese Situation aktiv hineinbegeben. Sie war selbst Täterin geworden, ein Ausstieg nicht mehr möglich.

Auf dem Weg zur Vespa versuchte sie, das Chaos in ihrem Kopf zu ordnen. Sie war es, die den Brief hatte finden und lesen sollen, um Rückschlüsse zu ziehen. Das hieß, jemand wusste von ihren Aktivitäten. Wurde sie beobachtet? Vielleicht sogar in diesem Moment? Der Gedanke, dass ihr jemand folgen könnte, jagte einen Schauer über ihren Rücken. Sie schwang ein Bein über den Sitz ihrer Vespa und nahm die Große Eschenheimer Straße stadtauswärts, bog am Eschenheimer Turm rechts in die Bleichstraße, und fuhr an der nächsten Kreuzung wieder ein Stück zurück. Eine rote Ampel an der Konstablerwache zwang sie zum Bremsen. Der blaue Audi, den sie schon vor geraumer Zeit registriert hatte, befand sich noch hinter ihr. Im Rückspiegel erfasste sie das stoisch blickende Gesicht des Fahrers und prägte sich das Kennzeichen ein, bevor sie wieder Gas gab.

Sollte er nach den nächsten Schlenkern noch hinter ihr sein, würde sie ihn in eine kleine Seitenstraße lotsen und zum Halten zwingen.

Und dann?

Sie scherte Richtung Jüdisches Museum aus, wechselte abermals die Richtung und schlängelte sich, wieder auf Höhe des

Gerichts, an zwei entgegenkommenden Fahrzeugen vorbei, bis eine Sturmböe sie fast gegen ein parkendes Auto fegte. Urplötzlich war es so dunkel geworden, als hätte jemand einen Bleivorhang vor den Himmel gezogen. Ein Blick in den Seitenspiegel verriet ihr, dass niemand hinter ihr war. Sie drosselte das Tempo, lenkte ihren Roller an den Fahrbahnrand. Eine schier endlose Zeit beobachtete sie die verlassene Straße durch den Seitenspiegel, dann musste sie sich eingestehen, dass offenbar die Fantasie mit ihr durchgegangen war.

Erschöpft rieb sie sich die vom Fahrtwind tränenden Augen. „Sei doch froh", murmelte sie, während sie spürte, wie ihre Stimmung sich verfinsterte. Sie hatte ja nicht einmal einen Plan gehabt. Was, wenn ihr wirklich jemand gefolgt wäre? Konfrontieren, ja. Aber was dann? Hätte sie ihn fragen sollen, ob er zufällig ihren Kollegen ins Koma befördert hatte?

Sie wandte sich um. Durch das kleine Sträßchen am Rande des ehemaligen Stadtgefängnisses war sie ewig nicht mehr gefahren. Die vergitterten Fenster hinter der Betonmauer mit Stacheldraht wirkten so trostlos, als säßen noch immer Häftlinge dahinter. Cornelius Denges Unterteilung der Welt in ein Oben und Unten fiel ihr ein, und die Selbstverständlichkeit, mit der er diese These zu seiner Realität machte.

Was für ein Weltbild, dachte sie und gab Gas. Erst auf der Hauptstraße wurde ihr bewusst, welchen Weg sie eingeschlagen hatte.

Regen peitschte über den Merianplatz, als sie zehn Minuten später im Schutz einer Buche ihren Roller abstellte und zu dem Klinkerbau auf der gegenüberliegenden Straßenseite sah. Wie erwartet, war die Galerie erleuchtet, durch die Schaufenster konnte man das Gedränge im zweigeteilten Ausstellungsraum sehen. Sie würde nicht lange bleiben, alleine schon wegen ihrer nassen Hose, die wie eine zweite Haut an ihren Oberschenkeln klebte. Außerdem konnte es sein, dass Hendrik oder sein Vater dort auftauchten, und wie sollte sie ihre Neugierde begründen, ein weiteres Familienmitglied der Denges kennenlernen zu wollen?

Rasch zog sie die Strickjacke aus dem Topcase, streifte sie über ihre durchweichte Bluse und eilte die wenigen Meter zur Galerie. Zwei Raucher bliesen, auf die Stufen unterhalb des Türsimses gequetscht, bläulichen Qualm in den Regen. Jona fuhr sich mit der Hand durch ihr nasses Haar und murmelte im Hinaufgehen einen Gruß, ohne Antwort zu erhalten.

In der Galerie erfüllte lautes Gemurmel die Räume, man stand in Grüppchen zusammen, durch die Jona sich bis zum Tisch schieben musste, um an ein Glas Sekt zu gelangen. Jemand reichte ihr eine Handvoll Servietten, mit der sie sich das Gesicht trocknete. Erst als sie sichergestellt hatte, dass Hendrik nicht unter den Besuchern war, wandte sie sich den Bildern zu.

Als Erstes sprang ihr ein Triptychon ins Auge, auf dessen Bildern die Frankfurter Skyline koloriert war. Wie Buntstifte ragten die Hochhäuser in den türkisfarbenen Himmel. Als Kontrast dazu hing ein schwarz-weißes Ölbild daneben, das einen Marktplatz abbildete. Und auf der gegenüberliegenden Wand dasselbe Stadtmotiv, nur in Tusche. Jona fuhr sich durch ihr nasses Haar.

Verfremdete Heimat, Rolltreppen, bunte Striche und Linien, in keinem der Kunstwerke an den Wänden fanden sich die von Cornelius Denge erwähnten Kriterien wieder. Seltsam. Nur die Schatten, von denen er gesprochen hatte, hingen den skizzierten Gebäuden wie schlecht sitzende Kleidungsstücke am Betonkörper.

Jona versank in die Betrachtung zweier Hochhäuser, die, Neandertalern gleich, in einem gigantischen Machtkampf mit Keulen aufeinander losgingen. Das Bild gefiel ihr, auch wenn sie mit dem Titel „Affenliebe" nichts anfangen konnte.

Die Gewalt darin besaß etwas Archaisches, Rohes. Jona kniff ihre Augen zusammen und ließ ihren Blick zwischen den Wolkenkratzern hin- und herwandern. Kein Zweifel: Auf diesem Bild wirkten sie verletzlich, und die Prügelei schien purer Verzweiflung zu entspringen. Es war bemerkenswert, wie der Künstler die verschiedenen Gefühle in einer einzigen Bewegung einzufangen wusste. Wie oft schon hatte sie sich bemüht, genau das in ihren Fotokollagen und Portraits erfahrbar zu machen. Dass es nichts vollkommen Losgelöstes gab, keine Dimension isoliert, sondern immer eine gegensätzliche Komponente.

Sie sollte wieder mehr Zeit in ihrer Gartenhütte verbringen. Ihr letztes Bild hatte sie vor drei Wochen begonnen. Es schien Ewigkeiten her und einem anderen Leben anzugehören, einem, in dem ihre größte Sorge darin bestanden hatte, nicht den nötigen Abstand zu ihrer Praxis halten zu können. Ein Ellbogen bohrte sich in ihren Rücken. Sie fuhr herum und musterte den Mann mit langem, welligem Haar, der entschuldigend beide Hände hob. Über seiner auf der Hüfte sitzenden Stoffhose hing ein kleiner, selbstgefälliger Bauch, nur spielerisch bedeckte ein orangenes Seidentuch die Brusthaare im Hemdausschnitt. Jetzt hob er den Arm und winkte erfreut Richtung Eingang. Dass es sich um den Künstler selbst handelte, begriff Jona in dem Moment, in dem sie seiner Blickrichtung folgte und Cornelius Denge entdeckte. Wie ein Fremdkörper stand er in der Menge und erwartete die Begrüßung seines Bruders offenbar mit gemischten Gefühlen, während sein zusammengeklappter Regenschirm eine Pfütze auf dem Boden hinterließ. Er trug die gleiche Kleidung wie zwei Stunden zuvor, nur die rosafarbene Krawatte fehlte und seine entspannten Lachfältchen waren aus dem Gesicht verschwunden. Instinktiv trat Jona einen Schritt zurück. Gut, dass Hendrik nicht dabei war. Sie sollte gehen, bevor Cornelius Denge sie entdeckte. Das Grüppchen vor einem Gemälde, das ihr Schutz bot, konnte sich jederzeit auflösen.

Doch der Anblick des ungleichen Bruderpaares hielt sie gefangen. Steif ließ Denge die Umarmung über sich ergehen. Sein gezwungenes Lächeln gegen das des beschwingten Künstlers, es hätte keinen größeren Kontrast geben können. Ganz offensichtlich hatte Stefan Denge nicht mit dem Auftauchen seines Bruders gerechnet, wie seine weitschweifigen Gesten verrieten.

Vielleicht hatte sie mit ihrer Nachfrage Denge sogar zu dem Besuch angeregt. Gerade deutete der Künstler in ihre Richtung. Jona sah sich um. Rechts von ihr führten zwei Stufen zu einer Garderobe, an deren Stirn ein schmaler Flur abzweigte. Aber zum Flüchten war es zu spät, die beiden steuerten direkt auf das Bild hinter ihr zu. Gerade noch rechtzeitig gelang ihr die Drehung, bevor sie eine helle Stimme in ihrem Rücken von völlig andersartigen, intensiveren Arbeiten reden hörte. Eine Antwort blieb aus. Vielleicht hatte Denge sie bemerkt, sie war nicht gerade leicht zu übersehen. Ihr Kopf mit dem kurzen, nassen Haar ragte aus der Menge, und unter der Strickjacke blickte der Kragen der hellgrünen Bluse hervor, auf der Denges Blick in der 50-minütigen Sitzung mehr als einmal liegen geblieben war.

Jona überschlug die Möglichkeiten, die sich ihr boten, wenn sie blieb. Immerhin war sie selbst es gewesen, die vor der Sitzung von der Ausstellung begonnen hatte. Weil sie Kunstliebhaberin war und Leserin des Frankfurt Journals. Und manchmal der Zufall seltsame Pfade einschlug. Sie spürte, wie ihr Herzschlag sich wieder beruhigte.

Als die Galeristin mit einer Flasche Sekt durch die Besuchergrüppchen ging, ließ sie sich das Glas füllen und nahm Kurs auf die beiden Männer.

3 Cornelius starrte auf die Bank jenseits der Fensterscheibe. Seit es aufgehört hatte zu regnen, saßen die beiden draußen auf der Lehne, Füße auf der Sitzfläche und unterhielten sich. Stefan hatte seine Haare mit einem Gummi zu einem lächerlichen Zopf im Nacken zusammengefasst und ein Stück Pappe über die Lehne gelegt, damit die brünette Therapeutin trocken saß. Offensichtlich hatte sie es ihm angetan. Außerdem fuchtelte er mit den Armen, als traue er der Überzeugungskraft seines eigenen Künstlergeschwätzes nicht. Und Jona Hagen lachte. Über was lachten die beiden? Sie kannten sich doch gar nicht.

Wie er auf den Titel „Affenliebe" gekommen sei, hatte sie wissen wollen, als sie plötzlich aus dem Nichts neben ihnen aufgetaucht war. Gott sei Dank war sie so professionell, sich nicht anmerken zu lassen, dass er noch am Nachmittag mit Hendrik bei ihr gewesen war.

Erklären bedeute entmystifizieren, hatte Stefan doziert und auf ihren Kommentar, das sei ihr tägliches Brot, neugierig die Augenbrauen gehoben, und schon waren sie in ein Gespräch verwickelt, dem er sich nur durch eine Notlüge entziehen konnte.

Er hatte seinem Bruder versprechen müssen zurückzukommen und die beiden ohne eine Erklärung verlassen, um im hinteren Teil des Flurs vor der Toilette so zu tun, als schreibe er wichtige Kurznachrichten auf seinem Blackberry. Und jetzt saßen die zwei seit über zehn Minuten wie Teenager auf der Bank und rauchten. Verstieß es nicht gegen jede Regel, wenn eine Therapeutin in den Lebensraum eines Patienten eindrang? Die Luft war stickig. Er spürte, wie das Blut in seinen Kopf stieg. Erst nach einer ganzen Weile fiel ihm ein, dass Jona Hagen ihn selbst an der Imbissbude auf die Ausstellung angesprochen hatte. Da wusste sie noch nicht, dass es sich um Hendriks Onkel handelte.

Er wischte den Schweiß von der Stirn. Er sollte hinausgehen und sich zu den beiden gesellen, um wie nebenbei einfließen zu lassen, dass sie sich kannten. Was war schon dabei, dass Hendrik eine Therapeutin konsultierte? Gemobbt wurde heute jeder dritte Schüler. Auch wenn Stefan wieder so tun würde, als wäre etwas bei ihnen nicht in Ordnung und mit aufgesetztem Mitgefühl seine Hilfe anbieten würde. Er suchte nach einem lockeren Gesprächseinstieg, doch sein Kopf war leer. Die Zehen drückten gegen das enge Schuhwerk, er fühlte sich unwohl in seiner Geschäftskleidung. Seit der Himmel aufgerissen war, hatte sich die Galerie deutlich geleert, nur die Schlieren auf dem feuchten Boden zeugten von der Besuchermenge.

Er musste hier raus, jetzt gleich, aber draußen saßen die beiden, und Stefan war unberechenbar, wenn er in seinem Element war. Zu selbstverliebt, um irgendwas zu begreifen. Cornelius füllte sein Glas mit Sekt auf und leerte es in einem Zug.

Es war ein Fehler gewesen, hierherzukommen. Von der ersten Sekunde an war es ihm falsch erschienen. Schon Stefans zur Schau gestellte Freude über seinen Besuch hatte etwas Triumphierendes besessen, wie früher. Er machte sich zum Narren, und alles nur, um nicht der Lüge überführt zu werden, falls die Sprache noch einmal auf Kunst käme. Wieso hatte er auch behauptet, die Ausstellung gesehen zu haben? Was für ein Bild musste die Therapeutin von ihm haben? Und welche Rückschlüsse würde sie daraus auf Hendrik ziehen? Wer einmal lügt... Nein, solche Allgemeinplätze waren ihr sicher fremd. Sie war schließlich eine Therapeutin.

Unruhig schweifte sein Blick durch die kleine Galerie und blieb an einer jungen Frau in schwarzen Pants und blickdichter

Strumpfhose hängen. Jede Wette, sie hatte in ihrem Leben schon einmal aus Feigheit gelogen oder etwas geklaut. Oder der Typ mit Glatze und zu engem T-Shirt, der im Gespräch mit der Galeristin ohne Unterlass lächelte. Wie oft hatte er dieses Lächeln schon eingesetzt, um an sein Ziel zu gelangen oder Schandtaten zu vertuschen: Hund getreten, Auto in der engen Parklücke geschrammt, Mutter am Telefon unter fadenscheinigem Grund abgewürgt. Es gab niemanden, dem man nicht Fehltritte nachweisen konnte, nichts war lupenrein, ohne Makel. Die menschliche Natur war dazu angelegt, sich schuldig zu machen, mit der kleinsten Glut konnte man ein ganzes Inferno entfachen. Sein Magen brannte, als säße das glühende Zentrum genau dort.

An der Tür spielte ihm seine Einbildung einen Streich, oder hatte Stefan der Therapeutin wirklich gerade seine Visitenkarte zugesteckt? Sein Bruder lächelte. Sicher dachte er, es ginge ihr um seine Kunst. Idiot. Die Hand am feuchten Griff, sah er durch die Scheibe nach draußen. So wie die Therapeutin dort saß, wirkte sie arglos. Aber was hieß das schon. Vielleicht durchleuchtete sie in der nächsten Sitzung Hendriks Familienverhältnisse. Margot mit ihrer Selbstständigkeit und den vielen Abendterminen gab weiß Gott keine Vorzeigemutter ab. Auch heute hatte sie nach Ladenschluss noch ein Vertretertreffen und kam sicher erst spät nach Hause. Hendrik würde entweder mit einem seiner wenigen Freunde losziehen oder sich in sein Zimmer einschließen. Bei dem Gedanken an das leere Wohnzimmer krampfte sich etwas in ihm zusammen.

Die King-Kamehameha-Lounge fiel ihm ein, eine Bar, in der er früher oft mit seinem Kollegen einen alkoholfreien Cocktail getrunken hatte. Er war nicht mehr dort gewesen, seit Pfeiffer vor zwei Jahren wegen einer Fehlüberweisung entlassen worden war. Nach einem letzten Blick zur Bank verließ Cornelius unbemerkt die Galerie und ließ sie mit schnellen Schritten hinter sich.

Es war elf Uhr abends, als er aus dem Taxi stieg und sich der Wohnung näherte.
Die Toreinfahrt stand offen, Margot hatte ihren Wagen dicht an den Mülltonnen geparkt. Sie war trotz seiner SMS nicht mehr in die Lounge gekommen, und so hatte er das Gejammer von Mittenwald, seinem Abteilungsleiter, in voller Länge ertragen müssen. Mittenwald, der plötzlich neben ihm an der Theke aufgetaucht war, ohne Sakko, das karierte, um den Bauch spannende Hemd zu weit aufgeknöpft. Nach dem zweiten Bier hatte er von seiner Ehe begonnen, besser: von dem Zettel, der von seiner 30-jährigen Ehe übriggeblieben war. „Ich muss nochmal leben." Davon sprachen auch der leere Kleiderschrank und die kleine Lücke im Safe, in der das Sparbuch seiner Frau immer gelegen hatte sowie ein dickes Bündel Bargeld nebst dem Autoschlüssel seines BMW.
Unwillkürlich verzog Cornelius den Mund. Ihm konnte das nicht passieren, Margot und er besaßen gleichermaßen Zugriff auf die Konten. Gemeinsame Konten, die sein Schwiegervater hin und wieder durch kleinere Beträge aufstockte. Vorzeitiges Erbe, nannte er das, dazu sein joviales Schwiegervaterlächeln. Erneut pressten sich seine Lippen aufeinander, während er nach Licht in den Spalten der geschlossenen Rollläden suchte, doch in der Wohnung war es dunkel. Als er die Tür aufschloss, schien es ihm, als hätte die Stille nur auf ihn gewartet. Im Wohnzimmer die cremefarbene Couch über Eck, der Glastisch, die Decke darauf, zwei Bücher und ein Stift, im rechten Winkel angeordnet, alles so glatt, dass der Blick daran abrutschte. Dabei beru-

higte ihn sonst die Ordnung, die er Margot und seinen Söhnen jahrelang beigebracht hatte. Nacheinander drückte er alle Lichtschalter, bis der gesamte vordere Bereich der Wohnung erleuchtet war. Sein Zuhause. Nackt, nüchtern und so verloren, als hätte jemand einen Fluch darüber gelegt. Es musste doch etwas geben, das vertraut blieb und Bestand hatte. Das nicht seine Konturen verlor, sobald man ihm den Rücken kehrte. Vor der Jadeskulptur blieb er stehen und strich über den elfenhaften Körper, der sich kühl anfühlte, kühl und glatt. In Zeitlupe kroch sein Handteller von der harten Wölbung der Brust zur Kehle, umfasste den Nacken, die gemeißelten Muskelstränge. Im Londoner Antiquitätengeschäft hatte ihn eben diese Eleganz berührt, die stolze Haltung, der Kopf in einer halben Drehung zum Betrachter geneigt. Margot hatte ihn damals ermuntert, sie zu kaufen. Eingehakt wegen der Pfennigabsätze ihrer Sandalen, waren sie über die Oxford Street geschlendert, ein aufstrebender Jurastudent mit seiner Freundin, das Juwel an seiner Seite, schlank, brünett, strahlend. Da hatte sie noch an ihn geglaubt, da gab es noch keine Prüfungsangst, keinen Studienabbruch und den Sachbearbeiterjob bei der Versicherung. Ein Lächeln von ihr, sein Nicken, und der Ladenbesitzer hatte den Preis der Skulptur wortlos um 20 Prozent gesenkt. Unter der Macht der Erinnerung legte sich seine zweite Hand um die Jadekehle.

„Die ist schon tot."

Cornelius fuhr herum.

Das blasse Gesicht seines Sohnes zeigte nicht die geringste Spur von Ironie. Reglos stand Hendrik im Türrahmen, seine sonst üblich schlaffe Körperhaltung wirkte aufrechter. Cornelius bemühte sich um ein Lächeln und hörte sich seinem Sohn ein Glas Bier anbieten.

„Im Wintergarten, sonst wird Margot noch wach."

Bis Hendrik das Wohnzimmer durchquert und sich umständlich an den ovalen Tisch gesetzt hatte, verging eine Ewigkeit. Hinter ihnen surrte die Pumpe des Aquariums, zwei Leuchtstofflampen warfen ihr Licht in den Anbau. In dem kalten Violett wirkte der intensive Blick seines Sohnes geradezu gespenstisch.

„Sag mal, hast du deiner Therapeutin von Stefan erzählt?"

Cornelius nahm einen großen Schluck Bier, um Zeit zu gewinnen, während er Hendriks Reaktion über den Glasrand hinweg beobachtete, doch sein Sohn verzog keine Miene.

„Hast du?"

„Nee, warum sollte ich?"

„Na, er ist immerhin dein Onkel. Vielleicht hast du ihn mal erwähnt. Wegen deiner Fotografiererei."

„Kann mich nicht erinnern. Warum denn überhaupt?"

„Sie hat mich auf ihn angesprochen. Und dann war sie auf seiner Ausstellung. Heute Abend."

Hendrik zuckte mit den Schultern. „Vielleicht ist sie einfach Kunstliebhaberin?"

„Kunst? Pah!"

Er sah in das Gesicht seines Sohnes, dem tiefe Schatten unter den Augen lagen. Die Strähne, die sonst seine linke Gesichtshälfte verdeckte, klebte an der Seite und weckte in ihm plötzlich das Verlangen, mit der flachen Hand in diese ewig gleichgültige Miene zu schlagen.

„Bevor er sich an Milena herangemacht hat, hing sein Zeug doch nur in kleinen Klitschen. Und dann bekommt er urplötzlich die Ausstellung in einer Galerie. Und das Stipendium der Kunstakademie? Rate mal, wer da im Ausschuss sitzt."

Hendrik wandte den Blick ab. Warum glaubte er ihm nicht? Wenigstens ein einziges Mal!

„Ohne Vitamin B läuft nichts, und du kennst deinen Onkel ja. Er braucht das Geld doch gar nicht mehr, jetzt, wo er Milena hat."

„Warum warst du eigentlich da?", fragte Hendrik unvermittelt.

Entgeistert sah er seinen Sohn an.

„Keine Ahnung, ehrlich. Ich dachte, vielleicht ist mal was anderes dabei. Stefan meinte, alles sei neuartig und intensiver, aber mir kam es vor wie immer. Nur etwas bunter. Und neue Preise."

Er suchte in den Gesichtszügen seines Sohnes nach einer Art Einverständnis, doch alles, was er darin erkennen konnte, war Abwehr.

„Und du, warum gehst du nicht mehr hin?"

Wieder das Schulterzucken, das ihn so rasend machte.

„Hendrik, warum können wir nicht mal ein normales Gespräch führen? Vertraust du mir nicht?"

Er fing den eiskalten Blick seines Sohnes auf.

„Jemandem, der fremde Tagebücher liest?"

„Das war Zufall." Cornelius wischte sich die Müdigkeit aus den Augen und spürte, wie ihm die Kraft entwich. „Nein, das war blöd von mir. Entschuldige. Das Buch lag offen auf deinem Tisch, als ich ins Zimmer kam, und du hast geschlafen. Ich wollte einfach wissen, was in dir vorgeht. Du erzählst ja nichts mehr. Ich mache mir Sorgen."

„Du machst dir Sorgen um mich", erwiderte Hendrik gedehnt.

Die einsetzende Stille hing schwer im Wintergarten. Nur die Pumpe des Aquariums surrte unvermindert.

„Hendrik, wenn es wegen der Sache ist, die ..."

„Welche Sache?", kam es so schroff, dass Cornelius aufsprang. Ohne seinen Sohn aus den Augen zu lassen, schloss er die Verbindungstür zum Wohnzimmer.

„Gibt es etwas, worüber du mit mir reden möchtest?" Er schluckte hart. „Dann jetzt, Karten auf den Tisch."

Das Gesicht seines Sohnes bekam einen Ausdruck, den er noch nie an ihm gesehen hatte. Häme. Nein – Verbitterung.

„Ich zeige dir etwas. Warte."

Mit zwei Schritten war Cornelius bei der Schiebetür zum Garten, lief quer über den Rasen in die hintere, vom Bambus verdeckte Ecke, wo der Geräteschuppen dunkel vor ihm aufragte. Als er den Schalter für die Glühbirne fand, erstrahlte der kleine Raum in kaltem Licht. Er stieg über die Blumenkübel, zwängte sich an den Fahrrädern vorbei und kniete sich vor den Metallschrank, in dem das Werkzeug verstaut war. Die mittlere Schublade ließ sich nur mühsam öffnen. Vorsichtig schob er seine Hand hinein, ertastete hinter Aluminiumstiften und Paketschnüren eine Klarsichtfolie und zog die Unterlagen hervor. Beim Anblick der handgekritzelten Ergänzungen spürte er ein Ziehen in der Magengegend. Vertrauen gegen Vertrauen. Er lief durch den Garten zurück und spürte, wie seine Kehle eng wurde. Hendrik saß noch in derselben Position, in der er ihn verlassen hatte, Rundrücken, die Ellbogen auf den Esstisch gestützt, das Kinn im Handteller. Sein schwarzes, viel zu weites T-Shirt schlackerte um die Schultern. Cornelius räusperte sich, trat durch die Schiebetür in den Wintergarten zurück und legte die Papiere vor seinen Sohn auf den Tisch.

„Es ist das Privateste, was ich besitze. Lies es." Ganz plötzlich war ihm der Mund trocken geworden. Sein Blick huschte zum Aquarium. Zwei Guppys jagten sich und ließen wieder voneinander ab. An der Innenseite des Beckens saugte sich ein Wels fest. Er beobachtete, wie sich der Fisch Zentimeter für Zentimeter über das Glas schob, um es von Algen und Bakterien zu reinigen. In seinem Rücken war es totenstill. Als er sich umdrehte, sah er den Trotz in Hendriks Augen. Noch immer hatte sein Sohn die Papiere nicht angerührt und saß jetzt mit über der Brust verschränkten Armen am Tisch. Die gleiche Pose, mit der er selbst früher den Versöhnungsangeboten seines Vaters begegnet war, und immer auf eine zweite Chance gehofft hatte.

„Vertrauen gegen Vertrauen. Hendrik. Wenn du etwas nicht verstehst, erkläre ich es dir, und du beantwortest mir im Gegenzug ein paar Fragen, ja?"

„Nein."

Es war mehr ein Flüstern. Endlose Sekunden verstrichen, bevor Hendrik sich erhob und den Wintergarten verließ.

Dreh dich um, dachte Cornelius. Gib mir eine Chance. Doch da schnappte schon leise die Tür ins Schloss.

4 Sippenhaft. Das Wort war ihm den ganzen Morgen durch den Kopf gegangen. Beim Frühstück, zu dem Hendrik nicht erschienen war, auf dem Weg zur Arbeit, und auch jetzt, den Blick auf die Tabelle am Monitor gerichtet.

Cornelius Denge schob die Tastatur zur Seite und lehnte sich im Bürostuhl zurück. Wie sollte er sich konzentrieren, wenn das Radio seines Kollegen unablässig Werbemüll absonderte. Sein Blick glitt zur anderen Seite des Großraumbüros.

Zwielicht erhellte den modernisierten Altbau. Trotz der Kunstdrucke wirkte der 80 Quadratmeter große Raum steril. Der taubenblaue Teppichboden verschluckte die Schritte der Vorbeilaufenden, in seinem Rücken erklärte ein Kollege das dritte Mal denselben Sachverhalt, ohne die Stimme zu heben.

Wie er die juristische Fachsprache hasste, die jeden freien Gedanken in eine vorgestanzte Form presste. Keiner außer ihm schien es wahrzunehmen, überhaupt etwas wahrzunehmen, alles so piefig, nie den Blick fürs große Ganze, für das, was zusammenhing, den Blick für Lücken, die man schließen musste, ja schließen, das war wichtig: Lücken übergangslos zu schließen. Ein lückenloses Dasein führen. Ohne Lebenslüge, die alles aufriss und zum Einstürzen brachte. Er schnappte nach Luft. „Hendrik" hatte sein Kugelschreiber auf das Schmierpapier geschrieben.

Als er seinen Namen hörte, schreckte er hoch. Mittenwald stand mit einer Akte in der Hand an der Tür und winkte ihn zu sich. Für gewöhnlich kam der Abteilungsleiter an den Schreibtisch der Sachbearbeiter, oft auf leisen Sohlen, mit den Lederslippern, die von jedem belächelt wurden, was an der Kombination des filigranen Schuhwerks mit dem ballonartigen Bauch lag, der wie ein Fremdkörper unter dem Hemd spannte und den dünnen Beinen darunter unmögliches Gewicht zumutete. Und dennoch genoss Mittenwald den Respekt aller, weil er sie die

Hierarchie nicht spüren ließ, weil er geradeheraus war und nicht auf sie herabschaute und weil er Fehler zugeben konnte. Aber jetzt war es anders, mit der Geste eines Vorgesetzten hatte er ihn in sein Büro zitiert. Cornelius atmete durch. Beim Aufstehen spürte er, wie ihm die Hitze zusetzte, dennoch zurrte er den Schlips unter dem Adamsapfel fest und folgte dem Abteilungsleiter in den verglasten Raum. Der kühle Luftzug einer Klimaanlage schlug wie eine Ohrfeige in sein Gesicht.

Zwei Minuten später saß er wieder an seinem Platz und starrte auf den ungeduldig blinkenden Cursor am Monitor. Mittenwald hatte ihm zu verstehen gegeben, dass ihr gestriges Gespräch in der King-Kamameha-Lounge absolut tabu war. Der eindringliche Blick aus den rot gerändeten Augen hatte das bekräftigt. Er hatte wortlos genickt. Auch das raue „Danke" an der Tür war ihm durch Mark und Bein gegangen.

Hastig überkritzelte er den Namen seines Sohnes und zerknüllte den Zettel.

„Stimmt was nicht?"

Frau Schümer, die Kollegin am Nachbartisch, hatte sich mit ihrem Stuhl zu ihm gedreht.

„Ich habe Zahnschmerzen."

„Dann gehen Sie lieber gleich zum Arzt. So etwas wird nicht besser."

Er sah in das breite Gesicht der 50-Jährigen, die in der Abteilung den Ruf hatte, sich bei jedermann beliebt machen zu wollen, und erwiderte ihr Lächeln.

„Warten Sie, ich sehe mal nach, ob es einen in der Nähe gibt."

„Lassen Sie mal, ich gehe zu meinem."

Bevor weitere Ratschläge folgen konnten, nahm er seine Tasche und eilte aus dem Büro. Die Schümer war nicht nur nett, sie war unerträglich nett und auf eine naive Art anhänglich. Dass er auf ihren Rat gehört hatte, würde sie unweigerlich als einen Vertrauensbeweis auffassen und ihn ab heute zu dem Kreis jener zählen, mit denen man auch mal einen privaten Schwatz halten konnte, wogegen er sich bisher erfolgreich verwahrt hatte.

Irgendwie kam alles aus dem Gleichgewicht. Als er sich noch einmal umdrehte, winkte sie ihm ein toi, toi, toi zu. Ihre alberne Geste, die niemandem im Büro entgangen sein konnte, verfolgte ihn bis in die Empfangshalle.

Unwirsch trat er durch die Drehtür ins Freie und sog die warme Luft ein. Nur weg! Die Bockenheimer Landstraße war angenehm belebt. Er überholte zwei Männer in Anzug, die ihre Jacketts locker über die Schulter gelegt hatten, lief bei einer roten Fußgängerampel in eine Frau, die vorschriftsgemäß stehen geblieben war und ließ, ohne seinen Blick einmal nach rechts zu wenden, den Palmengarten hinter sich. Erst als er den Wartturm vor den Toren der Universität erreicht hatte, wurde sein Schritt langsamer und ihm wurde bewusst, dass er den restlichen Tag frei hatte. Vielleicht sollte er Margot einen Besuch abstatten, das hatte er schon lange nicht mehr getan.

Ihr Feinkostgeschäft lag in der Altstadt von Eckenheim, einem Stadtteil, in dem er sich nicht auskannte und sich die wenigen Male, die er sie abgeholt hatte, fremd vorgekommen war. Vielleicht hing es mit der Kundschaft zusammen, die seiner Frau zwischen Ölen, Schokolade, Tee, Nudeln, Pasteten, Senf und Honig private Dinge anvertraute und mit dem Kauf der Ware wie selbstverständlich ein Scheibchen ihrer Persönlichkeit einforderte.

Aber jetzt wirkte der lichtdurchflutete Laden verlassen, nur aus der Nische hinter dem Tresen kam ein Zischen. Er roch den Duft des Espressos im selben Moment, in dem Margot mit aufgestecktem Haar und Sommerkleid in den Türrahmen trat.

„Ist etwas passiert?"

Sein „Nein" klang hölzern. Wie sollte er auch von all den Dingen erzählen, die ihn aufwühlten. Hendriks Aggressionen, die gemeinsame Sitzung und seine hirnlose Idee, Stefans Ausstellung zu besuchen und sich dann wie ein Schuljunge davonzuschleichen, nur weil diese Therapeutin dort aufgetaucht war.

„Jona Hagen, wer ist das?"

Er zuckte zusammen. „Hendriks neue Therapeutin. Wieso?"

„Du hast gerade ihren Namen gesagt."

Er sah, wie seine Frau hinter der Holztheke hervortrat und hörte ihre Frage, woher er sie kenne. Parfum drang in seine Nase, eine Spur zu intensiv. Und ihr Tonfall klang etwas spitz. Oder einfach nur verwundert?

„Ich war gestern Nachmittag mit Hendrik in ihrer Praxis, wegen der Kostenübernahme."

„Warum ..." Sie unterbrach sich, weil eine junge Frau in Minirock den Laden betrat, auf sie zustöckelte und gleich darauflosredete, nachdem Cornelius ein Stück zur Seite getreten war. Er bemühte sich, teilnahmslos zu wirken, und doch huschte sein Blick immer wieder zu den beiden. So lebendig kannte er seine Frau kaum mehr, und ihr helles Lachen, wie lange hatte er es nicht mehr gehört? Er nahm ein Glas Pesto vom Verkaufstisch und starrte auf den italienischen Text, während sein Fuß ungeduldig auf den Boden tippte. Die Kundin schien das nicht zu bemerken. Ihr Geschenk war längst verpackt und bezahlt, doch erst das Läuten des Telefons stoppte ihren Redefluss und schien sie daran zu erinnern, dass auch sie es eigentlich eilig hatte.

Kaum hatte Margot sich gemeldet, ließ sie den Hörer wieder sinken und schüttelte den Kopf.

„Aufgelegt. Schon das dritte Mal diese Woche."

„Hast du die Nummer im Display?"

„Ist unterdrückt."

„Gib mir mal bitte den Hörer."

Mit zwei Schritten stand er bei ihr und suchte im Menü nach dem Anrufer, während er aus den Augenwinkeln den irritierten Blick seiner Frau auffing.

Sippenhaft.

Machte ihn ganz verrückt, dieses Wort.

„Also, wieso wusste ich nichts von dem Termin?"

„Du warst so gestresst vom Laden. Da wollte ich dich nicht auch noch damit belasten."

Behutsam legte er den Hörer auf die Station und hörte sich von einer erfahren wirkenden Frau reden, die nur äußerlich flippig erschien. Mit Hendriks Verstocktheit sei sie professionell umgegangen. „Sie ist sympathisch." Das letzte Wort hatte ihn Mühe gekostet, er brachte ein Lächeln zustande und strich über seinen Dreitagebart.

„Wir können ja demnächst ..."

Wieder beendete die Türklingel abrupt das Gespräch. Ein Pärchen in beiger, aufeinander abgestimmter Sommerkleidung betrat den Laden und begann die Spezialitäten in den Regalen zu inspizieren.

Bedauernd zuckte Margot mit den Schultern, bevor sie ihn sich selbst überließ. Er spürte einen sauren Geschmack im Mund. Während er seine Frau betrachtete, verglich er ihre füllige, attraktive Erscheinung im Geiste mit der von Jona Hagen. Äußerlich waren sie sich kein bisschen ähnlich. Aber die ruhige, bestimmte Art, mit der sie beide ihre Wünsche und Ziele umsetzten, glich sich auf frappierende Weise. Er versuchte sich vorzustellen, wie die Frauen ihre Kräfte aneinander maßen, treffsicher in ihren Beobachtungen, ihren gezielt lancierten Bemerkungen. Dann griff er zum Handy. Sein Freund Wolf nahm nach dem zweiten Klingelzeichen ab. Er könne es sich einrichten, in einer halben Stunde in der Innenstadt zu sein. Viel Zeit habe er jedoch nicht.

Cornelius schlug ein Café in der Freßgass vor und legte auf.

Noch immer stand das Pärchen vor dem Regal mit den Trüffelpasteten und prüfte jedes Glas auf Inhalt und Preis, während Margot sie charmant bei Laune hielt und erst ihr Lächeln verlor, als sie ihn von der Tür kurz winken sah.

Auf dem Weg überraschte ihn ein jähes Gefühl der Freude. Ein vertrautes Gespräch mit Wolf, in dem er kein Blatt vor den Mund nehmen musste, und der ganze Spuk würde aufhören.

Der Spuk würde aufhören. Verbittert erinnerte er sich an diesen Wunsch, als er zweieinhalb Stunden später, ins Polster der Lehne gedrückt, von seinem Wagen aus das Bistro an der Hauptwache fixierte. Wie lange er im absoluten Halteverbot noch unbehelligt stehen konnte, war ungewiss, Politessen kamen in regelmäßigen Abständen vorbei, Taxen stauten sich. Aber freiwillig würde er seinen Beobachtungsposten nicht aufgeben. Schweiß stand ihm auf der Stirn, und im Ohr sirrte ein hoher Ton. Die Frau, die gegenüber an dem Bistrotisch des „Dulce" einen Muffin aß, entsprach keinesfalls den Erwartungen einer seriösen Therapeutin, so viel stand fest. Er ließ seinen Blick über ihr knallrotes, paillettenbesetztes T-Shirt und die Jeans gleiten. Warum verfolgte sie ihn? Dass sie es tat, stand außer Zweifel. Sonst hätte sie nicht hinter diese Steinsäule schlüpfen müssen, als er unvermittelt den Kopf drehte. Was hatte ihm eigentlich die Eingebung gegeben, dass jemand ihn beobachtete? Er wusste es nicht.

Bei dem Gedanken, dass sie möglicherweise auch Hendrik beschattete, begann sein Blut in den Schläfen zu pochen. Er sah zu, wie sie die wenigen Schritte zu ihrer Vespa lief und ihre Taschen in das Topcase knallte. Jona Hagen. Undurchschaubar und stillos bis zur Lächerlichkeit. Er wendete den Wagen und folgte ihr. Neben ihm fuhr ein Mini mit aufgeklapptem Dach, Mädchen, nur wenig älter als Hendrik, die Rauchkringel in die Luft bliesen und die Lautsprecher bis zum Anschlag aufgedreht hatten. Sie ließen ihn nicht auf die rechte Spur, auf die Jona Hagen mit einem Schwenk zwischen zwei Autos gewechselt hatte. Er riss das Steuer herum und scherte knapp vor dem Mini nach rechts in die mehrspurige Bleichstraße. Hinter ihm quietschten Bremsen. Das rote T-Shirt der Therapeutin leuchtete bereits in der Ferne, während ihn der Stau durch die Baustelle zum Anhalten zwang. Er schlug mit der Handkante gegen das Lenkrad, traf die Hupe, die laut ertönte. Aus dem Vorderwagen zeigte ihm jemand den Vogel. Die Klimaanlage, auf höchste Stufe gestellt, spülte Abgase ins Wageninnere.

Wie von selbst lag der Blackberry in seiner Hand, reproduzierte auf Knopfdruck Name und Telefonnummer der Frau, die plötzlich in sein Leben getreten war und alles durcheinanderbrachte. „Jona Hagen", flüsterte er, „was verstehst du schon davon, sich behaupten und für alle mitdenken zu müssen, alles zusammenzuhalten, ohne dass…"

Eine Hupe riss ihn aus seinen Gedanken. Der Verkehrsknoten hatte sich gelöst, schon war der Vordermann angefahren. Sand fegte gegen die Windschutzscheibe, als er Gas gab und die Baustelle hinter sich ließ. Auf der Friedberger Landstraße tauchte Jona Hagen plötzlich wieder vor ihm auf, ein rotes Störfeld, das seinen Puls hochschießen ließ. Er folgte ihr, blendete Verkehrsregeln und andere Fahrzeuge aus und fuhr erst an die Seite, als die Vespa stadtauswärts auf der Borsigallee in eine Sackgasse einscherte.

Wie lange er im Auto saß und zu dem Backsteinbau am Ende der Straße hinübersah, hätte er nicht zu sagen vermocht. Seine Hände umklammerten das Lenkrad, der Warnblinker tickte, und obwohl Jona Hagen jederzeit zurückkommen und ihn entdecken konnte, war er nicht in der Lage, sich aus dieser Starre zu lösen. Er spürte, wie das Kreiseln hinter den Augen einsetzte, und presste seine Hände fest um das Lenkrad. Aus dem Rückspiegel starrten ihn seine eigenen Augen an, das stechende Schwarz der Pupillen, stecknadelgroß.

Endlich startete er den Motor und lenkte seinen Wagen auf den befestigten Parkplatz, auf dem außer ihm nur ein Lieferwagen stand. Und jetzt? Die Spur der Therapeutin verlor sich in der Gartenanlage vor ihm, oder sie war in einen der Flachbauten gegangen. Er stieg aus dem Wagen, suchte das Gelände nach ihrer Vespa ab und blieb einen Moment unschlüssig stehen, bevor er sich dem begrünten Fußweg zuwandte. Der Pfad entlang der Gärten führte an einer Gastwirtschaft mit Holzbänken vorbei, über dem Torbogen das Schild eines Hundezuchtvereins. Zwei Yorkshireterrier kläfften sich hinter dem Stacheldraht die Kehlen wund.

Wohin zum Teufel war sie verschwunden? Dass eine solche Frau im Schrebergarten Gemüse anbaute, war absurd. Viel eher... Er blieb stehen, starrte auf die metallic-blaue Vespa, die hinter der Wegbiegung an einem Tor lehnte. Also doch. In seinen Fußspitzen kribbelte es, als er sich noch ein paar Schritte weiterwagte, um sich den Anblick des Gartens einzuprägen.

Abgewetztes Gatter, kein Schloss, um die Holzlatten rankte sich Efeu.

Mit klopfendem Herzen eilte er den Schleichpfad Richtung Auto zurück, ohne sich noch einmal umzudrehen.

In Sachsenhausen empfing ihn eine leere Wohnung. Er setzte sich an den Laptop und suchte nach ihrer Homepage. Auf der Startseite fanden sich die üblichen Kontaktdaten, Übersichtsthemen ihres Leistungsspektrums und ein Foto von ihr. Seine Augen tasteten den Monitor ab, als wollten sie die hochgewachsene, lässig sitzende Frau darauf durchleuchten. Der herausfordernde Blick wirkte selbstbewusst. Ihr Mund war zu einem mokanten Lächeln verzogen, als kommentiere er sein Erstaunen über diese nüchterne Homepage, die so gar nicht zu ihrer Aufmachung passte.

Von ihrem Mitarbeiter stand auf der Homepage kein Wort. Auch die Suchmaschinen kannten keinen Alexander Tesch. Dafür stieß er auf den Beitrag einer Fachzeitschrift. Thema: Soziale Brennpunkte im Blick. Autorin: Jona Hagen. Google, Facebook, Twitter. Warum hatte er nicht früher damit begonnen, sich ein Bild von ihr zu machen?

Er klickte sich durch die Psychologieforen, doch alles, was der Bildschirm ihm offenbarte, waren Fachbeiträge und Bewertungen ihrer Praxis, und die durchweg positiv. Anscheinend hatte er es mit einem Menschen zu tun, der keine persönlichen Spuren im Netz hinterließ. Gerade als er seinen eigenen Namen in die Suchmaschine eingab, hörte er, wie sich ein Schlüssel ins Schloss schob.

In der Tür stand Margot mit ihrem Vater und sah ihn überrascht an.

5 Der Morgen war friedlich. Vom Bett aus lauschte Cornelius dem Gezwitscher des Rotkehlchens, das jeden Morgen auf der begrünten Gitterumzäunung der Mülltonnen saß. Margot blies mit jedem Atemzug eine feine Alkoholfahne ins Schlafzimmer. Gestern Abend hatte sie gegen ihre Gewohnheiten eine ganze Flasche Sekt getrunken, um mit ihm auf die Zukunft anzustoßen. Auf die Erweiterung ihres Geschäftes. Die Erfolgsfusion, wie sie immer wieder gesagt hatte. Da war ihr Vater längst gegangen und der Plan, ihr Feinkostgeschäft mit der Edelgastronomie von Tonis Bistro zu verbinden, seit Stunden beschlossene Sache.

Er betrachtete ihr schlafendes Gesicht, die zierliche Nase, den Schwung des vollen, leicht geöffneten Mundes, dem er früher so gerne beim Essen zugesehen hatte und den im Traum ein feines Lächeln umspielte. Hinter den geschlossenen Lidern fanden offenbar gerade angenehme Träume statt, Lichtjahre entfernt von seiner eigenen Realität.

Er strich mit zwei Fingern über die weiche, erschlaffte Haut ihrer Wange. Doch Margots Atem floss ruhig und unbeeinträchtigt weiter. Leise schlüpfte er aus dem Bett und griff im ersten Licht des Morgens nach Joggingkleidung und Sporttasche.

Geräuschlos schnappte kurz darauf die Haustür hinter ihm ins Schloss.

„Bin laufen", würde Margot später beim Überbrühen des Tees lesen und sich höchstens für einen Moment über die ungewöhnliche Uhrzeit wundern. Ihr Vater reiste heute in ein Kurhotel. Sobald er wiederkam, stand der Ladenerweiterung nichts mehr im Wege. Zwei Wochen noch, dann würde der hagere Mann mit dem prallen Kontostand gemeinsam mit dem Bankangestellten in ihren Finanzen herumfuhrwerken.

Er stieg ins Auto, stellte die Klimaanlage auf die höchste Stufe und versuchte sich von der Wut zu befreien, die seit Tagen in ihm brannte.

Als er auf dem Parkplatz vor der Gartenanlage den Motor abstellte, ergriff ihn ein klammes Gefühl, die Therapeutin im Schrebergarten womöglich anzutreffen. Sie konnte Frühaufsteherin sein und schon den Garten wässern. Oder einfach ein Mensch sein, der zu jeder Zeit am falschen Ort war. Wie satt er das hatte. Sein Leben schien gespickt mit Frauen solchen Schlags, schon seit seiner Kindheit.

Bettina Asselmann!

Cornelius nahm die Hand vom Türgriff und lehnte sich in den Sitz zurück. Jetzt wusste er, an wen ihn das Verhalten der Therapeutin erinnerte. Seit Jahren hatte er nicht mehr an die Kellerassel gedacht, eine Mandantin des Vaters, die diesen auffällig oft konsultiert hatte, auch zu Hause, die Brille im gesträhnten Haar, mit viel zu tiefem Ausschnitt. Ohne Rücksicht hatte sie ihnen den Vater weggenommen. Cornelius sah im Geiste die Frau vor sich, die wie kein anderer Mensch seinen Trotz hervorgerufen hatte.

Unberechenbar, egoistisch ohne Sinn für Regeln, genau wie Jona Hagen. Klackend gab die Autotür dem Druck seiner Hand nach.

Das Grün der Wiese beruhigte ihn, und die Tautropfen, die in der Morgensonne schillerten. Der Fußweg hinter den Büschen war kürzer als in seiner Erinnerung, die Anlage wirkte verlassen, auch von den kläffenden Yorkshires war nichts zu sehen.

Erleichtert registrierte er, dass keine Vespa vor dem Garten mit dem Holzgatter stand. Doch dann fiel sein Blick auf das Fahrradschloss, das zwei Latten miteinander verkettete. Er hätte schwören können, der Garten sei offen gewesen. Unschlüssig stand er vor dem fremden Zaun und lauschte nach Geräuschen, bereit, bei der kleinsten Regung ins üppig wuchernde Gestrüpp des Nachbargartens abzutauchen.

Aber da war niemand. Die angrenzenden Parzellen schienen menschenleer.

Mit einem dumpfen Schlag landete seine Sporttasche auf der anderen Seite. Er setzte einen Fuß auf eine Querstrebe des Gatters, zog sich an zwei Holzlatten hoch und sprang auf der anderen Seite ins knöchelhohe Gras. Aus den Johannisbeersträuchern schoss eine Katze und jagte seinen Puls höher, während er durch den Garten hastete und atemlos die Hütte umrundete. Auf ihrer Rückseite entdeckte er das große, eingelassene Fenster, in das er spähte, die Augen mit einer Hand abgeschirmt und so dicht an die Scheibe gepresst, dass sein Blick den ganzen Raum durchmessen konnte.

Ein Atelier. Bilder lehnten an einem geblümten Sessel, daneben stand eine Plastikwanne mit Farbtuben und Pinseln. Im hinteren Teil der Hütte klemmte eine Staffelei zwischen einer Couch und übereinandergestapelten Weinkisten. Fotos an den Wänden. Er stockte. Es mussten Dutzende sein. Mit klammen Fingern zog er das Fernrohr aus seiner Sporttasche, das ihm die Aufnahmen direkt auf die Netzhaut setzte. Gesichter von Männern, Frauen und Kindern jeden Alters, jeder Nationalität, wahllos, wie es schien. Wer waren all diese Menschen? Malte sie Portraits, oder was verbargen die Leinwände am Sessel, die ihm abweisend ihre Stoffrücken zeigten?

Die Augen ans Okular gepresst, suchten seine Blicke die Gartenhütte der Therapeutin ab und blieben auf der Staffelei liegen. Im oberen Eck klemmte ein Foto. Ein Mann am Tisch eines Straßencafés, das Gesicht wie in Stein gemeißelt, die Unterarme mit der braunen Armlehne verschweißt. Es dauerte mehrere Sekunden, bis er sich eingestand, was er sah. Er war keiner Täuschung erlegen, hatte sich nicht eingebildet, dass sie ihn verfolgte. Sie tat es. Jona Hagen schoss heimlich Fotos von ihm. Und versuchte sich in einer abgelegenen Gartenlaube an Kunst. Kranke Kunst, schrill und übergriffig, das würde passen, und wenn er sie richtig einschätzte, folgte die Auswahl trotz ihrer scheinbaren Beliebigkeit irgendeinem System. Welchem? Und warum gehörte er dazu?

Eine unbändige Lust, in die Hütte einzudringen und alles niederzutrampeln, erfasste ihn. Er musste die Bilder sehen, die sie malte. Um sie zu begreifen. Nein, um festzustellen, dass er sie nicht begriff, sie nichts mit ihm zu tun hatten. Wie bei Stefan. Blitzartig schoss ihm der Gedanke durch den Kopf, dass die Therapeutin ein naturgetreues Portrait von seinem Foto anfertigte, um damit zu seinem Bruder zu gehen. Die beiden hatten Visitenkarten getauscht und lange geredet, über Kunst vermutlich, worüber sonst? Und Jona Hagen wollte eine Einschätzung ihres Könnens. Hatte ihn durch Zufall im Häagen-Dazs-Café sitzen sehen und den Einfall gehabt, Stefan zu überraschen. Schon während er sich umdrehte und erneut durch das Fernrohr in die Gartenlaube spähte, wusste er, dass es solche Zufälle nicht gab.

Er musste Ordnung in die Dinge bringen. Tesch. Hendrik. Die Bank. Sein Bruder. Und jetzt noch eine Therapeutin, die Schuld am falschen Ort suchte.

6 Im Ostpark herrschte die trügerische Idylle eines Ferientages. Jona ließ sich auf einem Metallstuhl nieder, der zu den Tischen des Parkbüdchens gehörte, und fragte sich nach einem erneuten Blick auf das Display ihres Handys, ob sie den Kommissar richtig verstanden hatte. Noch immer keine Nachricht. Dabei war es schon 15 Minuten nach der verabredeten Zeit. Sie spähte zum Kiosk, dann den Flachbau entlang, an den die würfelartig wirkenden Wohncontainer des Obdachlosenheims angebaut waren. Für ein Wohnheim lag es in malerischer Umgebung. Wie es im Innern aussah, wollte sie lieber nicht wissen. Sie erinnerte sich noch gut an die Diskussionen in den Zeitungen, an unzählige Bürger, die Sorge trugen, dass ihr Park verwahrlose. Vorurteile würde es immer geben, in jeder Altersgruppe, zu jedem Thema und durch alle Gesellschaftsschichten hindurch, sie lagen einfach in der menschlichen Natur.

Dabei war es kaum vorstellbar, dass diese friedlich in der Sonne sitzenden Männer am vorgelagerten Kiosk eine Bedrohung für irgendwen darstellten.

Jona lehnte ihren Rücken gegen die warmen Metallstreben des Stuhls. Vor ihr erstreckte sich die Wiesenfläche, die von Erlen und Weiden gesäumt war. Es roch nach Sommer und Unbeschwertheit. Unbeschwertheit?

Dass Ulf Steiner sie mitten am Tag ohne Erklärung an genau diesen Ort bestellt hatte, war sicher kein Zufall. Vielleicht gab es eine erste Spur.

Sie erwog den Gedanken, dass der Überfall nun doch zu einem brisanten Fall erhoben worden war und verstärkt Ermittlungen eingeleitet wurden. Steiners Stimme auf der Mailbox hatte Unbehagen und gleichzeitig Erleichterung in ihr ausgelöst, eine Art Dankbarkeit, die sie sich selbst nicht erklären konnte. Vielleicht hing es mit ihrem gestrigen Besuch im Casino zusammen. Ein weiterer Schritt in Richtung Unverantwortlichkeit, ein weiterer Übergriff und ein Geniestreich, der sie ihre Approbation kosten konnte. Vielleicht brauchte sie einfach nur das gute Gefühl, dass sie Zeugin war, nicht Täterin.

Das metallische Geräusch in ihrem Rücken kam aus heiterem Himmel. Jemand fluchte. Als sie sich umdrehte, sah sie einen unrasierten Alten den aufschießenden Bierschaum vom Flaschenhals abtrinken. „Tschuldigung", murmelte er und grinste.

Jona atmete geräuschvoll aus und suchte den Spazierweg um die Wiesenflächen erneut nach Steiner ab, doch außer ein paar Joggern war niemand zu sehen. Wo blieb dieser Kommissar, der immer dann in Erscheinung trat, wenn sie gerade etwas Grenzwertiges getan hatte. Es gab Menschen mit einem Gespür für Schwingungen. Steiner schien auf ihr schlechtes Gewissen abonniert. Sie tastete nach dem Notizheft in ihrer Umhängetasche und schob es zur Sicherheit noch ein wenig tiefer. Fast ärgerte sie sich, dass sie dem Kommissar nicht von ihrem ersten Erfolg berichten konnte. Florian Moser hatte zum fraglichen Tatzeitpunkt ein Alibi, das zumindest stand fest.

Bei dem Gedanken an das neugierige Gesicht der Kassiererin, der sie ein aus dem Internet gezogenes Bild des Werbegrafikers vor die Nase gehalten hatte, spürte sie wieder das Kribbeln unter der Kopfhaut. Jona Hagen, die Ermittlerin. Wie glatt alles gelaufen war, ohne Aufsehen, ohne eine aus dem Hintergrund tretende Sicherheitskraft. Natürlich blieb ein Restrisiko. Die junge, aufmerksame Frau würde sich an sie erinnern und ihr Äußeres so beschreiben können, dass ihre Erscheinung unzweifelhaft zu erkennen war. Sie hatte das Foto betrachtet und nach einem Moment des Zögerns mit dem Kopf genickt. Sie kannte Florian Moser, er war kein seltener Gast. Wann genau er das Casino an jenem Dienstag betreten hatte, wusste sie nicht mehr. Aber dass er erst kurz vor Schluss gegangen sei, war ihr in Erinnerung geblieben. Er habe aufgewühlt gewirkt, wie unter Strom. Und angetrunken. Noch an der Kasse hatte er sich drei Streifen Kaugummi in den Mund geschoben, bevor er die Spielbank etwa eine Stunde vor ihrer Schließung verlassen hatte. Also gegen drei Uhr morgens. Da lag Alexander längst auf der Intensivstation. Dass der Grafiker erst nach Frankfurt gefahren war, dort Alexander erschlagen und anschließend sein gesamtes Vermögen verspielt hatte, ergab keinen Sinn. Mit klopfendem Herzen und weichen Knien hatte sie die Spielbank wieder verlassen, das aus dem Internet herauskopierte Foto in kleine Stücke zerrissen und in einem Mülleimer irgendwo in Wiesbaden entsorgt. Beweismaterial vernichten – die Tat einer Verdächtigen.

Allein bei dem Gedanken daran waren ihre Hände wieder feucht geworden. Unruhig schoss ihr Blick über die Grünflächen des Parks, während es ihr plötzlich absurd schien und unmöglich, den wahren Täter unter ihren Patienten zu finden und ihn so zu therapieren, dass er seine Wut und das Geschehene aufarbeitete. Das klang nach Gehirnwäsche, und wenn es ihr tatsächlich gelang und Alexander dann doch starb, würde sie einen Mörder decken.

Eine Hand, die auf ihre Schulter tippte, ließ sie aus ihren Gedanken auffahren.

„Verzeihung." Ulf Steiner trat einen Schritt zurück und sah sie freundlich an. „Ich bin aufgehalten worden. Gehen wir ein Stück?"

Bevor sie antworten konnte, hatte er sich schon in Bewegung gesetzt.

Der Weg teilte den Park in zwei Hälften. Auf der Wiese linker Hand wurde Fußball gespielt, zur Rechten lag ein kleiner Weiher eingebettet in Buschwerk und Weiden, und am Wegrand beäugten Nilgänse argwöhnisch jeden, der ihrem über die Wiese trippelnden Nachwuchs zu nahe kam. Es gab keinen friedlicheren Park in Frankfurt, keinen, in dem Menschen so überflüssig schienen. Ein Ort, dachte Jona, der den Wunsch weckte, einfach nur ein Teil von ihm zu sein.

Schweigend lief sie neben dem Kommissar her, der ihre Gegenwart vergessen zu haben schien. Entweder er verfolgte die Taktik, so lange zu schweigen, bis sie von selbst zu reden begann, oder er besaß die Gabe, alles um sich herum auszublenden. Inzwischen waren sie bei den Gänsen angelangt, die warnend ihre Hälse aufrichteten. Jona verlangsamte ihre Schritte.

„Warum haben Sie mich hierher gebeten?"

Statt einer Antwort steuerte Ulf Steiner eine im Halbschatten stehende Bank an und ließ sich darauf nieder.

Erst als sie eine Weile gemeinsam aufs Wasser gesehen hatten, brach er sein Schweigen.

„Im Präsidium habe ich manchmal das Gefühl zu ersticken. Und ein weiter Blick weitet auch die Gedanken."

Jona drehte den Kopf zur Seite und musterte den Kommissar. Machte er sich lustig über sie? Doch in dem Gesicht mit den feinen Fältchen war keine Ironie zu lesen. Es wirkte entspannt und, wie sie sich eingestehen musste, sympathisch.

Woher rührte ihr innerer Widerstand? Vielleicht eine Übertragung oder ...

„Übernehmen Sie eigentlich nach Ihrem Urlaub die Patienten ihres Kollegen?", fragte Steiner unvermittelt.

Ein Hitzestoß durchfuhr ihren Körper.

„Einige", sagte sie schließlich und ahnte bereits die nächste

Frage. „Wenn man von der Möglichkeit ausgeht", Steiner wich mit dem Fuß einem auf ihn zu trippelnden Küken aus, „dass einer der Patienten hinter dem Überfall steckt, wird er vielleicht nochmal bei Ihnen auftauchen."

Sie spürte seinen Blick von der Seite. Plötzlich wusste sie, an wen er sie erinnerte. Kurt, ihr Onkel väterlicherseits, Hemd mit Firmenlogo auf der Brust, Bundfaltenhose und einem Jackett darüber, der zu allem immer seine Einschätzung abgeben musste, mit der er dann meistens auch noch richtig lag. Dasselbe Selbstbewusstsein, dieselbe antiquierte Ausdrucksweise, nur dass seinen Worten die Würze der Ironie gefehlt hatte. Oder bildete sie sich eine solche bei Steiner nur ein?

Während sie sich sagen hörte, dass sie kein Angstmensch sei, sah sie in Gedanken Florian Moser auf der vorderen Sesselkante sitzen und seine Hände kneten. Aber er besaß ein Alibi. Auch Celia Rumpf schied seit Erscheinen des fingierten Liebesbriefs als Täterin aus. Blieben noch Anna Sturm und der verschlossene Hendrik als mögliche Verdächtige.

„Mobbing." Sie hielt inne und strich sich über ihr kurzes Haar. „Ich musste gerade an den Jugendlichen denken, der mich um Weiterführung seiner Therapie bat. Das ist einer von Alexanders Patienten."

„Und der wird gemobbt." Es war keine Frage, sondern eine Feststellung. Auch die anschließende Stille war unmissverständlich.

„Der Junge ist 16, wahrscheinlich depressiv und würde keiner Fliege etwas zuleide tun."

In ihrem Rücken schnatterte es. Zwei Gänse jagten sich und stoben davon. Jona zwang sich, dem neugierigen Blick des Kommissars standzuhalten. Sie hatte nichts in der Hand gegen den Jungen, nur eine Ahnung, dass etwas in ihm gärte. Dagegen

Anna Sturm. Unwillkürlich verzog sich ihr Gesicht und spiegelte sich in Steiners aufmerksamen Augen wider.

„Sie wissen ja, wenn es etwas gibt, das uns weiterhelfen könnte. Irgendeine Neuigkeit oder Ungereimtheit. Eine seltsam verlaufene Sitzung."

„Haben Sie mich deswegen in den Park bestellt?"

„Frische Luft, ein unbelasteter Ort. Ich dachte, gemeinsam kommt man auf bessere Ideen."

„Das war der Grund?"

„Fällt Ihnen noch ein anderer ein?"

Ein feines Lächeln überzog sein Gesicht. Flirtete er mit ihr? Nein, er versuchte sie aus der Reserve zu locken, ohne sich in die Karten sehen zu lassen. Und das war alles andere als verwunderlich. Sie war eine seiner wichtigsten Quellen.

Ob man in der Spurensicherung schon weitergekommen sei, fragte sie.

„Das ist intern. Aber ehrlich gesagt, tappen wir im Dunkeln."

Jona biss sich auf die Lippen. Warum, verdammt, hatte sie ihn nicht gleich bei der ersten Ungereimtheit benachrichtigt, dann könnten sie jetzt wirklich gemeinsam überlegen.

Zwei Jogger keuchten vorbei. Schweigend sah sie den beiden hinterher. Sie war alleine, auf sich gestellt, seit sie das erste Indiz hatte verschwinden lassen. Nein, eigentlich schon seit sie sich erinnern konnte. Jona, die Giraffe. Jona, das Entfant terrible der Familie, die Chaotin, die eigensinnige, aber erfolgreiche Therapeutin. Endlich angekommen in ihrer Berufung. Ohne ihre Arbeit erschien ihr ihr Leben wie ein öder, verlassener Ort. Sie musste in die Praxis, jetzt gleich, und noch einmal alle Patientenakten sichten.

Als hätte Steiner ihre Gedanken gelesen, bat er sie, sich bei Neuigkeiten sofort an ihn zu wenden, auch in Bezug auf den

Jungen. „Mobbing kann Aggressionen freisetzen, das wissen Sie so gut wie ich. Der beste Freund meines Sohns wird auch ständig belästigt. Und so subtil, das kriegen noch nicht mal die Lehrer mit."

Verblüfft wandte sich Jona zur Seite und versuchte das undurchschaubare Gesicht des Kommissars mit der Vorstellung eines Familienvaters in Einklang zu bringen. Wieder eine neue Facette.

Als sie sich wenig später am Seitenausgang des Ostparks trennten, hatte sie das Gefühl, dass sich bald etwas Wichtiges ereignen und den Dingen eine neue Richtung geben würde. Sie wusste, was als nächstes zu tun war. Das Krächzen einer Krähe begleitete sie bis zu dem Parkplatz, auf dem ihre Vespa im Sonnenlicht glänzte.

7 Draußen bahnte sich das erste Licht seinen Weg durch die Morgendämmerung. Jona drehte sich auf den Rücken. Normalerweise war es ein Moment, der nur ihr gehörte, die Magie des Morgens, eingefangen in jener besonderen Stille, die sich nicht benennen ließ, einer Art von Freiheit, in der ihre Gedanken dahintreiben konnten.

Doch heute war es anders. Seit sie erwacht war, stand ihr die Begegnung mit Hendriks Mathelehrerin, Frau Moerler, vor Augen. Die kräftige Mittfünfzigerin mit den Tränensäcken und der Angewohnheit, jedem Satz durch Anheben der Stimme Nachdruck zu verleihen, hatte am gestrigen Vormittag trotz ihrer resoluten Art einen überforderten Eindruck gemacht.

Geschrei und dumpfe Schläge vom Schulflur im Hintergrund, saß sie am Pult des leeren Klassenzimmers und zerbröckelte ein Stück Kreide in ihrer Hand, während sie über Hendrik sprach.

Er sei ein sensibler, zurückgezogener Schüler mit künstlerischer Begabung, der nicht selten zur Zielscheibe von Erniedrigungen wurde. Allerdings war sie einmal zufällig Zeugin davon geworden, wie Hendrik an dem Fahrrad eines seiner Peiniger die Bremszüge durchtrennt hatte.

Jona musterte das erschöpfte Gesicht, in das eine leichte Röte getreten war.

„Und dann?"

„Ich habe mit ihm geredet. Und von einer Meldung beim Rektor abgesehen."

Die Lehrerin erzählte von ihren fruchtlosen Versuchen, den Jungen in die Klassengemeinschaft einzubinden, und einer Clique von Schülern, die ihre derben Späße mit ihm trieb. Nach kurzem Zögern zog sie aus der Schublade ihres Pultes ein gefaltetes Papier heraus und reichte es Jona. Die Zeichnung bildete unzweifelhaft Hendrik ab, der sich mit übergroßen Nasenlöchern und Hängebauch auf allen vieren über ein liegendes, nacktes Mädchen hermachte.

„Das soll wohl Melanie sein. Die beiden mögen sich. Außerdem nimmt sie ihn öfter in Schutz. Ich glaube, er ist verliebt."

„Woher haben sie das?", fragte Jona und wusste, bevor Frau Moerler es bestätigte, dass das Schmierpapier unter der Bank durch die Schülerreihen gegangen war.

Noch immer lag eine Hand der Lehrerin auf dem Knauf der geöffneten Schublade.

„Das, was wir reden, bleibt in diesem Raum?"

Als Jona nickte, zog Frau Moerler ein weiteres Blatt hervor und warf einen raschen Blick darauf, bevor sie es aus der Hand gab.

„Ich habe es unter Hendriks Tisch gefunden, vorgestern erst. Vielleicht sollten Sie besser mit ihm reden, ohne das da zu erwähnen."

Jona las den Gedichtanfang und spürte, wie eine Gänsehaut ihre Arme überzog.

„Das ist ja unheimlich."

„Sehr poetisch. Aber düster." Frau Moerler warf einen raschen Blick über Jonas Schulter hinweg zur Tür, als fürchte sie, belauscht zu werden. „Und sinnbildlich."

Sinnbildlich.

Jona griff nach dem Papier, das neben ihrem Futon lag. Nur undeutlich hoben sich die Buchstaben vom Weiß des Blattes ab, doch sie kannte die wenigen Zeilen ohnehin auswendig.

Eine Welt, in der eine schwarze Sonne über den Dächern aufgeht, eine Moorlandschaft, die das Helle in ihren Morast zieht. Wie musste man sich fühlen, wenn man solche Bilder im Kopf hatte?

Draußen wurde eine Autotür zugeschlagen. Der Kleinlaster, der jeden Morgen die Bäckerei an der Ecke belieferte, lud bei laufendem Motor Ware aus, blaue Plastikwannen mit Backwerk, die sich vor der verschlossenen Tür stapelten. Jona schlüpfte in Jeans und T-Shirt nach unten und schob einen Fünf-Euro-Schein unter die erste Lage Schokocroissants, von denen sie sich drei nahm, bevor sie wieder in ihre Wohnung zurückkehrte. Fünf Minuten später brütete sie kauend über dem Notizbuch, das die neuen Informationen über Hendrik enthielt.

Der 16-Jährige war Mobbingopfer, hatte düstere Fantasien und zumindest einmal versucht, heimlich Rache zu nehmen. Das war bedenklich, wenngleich nicht verwunderlich. Aber hatte das etwas mit Alexander zu tun?

Vor dem Fenster erwachte allmählich die Straße. Hundebesitzer, Zeitungsausträger. Irgendwo fiepte ein Wecker.

Dass an der Schule ein Mobbingbeauftragter fehle, hatte Frau Moerler beim Abschied gesagt, und dass auch Lehrer schikaniert würden. Jona dachte an die Müdigkeit hinter ihrem Lächeln. Plötzlich schob sich das Gesicht ihrer eigenen Lehrerin darüber. Hilke Hermann hatte ihrer Klasse mit Strenge beizukommen versucht, bis an einem Montagmorgen alle Schüler gemeinsam in Protest gegangen waren. 60 Hände, die im Takt zu Queens „We will rock you" auf die Pulte schlugen, laut, brutal, unerbittlich, sodass es auch in den Klassenzimmern nebenan zu hören war. Jona schluckte. Der Rausch der Macht hatte auch sie damals mitgerissen, mit den anderen hämmerte sie ihre Wut auf das Pult, bis sich das Gesicht der fassungslosen Lehrerin verzerrt hatte und sie aus dem Klassenzimmer gestürzt war. Sechs Wochen später, nach einem Klinikaufenthalt, hatte die Lehrerin den Schuldienst quittiert. Etwas in ihr war wohl zerbrochen und hatte sie auf die Verliererseite geschoben.

Jona starrte ins Leere, bis ihr bewusst wurde, dass das genau der Weltanschauung von Cornelius Denge entsprach. Oben und unten und dazwischen nichts.

In den letzten Tagen schien Hendriks Vater sich in den Fokus ihrer Wahrnehmung zu schieben. Am Montag war er in der Galerie aufgetaucht, Dienstag am späten Mittag hatte sie ihn unweit ihrer Praxis auf der Terrasse eines Eiscafés entdeckt. Alleine vor einem Cappuccino sitzend, hatte er alle paar Sekunden auf seine Uhr und in Richtung Opernplatz geschaut, blind für das Treiben um sich herum. Die Frage, was sich hinter seiner versteinerten Miene verbarg, hatte ihr so etwas wie einen Stromschlag versetzt, anders konnte sie es im Nachhinein nicht bezeichnen. Ab da war alles automatisch gegangen: Die kleine Digitalkamera aus ihrer Tasche ziehen, den Ahnungslosen heranzoomen und seine statuenhafte Erscheinung in einem Foto einfangen, war eine Sache von wenigen Sekunden gewesen. Und dann war Leben in das starre Gesicht getreten. Während ein Mann in Jeans und Hawaihemd auf seinen Tisch zusteuerte, hatte Cornelius Denge überraschend seinen Kopf in ihre Richtung gedreht und über die Freßgass geblickt, als sondiere er die Lage.

Unvermittelt spürte Jona wieder das Herzklopfen, das sie nach dem Sprung hinter die Steinsäule erfasst hatte. Inflagranti beim Fotografieren erwischt zu werden, ein Albtraum. Aber das Risiko hatte sich gelohnt. Die Aufnahme, die sie gleich im dm-Markt entwickelt und ins Atelier gebracht hatte, war ihr seitdem nicht mehr aus dem Kopf gegangen.

Sie klappte das Heft zu, während ihr Blick über die Buchrücken an der Wand strich, Hunderte von Taschenbuchausgaben, auf die das milde Licht der Morgensonne einen rötlichen Schimmer legte. Sie würde am späten Vormittag, wenn die Lichtverhältnisse optimal waren, in die Gartenhütte fahren und sich diesem Glückstreffer in aller Ruhe widmen.

8 Weiß. Schwarze Konturen. Schwarz auf Weiß. Grautöne dazwischen, Schattierungen von kaum wahrnehmbarer Dichte, die die Charakterzüge der Menschen hervorheben sollten. Nichts war schwieriger zu zeichnen. Sie würde nur mit dem Kohlestift arbeiten.

Seit Minuten stand Jona reglos vor dem Skizzenblock, den sie in die Staffelei eingeklemmt hatte, und ließ den Blick zwischen Cornelius Denges Foto und der blanken Fläche hin- und hergleiten. Dies hier war ein Experiment, das erste in ihrer Laufbahn als Therapeutin und wahrscheinlich auch das letzte. Aufgeregt fuhr sie sich durchs Haar. Einem Menschen bewusst Charaktereigenschaften in die Gesichtszüge zu zeichnen, um etwas von ihm zu erfahren, war manipulativ. Sie schob den Gedanken beiseite und konzentrierte sich auf Denges Portrait, vor dem ein Vergrößerungsglas klemmte.

Zwei Varianten desselben Konterfeis. Eine unschuldige, eine wissende.

Wenn ihr das gelang! Noch nie hatte sie das Foto eines ihr bekannten Menschen verfremdet.

Wie informiert war Cornelius Denge über den Therapieverlauf seines Sohnes? Und wusste er von dem Angriff, den Hendrik möglicherweise auf seinen Therapeuten verübt hatte oder entsprang das nur ihrer Fantasie?

Sie ließ den Kohlestift sinken. Momentan entsprang ja alles noch ihrer Fantasie. Sie reihte These an These, ohne überhaupt zu wissen, ob sie nicht einer völlig abwegigen Idee folgte.

Ungeduldig setzte sie den Kohlestift auf das weiße, dicke Papier und begann zu zeichnen. Ein angedeutetes Oval des bärtigen Kinns entstand auf dem Block, Grübchen, Kinnfalte, der Mund. Lächelnd? Mit geschlossenen Augen rief Jona sich Eindrücke von Cornelius Denge ins Gedächtnis. Er war aufgeschlossen und sympathisch und hatte sich bei der gemeinsamen Sitzung mit Hendrik fast schon ein bisschen zu souverän gegeben. Dabei war ihm die Anspannung deutlich anzusehen. In der Galerie jedoch hatte er erregt gewirkt, wie kurz vor der Explosion, und das nur zwei Stunden nach ihrem Treffen. Was war in der Zwischenzeit vorgefallen? Ein Zusammenstoß mit Hendrik? Unwahrscheinlich. Seinem Sohn gegenüber verhielt er sich sanft wie ein Lamm. Wolf im Schafspelz. Warum fiel ihr diese Redewendung jetzt ein? Sie passte nicht zu dem besorgten Vater des Jugendlichen. Jona stutzte und betrachtete das Foto. Cornelius Denge war nicht nur besorgt, er schien überbesorgt zu sein, wie einer, der auf jeden Fall die Kontrolle behalten wollte. „Vielleicht eine Kontrollinstanz", murmelte sie. Das würde erklären, warum er alleine bei ihr aufgetaucht war. Von der Mutter war bisher kaum die Rede gewesen. Auch in Alexanders Akten nicht. Sie malte eine strenge Doppellinie als Mund und verwischte sie mit einem Tuch. Unschlüssig schwebte der Kohlestift über dem Papier. Erdrückte Denge seinen Sohn mit seiner Fürsorge und wurde dann wütend, wenn der sich verschloss? Sie versuchte sich vorzustellen, wie er Hendrik anbrüllte, doch es gelang ihr nicht.

Unwirsch riss sie das Blatt vom Skizzenblock und fixierte das blanke Weiß des nächsten. Die Hand mit dem Kohlestift begann zu pulsieren. Sie entwarf ein Portrait mit vergrößerten Augen, verdunkelte die Kinnpartie, probierte es mit einem steilen Balken zwischen den Brauen und feuerte nach einem Blick auf das Verbrecherantlitz den Stift in die Ecke.

Intuition ließ sich nicht erzwingen.

Sie sackte in ihren geblümten Sessel. Vom Nachbarsgarten bohrte sich das Motorgeräusch des Rasenmähers in die Stille. Eine Weile verharrte Jona im Sessel, während sich die Messer durch die Halme fraßen und den süßlich-herben Grasgeruch in der Luft verteilten, dann schloss sie das Fenster, spannte statt des Skizzenblocks eine Leinwand in die Staffelei und setzte sich auf ihren Drehstuhl. Es brauchte Ruhe und Zeit und die weiße, blanke Fläche.

Wer bist du, flüsterte sie und versuchte sich in den knapp 50-jährigen Versicherungsangestellten einzufühlen.

Die Leinwand flimmerte vor ihren Augen, eine endlose Zeit, wie ihr schien, und je mehr ihr Blick darauf verschwamm, desto mehr changierte das Weiß. Normalerweise kam sie nach einer Weile von selbst in den Flow, der alle störenden Gedanken fortschwemmte. Doch heute war es ihr unmöglich, die vielen Fragen in ihrem Kopf zum Verstummen zu bringen. Immer wieder schob sich Hendriks rundes, verschlossenes Gesicht in den Vordergrund. Und dann, als sie schon beschlossen hatte, ihre Hütte zu verlassen und bei einem Espresso im Café Süden über alles nachzudenken, begann sie allmählich zu begreifen.

Sie konnte die Symbiose zweier Menschen sehen.

Vater und Sohn. Eine Collage.

Für einen Moment hatte sie den Eindruck, dass das verrückt war, während ihre Finger bereits am Verschluss einer Farbtube drehten.

Zwei Stunden malte sie vollkommen versunken. Alles, was sie wahrnahm, war der Ölgeruch, die zähe Konsistenz der Farbe, die sie unbeherrscht auf die Leinwand strich und das wechselnde Farbspiel der Schattierungen unter ihrem Pinsel. Als sie ihn aus der Hand legte, hatte sie vergessen, was genau sie sich von dem Portrait erhofft hatte.

Sie glitt vom Hocker und trat zwei Schritte zurück. Aus dem Bild blickte ihr ein trauriger Cornelius Denge entgegen, die Augen schräg gestellt, feine Fältchen um einen skeptisch lächelnden Mund, den kein Dreitagebart verbarg. Auch die

Stirn war glatt und stand in Widerspruch zu dem vorgeschobenen Kinn, das dem Gesicht einen verletzlichen Zug verlieh.

„Das ist es", flüsterte Jona.

Ihr war unheimlich bei der Vorstellung, was sie getan hatte: Die Zerbrechlichkeit des 16-Jährigen mit den Gesichtszügen des Vaters zu vermengen.

Die Strahlen der Mittagssonne legten sich auf den Holzboden und ließen die Staubpartikel im Gegenlicht schweben. Versunken folgte Jona den Bildern in ihrem Kopf, bis sie von einer plötzlichen Erkenntnis überrascht wurde. Alexander, der Übergriffe als Therapeut begangen hatte, ein pubertierender Patient mit Gewalterfahrung und ein Vater mit Kontrollimpulsen.

Aufgeregt zog sie ihre Kamera aus der Tasche und fotografierte das frisch gemalte Portrait auf der Leinwand ab, bevor sie es in den Holzverschlag am Rande des Gartens brachte. Den Schlüssel des Vorhängeschlosses fädelte sie an ihren eigenen Bund. Es war besser, Ron aus der Sache herauszuhalten.

„Sehen wir uns heute Abend?", hatte er sie per SMS gefragt. Die Antwort darauf war sie ihm schuldig geblieben. Unentschlossen sah sie auf das Display ihres Mobiltelefons, wog Formulierungen ab und bat ihn in ihrer SMS schließlich, ihr Zeit zu lassen. Sie las ihre Nachricht, löschte das „Bitte", fügte es nach kurzer Überlegung wieder hinzu. Das klang nicht nach ihr, besaß nichts von der üblichen Lakonie. Was in den letzten Tagen erinnerte überhaupt noch an die Jona, die sie bisher gewesen war? Sie schickte ihre SMS ab und stellte das Handy aus. Ablenkung war das letzte, was sie für ihre nächste Begegnung brauchen konnte.

Aber einen Espresso, schwarz und süß, dachte sie sehnsüchtig und rüttelte noch einmal zur Vorsicht an dem Schloss des Verschlags, bevor sie ihren Garten verließ.

40 Minuten später rührte sie bedächtig den dritten Löffel Zucker in die arabische Mokkatasse, die vor ihr auf dem niedrigen Kupfertisch stand.

Stefan Denge hatte erfreut über ihren spontanen Besuch gewirkt und sie gleich ohne viele Umstände durch das futuristisch eingerichtete Wohnzimmer der kleinen Stadtvilla in sein Atelier geführt. Der verglaste Anbau schloss sich an die Rückseite der Villa an und ging auf einen Garten mit Skulpturen hinaus. Unter dem Blick eines überlebensgroßen Einhorns führte Jona den Mokka an ihre Lippen. Der Künstler war noch einmal ins Innere des Hauses verschwunden. Sie lauschte auf Geräusche, doch es blieb still. Ob er hier alleine lebte? Wieder ließ sie ihren Blick durch den Garten schweifen. Im hinteren Teil glänzte zwischen zwei Birken ein grüner Drache. Die nachmittäglichen Sonnenstrahlen reflektierten auf seinem gläsernen Schuppenkleid, es sah aus, als fliehe das Ungeheuer vor irgendetwas.

Was brachte Menschen dazu, sich solche Fantasiewesen in den Garten zu stellen und sich von ihnen den ganzen Tag anstarren zu lassen? Nachdenklich stellte Jona ihre Tasse auf den Unterteller zurück und trat näher an die Scheibe. Hinter dem Drachen wurde eine Frauenfigur aus Kunststoff sichtbar, deren wallendes Haar über ein bunt bemaltes Kleid floss.

„Niki de Saint Phalle!"

„Eine Nachbildung", erklang es in ihrem Rücken. „Inspiriert durch das Original aus dem Tarotgarten in Italien." Stefan Denge hatte seine Bermudashorts gegen Leinenhosen getauscht und schien bester Laune. Eine Packung Kekse und ein Aktenordner wanderten auf den Kupfertisch.

„Der Drache flieht vor der jungen Frau, zu der er in Niki de Saint Phalles Kunstwerk gehört. Er hat keine Lust mehr, ihr Unterbewusstes zu repräsentieren, so wie sie das in einem ihrer Bücher erklärt."

„Ist diese Nachbildung von Ihnen?" Jona setzte sich an den Tisch, an dem der Künstler bereits in dem Ordner blätterte.

„Ich bin Maler, kein Bildhauer. Es ist das Kunstwerk eines Freundes, das wir ihm abgekauft haben. Mir stand der Drache nur Modell für eine Schwarz-Weiß-Serie. Ich zeige sie Ihnen gleich." Er blätterte zum Anfang des Ordners zurück, sodass sie gemeinsam die Schwarz-Weiß-Landschaften seiner Visionen durchstreifen konnten. Miniaturmenschen in einer Rolltreppenlandschaft, eine Serie von scharfkantigen Spielplätzen, dann schließlich fand sich auch die Zeichnung des Drachen. Er war als Ungeheuer in den Garten gesetzt, seine Gestalt überragte die Kastanienbäume und schoss einen Feuerstoß über das Dach des Hauses hinweg in ein verschwommen skizziertes Villenviertel. Die Beine des Ungeheuers schmolzen in die spitz schraffierte Flora des Gartens. Jona spürte den Impuls, mit den Fingern über die Gräser zu fahren, die wie Nadeln aus dem Erdboden ragten.

„Groß gegen klein, weich gegen hart. Sie lieben die Kontraste."

„Eher den Kampf, den sie miteinander führen. Obwohl oder weil sie ohneeinander nicht auskommen. Das müsste der Therapeutin in Ihnen doch gefallen."

„Der Fotografin in mir." Sie lächelte. „Kommen Sie aus einer Künstlerfamilie?"

„Mein Vater war Anwalt, meine Mutter Hausfrau, später Sekretärin. Das klingt nicht nach Künstler-DNA, oder?"

„Ich dachte immer, Begabung vererbt sich. Wahrscheinlich ein Klischee."

„Nicht unbedingt." Er schob sich eine Haarsträhne aus dem Gesicht, die gleich darauf wieder zurückfiel. „Hendrik, mein Neffe, ist sehr begabt, wenn ich mich nicht täusche."

Jona spürte die Hitze in ihrem Gesicht. „Das ist interessant", sagte sie wie beiläufig und fragte den Künstler, ob er meine, Einfluss auf seinen Neffen zu haben, während dieser den Ordner zuklappte und in die Vergangenheit zu tauchen schien.

„Früher kam Hendrik manchmal direkt nach der Schule in mein Atelier. Ich habe ihm Maltechniken gezeigt und wie man fotografiert. Motivsuche, der goldene Schnitt, Fotoentwicklung, Dunkelkammer und der ganze Kram. Aber im Prinzip konnte er das schon von alleine. Er begriff schneller als mancher Schüler aus meinen Kursen."

Im Haus fiel eine Tür ins Schloss, doch Stefan Denge nahm keine Notiz davon.

„Zu seinem 13. Geburtstag schenkte ich ihm eine Canon EOS."

„Wow." Jona nickte anerkennend. Wie lange war sie um die teure Spiegelreflexkamera in der Auslage des Fotogeschäfts geschlichen, bis sie sich doch für das günstigere Modell entschieden hatte.

„Ich hatte Glück an der Börse", sagte Stefan Denge schulterzuckend. „Hendrik war ganz aus dem Häuschen, als er die Kamera sah. Kurz danach kam er nicht mehr."

„Warum?"

„Weil sein Vater Stimmung gegen uns macht", ertönte es aus dem Hintergrund. Die schneidende Stimme passte nicht zu der Frau, die das Atelier betrat. Schulterlange Locken und ein Trägerkleid, das locker um ihren zierlichen Körper fiel, ließen sie wie eine Studentin wirken, nur Hals und Dekolleté waren auf irritierende Weise gealtert.

„Das ist Milena, meine Frau", sagte Stefan Denge und bot ihr einen Hocker an, „von ihr sind übrigens die ganzen Objekte im Wohnzimmer. Sie ist Kunstsammlerin."

„Und die einzige in diesem Haushalt, die den Tatsachen ins Auge sieht. Stefan erzählt gern immer nur eine Hälfte der Geschichte." Sie reichte Jona die Hand. „Immer nur die gute."

Das Lächeln, das sie ihrem Mann zuwarf, entschärfte ihre Worte. Sie versprach, später noch einmal wiederzukommen.

Jona sah ihr nach und wusste im gleichen Moment, dass sie nicht mehr auftauchen würde. Sie hatte nur den weiblichen Besuch ihres Mannes inspizieren wollen. Dennoch war sie ihr auf den ersten Blick sympathisch gewesen.

„Wollten Sie sich nicht Bilder von mir anschauen?"

Sie verließen das Atelier und stiegen eine Marmortreppe in den Keller hinab, von dem ein weiß gekalkter Raum abzweigte. Zwischen Umzugskisten und einem ausrangierten Klavier wirkten die abgedeckten Bilder wie Gerümpel. Vorsichtig streifte der Künstler die Plastikplane ab und lehnte die vordersten drei Bilder nebeneinander an die Kellerwand. Ein Triptychon. Links und rechts jeweils ein Bagger, in deren Mitte ein Panzer, und alle, wie es schien, in Kommunikation miteinander. Schweigend betrachtete Jona die Bilder, bis Stefan Denge ein neues aus der Ecke zog und in die Mitte des dreigeteilten Gemäldes platzierte. Es zeigte einen Baukran, dessen Ausleger abgeknickt und gelb koloriert war.

Jona verkniff sich ihre Gedanken dazu. Über ein Jahrzehnt hatten die respektlosen Bemerkungen ihrer Schwester zu ihren Zeichenversuchen sie begleitet.

Die nächsten Bilder zeigten verzerrte Kräne und Bulldozer, mit menschlichen Attributen ausgestattet.

„Verladung von Lasten." Stefan Denge lehnte plötzlich an der Wand neben ihr. Der feine, herbe Geruch seines Parfums drang in ihre Nase.

„Bitte?"

„Mich reizt an Kränen ihre eigentliche Aufgabe: die Verladung von Lasten."

„Altlasten. Oder wie war das gerade mit der Hälfte der Geschichte, die Sie gerne weglassen?"

„Milena übertreibt." Stoff raschelte, ein Ärmel seines Hemdes streifte ihren Oberarm. „Aber natürlich blendet man immer gewisse Dinge aus."

„Natürlich." Sie stieß sich von der Wand ab und fragte nach einem Bild von seinem talentierten Neffen.

Stefan Denge sah sie einen Moment irritiert an, bevor er ein Ölgemälde in Hochformat vor sie stellte.

Ein Waldweg, gesäumt von hohen Bäumen, verjüngte sich zu einem Fußpfad, der ins Dickicht führte. Wie an einer Kette aufgefädelt, wandelte eine Gruppe Mönche in die Tiefe des Dschungels. Ihre geschwärzten Köpfe saßen verbrannten Stümpfen gleich auf den orangenen Kutten. Nur der letzte Mönch besaß keinen Kopf, stattdessen trug er den Stumpf als Gepäck über der Schulter.

„Gruselig, was? Das hat er vor einem halben Jahr gemalt."

„Wie alt ist er?"

„16."

„Also noch in der Pubertät, das ist normal."

„Sagen Sie das mal seinem Vater." Stefan Denge wischte seine Worte mit einer Handbewegung fort.

„Wieder die unliebsame Hälfte einer Geschichte?" Die Abdeckfolie auf dem Klavierstuhl knisterte, als sie Platz nahm und zusah, wie der Maler umständlich die Bilder sortierte, bevor er sich ihr zuwandte.

„Mir fliegt alles zu, und mein Bruder muss um alles kämpfen. Das ist schon die ganze Geschichte."

„Aber er war auf Ihrer Ausstellung."

„Ja, das hat mich auch gewundert."

„Es wirkte, als hätten Sie beide sich prächtig verstanden."

„Natürlich war ich erfreut. Es kommt ja selten vor, dass Conni sich die Ehre gibt." Er zog ein altes Bettlaken von einem anderen Stapel Bilder und hob das erste vor seine Augen, um es zu betrachten.

„Hier, das ist aus einer anderen Serie. Fabelwesen. Mögen Sie so was?"

„Ich glaube, Sie unterschätzen sein Interesse an Ihrer Kunst. Ich habe ihn beobachtet, er wirkte sehr neugierig. Und begeistert."

Stefan Denge musterte sie skeptisch, während er das Ölbild wieder an seinen Platz stellte.

„Das ist wahrscheinlich Show. Conni will sich nicht sagen lassen müssen, er würde mir den Erfolg nicht gönnen."

„Warum denn das?"

„Immer schön die Fassade aufrechterhalten. Aber in Wirklichkeit ist er sehr nachtragend, und immer in Konkurrenz zu mir. Das ist schon fast selbstzerstörerisch, sein Drang nach Gerechtigkeit."

Wie er das meine, hörte Jona sich fragen, während sie die Hände zwischen Gesäß und Klavierstuhl schob.

Denge sah ins Leere, als suche er nach einer Erinnerung, dabei verriet das feine Lächeln um seine Mundwinkel schon die Kenntnis darüber und die Lust, beobachtet zu werden. Jona kannte diese Pose von etlichen Patienten. Wir halten eine Sitzung ab, dachte sie, während ihr Gegenüber sich das Haar aus dem Gesicht strich und sie bedeutungsvoll ansah.

„Wir waren noch Buben, als mein Vater uns wegen einer blutjungen Mandantin verließ. Und was machte Conni? Sperrte sich ein halbes Jahr, immer wenn unser Dad kam, in sein Zimmer ein. Keine Gespräche, kein Besuch, die Geschenke von ihm hat er nicht beachtet, einmal sogar in den Papierkorb geworfen." Versunken kraulten seine Finger die eigene Brustbehaarung und blieben im Hemdausschnitt liegen.

„Mir wollte er verbieten, etwas von Bettina anzunehmen, Bettina Asselmann, bei ihm nur die ‚Kellerassel'. Ich war ein Verräter, wenn ich mit neuen Klamotten von ihnen heimkehrte. In seinen Augen habe ich mich damals verkauft."

Und tust es heute wieder, mutmaßte Jona, während sie nickte. Sie wusste, was er meinte. Wenn Cornelius Denge nur halb so viel Druck von dem weitergab, den er sich selbst auferlegte, war Hendrik nicht zu beneiden.

„Und haben Sie heute noch Ihre Kämpfe?"

„Er kämpft. Ich nicht."

„Sie kämpfen auf der Leinwand." Abrupt erhob sich Jona von dem Klavierstuhl und fragte, ob das Bild mit dem Titel „Affenliebe" noch zu haben sei. Denge nickte. Er schien etwas gekränkt, dass sie nicht mehr an seiner Person interessiert war oder wenigstens auf die Sichtung sämtlicher Bilder bestand. Eine Spur zu lässig stülpte er die Plane darüber. Erst an der Haustür fand er seinen Charme wieder. Er versprach sie anzurufen, sobald er das Bild von der Galerie geholt und für seine Mappe abfotografiert hatte.

Auf dem Weg nach Bornheim kehrten Jonas Gedanken zu dem Ölbild des 16-Jährigen zurück. Der Mönchszug inmitten des Dickichts war aus der Perspektive eines Nachzüglers gemalt. Es sah aus, als wolle er den Mönchen folgen oder als lege der Maler dem Betrachter nahe, ihnen zu folgen. Sie zog den Helm an einer Kreuzung ab, verstaute ihn im Topcase und ließ sich den Fahrtwind ins Gesicht wehen.

Ron hatte recht, sie ermittelte. Suchte Verwandte von Verdächtigen auf, stellte gezielte Fragen und zog aus dem Gehörten hypothetische Schlüsse. Das war Polizeiarbeit im besten Sinne, jedenfalls so, wie sie sich eine Ermittlung vorstellte. So wie Ulf Steiner vorgehen müsste, wenn ihm ihre Informationen zur Verfügung stünden. Im Seitenspiegel tauchte ein Polizeiauto auf. Jona setzte den Blinker und drosselte das Tempo. Jetzt bloß keine Diskussionen über Sicherheit im Straßenverkehr. Es konnte sein, dass sie etwas Wesentlichem auf der Spur war. Wie gerne würde sie das mit Ulf Steiner besprechen, aber wenn sie ihr Wissen preisgab, würde er das Ausmaß ihrer Verstrickung erkennen. Und dann?

Sie lenkte ihre Vespa an den Fahrbahnrand und sah stur geradeaus, als die Polizisten betont langsam an ihr vorbeifuhren.

Plötzlich war sie sich nicht sicher, ob der Kommissar nicht längst eigenen Hinweisen nachging, möglicherweise solchen, die ihre Vermutungen untermauerten oder, im Gegenteil, null und nichtig machten. Aus den kurzen Telefonaten, die sie bisher geführt hatten, und ihrem seltsamen Treffen im Ostpark ließen sich keine Rückschlüsse ziehen.

Sie dachte an sein Lächeln auf der Bank. Hatte es ihr gegolten oder ihrer Unwissenheit?

„Geheimniskrämer", fluchte sie und fädelte sich nach einem kurzen Schulterblick erneut in den Verkehr ein.

Am Abend besuchte sie den monatlichen Stammtisch im Günthersburgpark. Es war acht Uhr, die Sonne verlor an Kraft und goss goldene Lichtschneisen in das von Bäumen überschattete Parkcafé. Jona stieß als Letzte zu der Gruppe Frauen, die sich vom Sport kannten. Sie war müde und erschöpft, hatte aber nicht allein bleiben können, nicht mit solchen Bildern im Kopf.

Kaum saß sie zwischen den anderen, zog sie die zwei Fotografien aus ihrer Tasche und legte sie kommentarlos auf den rostigen Metalltisch. Cornelius Denge im Original und in der fotokopierten Portraitversion, die sie gemalt hatte. Eine verkrampfte Körperhaltung und perfekt aufeinander abgestimmte Kleidung fielen den meisten sofort ins Auge, die zweite Persönlichkeit in den Gesichtszügen des gemalten Portraits bemerkte jedoch keine. Vielleicht wurde sie langsam verrückt. Enttäuscht nahm sie die Fotos wieder an sich. Erst später, als das Gespräch längst anderen Dingen galt, zog Lu die beiden Aufnahmen zu sich heran und verglich sie miteinander. Im Original wollte sie einen Mann mit unterdrückter Panik im Gesicht sehen. Zu dem verfremdeten Portrait fiel ihr ein, dass der Mann schutzlos wirkte, wie ohne Haut. Die Diskussion, ob man Menschen ohne ihr Wissen fotografieren und ihr Äußeres entstellen durfte, ersparte die Freundin ihr diesmal. Jona verließ den Stammtisch als Erste.

Warme Luft und ein Stimmengewirr aus den Straßencafés begleitete sie die Berger Straße hinauf, doch das Nachtleben schien einer anderen Welt anzugehören. Abrupt blieb sie vor der überfüllten Terrasse des Café Süden stehen. Vor wenigen Tagen hatte sie hier gesessen, bevor sie in Alexanders Wohnung eingedrungen war. Wenn das rauskam, würde Steiner vermutlich ihre gesamte Praxis auf den Kopf stellen und ihre Privatsachen durchsuchen lassen. Hektisch zog sie ihre kleine Digitalkamera aus der Umhängetasche und klickte sich durch die gespeicherten Motive. Der Main bei Nacht, verkrüppelte Stadttauben, Torbögen abbruchreifer Häuser, dazwischen immer wieder Nahaufnahmen von Gesichtern wildfremder Menschen. Eine Galerie heimlich geschossener Portraits. Es war nicht verboten, fremde Menschen zu fotografieren, aber dennoch, in Verbindung mit den Übergriffen in ihrer Praxis konnte das seltsam wirken. Steiner musste nur noch von den Gemälden in ihrer Gartenhütte erfahren... Und war es nicht auch ein merkwürdiges Hobby, das Äußere Unbekannter so zu verändern, dass andere Wesenszüge entstanden? Ihr Erscheinungsbild zu manipulieren. Plötzlich war ihr der konzeptionelle Überbau nicht mehr klar. Dass in jedem die gegensätzlichsten Persönlichkeiten schlummerten? Das war nun wirklich zu banal. War es? Sie wusste gerade gar nichts mehr. Schweren Herzens begann sie, ein Portrait nach dem anderen zu löschen, bis sie bei dem Foto angelangt war, mit dem sie die aufreizenden Aufnahmen Annas in Alexanders Bettkasten festgehalten hatte. Die Originale lagen mit den Psychopharmaka zusammen im Schließfach und konnten nur durch dieses Beweisfoto Alexander zugeordnet werden. Wenn sie es entfernte, hatte sie nichts in der Hand gegen ihn – falls das nötig werden sollte. Ein Mann mit Kinderwagen schob sich grummelnd an ihr vorbei, ohne dass Jona den Blick vom Display nahm. Sie zögerte, während ihr Szenarien von Gerichtsverhandlungen durch den Kopf schossen. Steiners kritischer Blick bei ihren Behauptungen, durch nichts untermauert. Beschuldigungen ohne Hand und Fuß. Durch einen Schachzug Alexanders konnten die Fotos möglicherweise ihr selbst zum Verhängnis werden, wenn er überlebte und es ihm gelang, Anna auf seine Seite zu bringen. Mit einem Seufzen entfernte sie das Foto und alle weiteren und atmete, nachdem das letzte gelöscht war, erleichtert auf.

Als sie hochsah, traf sie der neugierige Blick der Köchin, die vor dem Café eine Zigarette rauchte. Und dann begannen sich mit einem Mal die Gedanken in ihrem Kopf zu überschlagen.

Ihre Müdigkeit war verflogen. Erregt überquerte sie die Straße und eilte die letzten Meter zu ihrer Wohnung. Mister Bones, das medizinische Skelett im Flur, klapperte unter dem Schwung, mit dem sie ihre Tasche vor seine Füße warf, und der Monitor des Laptops auf ihrem Schreibtisch erwachte blau flackernd.

Die nächsten Minuten waren erfüllt vom Klackern der Tastatur und gelegentlichem Seufzen. Sie würde den Laptop einfach immer mit sich führen, nirgendwo sonst konnte sie ihre Gedanken so gut fließen lassen, und das Notizbuch, so handlich es auch war, stellte keinen Ersatz dar. Schon alleine die genaue Beschreibung des Gewinnerlächelns, das Stefan Denge sie so oft am Nachmittag hatte sehen lassen, und seine leuchtenden Augen, die sich ihrer Wirkung bewusst waren, nahmen einen ganzen Absatz ein. Milena, seine Frau, hatte von seiner Eigenschaft erzählt, immer nur die Hälfte der Geschichte zu erzählen. Ihre Finger verharrten in der Luft. Oder hatte sie „wahrnehmen" gesagt, um das Negative auszublenden? Kein Wunder, dass es auf Cornelius Denge so wirkte, als führe sein Bruder ein Leben ohne Sorgen und stünde ausnahmslos auf der Erfolgsseite.

Aber Sonnenlicht ohne Schatten gab es nicht, der Künstler thematisierte es selbst in seinen Arbeiten. Cornelius begriff sich nach seinen Worten als Gegenpol zu ihm und wähnte sich selbst auf eben jener Schattenseite.

Sie gab den Namen des Jungen in den Computer ein und übertrug die Anmerkungen aus ihrem Notizheft. Neu war, dass Hendrik von seinem Vater gegen den Künstlerbruder aufgehetzt wurde. Jedenfalls laut dessen Frau, setzte sie hinzu und tippte die Fragen, die plötzlich über sie hereinbrachen, wie ferngesteuert in die Tasten.

Untergrub Cornelius Denge die Begabung seines Sohnes? Um ihn auf seiner Seite zu behalten, auf der Schattenseite? Obwohl er offensichtlich alles tat, um seinem Sohn zu helfen?

Unbewusste Sabotage. Das gab es gar nicht so selten. Atemlos las sie die Fragen, dann die Notizen, die nach dem Elterngespräch mit Vater und Sohn entstanden waren. Nein, Denge liebte seinen Sohn, das war spürbar gewesen.

Hendrik sollte um keinen Preis auf der Verliererseite landen. Hatte Denge deswegen die Therapie seines Sohnes mit Argusaugen verfolgt und womöglich einen Übergriff an Hendrik gerächt? Ein halbes Jahr hatte der kleine Conni seinen Vater nicht sehen wollen, nachdem der die Familie verlassen hatte. Er war verletzt gewesen, schrecklich verletzt, und rachsüchtig.

Sie versuchte sich vorzustellen, wie Cornelius Denge nach Therapieschluss Alexander mit einem Besuch überraschte und, kaum im Sprechzimmer angekommen, in blinder Wut auf ihn einschlug.

Auch gegen diesen Gedanken regte sich Widerstand in ihr. Denge war kein Killertyp. Er war einfach ein Macher. Einer, der gerne alles alleine regelte. Ohne Rücksicht auf Verluste? Wie sie selbst? Sie ignorierte das dumpfe Gefühl im Magen. Die Therapie Hendrik Denges schien unverdächtig verlaufen zu sein. Es gab kaum eine Akte, die vorbildlicher und lückenloser angelegt war als die des 16-Jährigen. Es sei denn, sie war manipuliert.

In ihrem Kopf summten die Informationen. Irgendwo gab es eine Verbindung, aber wo? Während die Notizen im Laptop zu Hieroglyphen verschwammen, griff ihre Hand wie automatisch zum Telefonhörer.

„Wie geht's dir?"

Ron schien erleichtert, dass sie ihr Schweigen endlich gebrochen hatte. Nachdem sie ihm jedoch knapp geschildert hatte, was die letzten zwei Tage vorgefallen war, änderte sich sein Tonfall.

„Du hast diesen Typ fotografiert und in der Gartenhütte sein Portrait gemalt?" Von der Belustigung, mit der er sonst ihre Eskapaden aufnahm, war nichts zu hören. „Wie bist du denn überhaupt auf ihn gekommen?"

Sie starrte gegen die leere Wand, an der ihr Futon lag, und stellte fest, dass sie selbst keine plausible Antwort dafür hatte. Cornelius und Hendrik Denge hatten sich regelrecht in ihr Leben gedrängt und sich in Widersprüche verwickelt. Dazu diese Bedürftigkeit des Jugendlichen, die wie ein Hilfeschrei auf sie wirkte. Natürlich musste das nichts mit Alexander zu tun haben. Blieb noch die Frage, warum sein Vater sie hinsichtlich der Ausstellung belogen hatte, und wieso er derart ihre Gedanken beschäftigte.

„Reine Intuition", hörte sie sich sagen, während sie sich vorstellte, wie das Bild der aufeinander einprügelnden Hochhäuser über ihrem Futon wirken würde. „Sein Sohn hat sich von selbst gemeldet, als Einziger. Er wollte einen Termin bei mir." Außerdem ist er meine einzige, wirkliche Spur, dachte sie.

„Der Täter kehrt zum Tatort zurück. Jona, du liest zu viele Krimis. Wahrscheinlich hat ihn der Vater zu dir geschickt."

„Das kann sein." Sie rieb sich die Augen, und die zerflossenen Buchstaben auf dem Monitor rutschten in ihre Form zurück. „Aber warum gleich in der ersten Woche? Und warum erzählt er mir, wie sensibel Hendrik ist und wie gut er sich mit Alexander verstanden hat? Er hätte doch mal abwarten können, ob der nicht bald zurückkommt."

„Um seinen Sohn zu schützen."

„Vor wem denn? Und warum? Kein Außenstehender weiß, dass Alexander niedergeschlagen wurde." In ihrem Kopf rauschten die Gedanken. Sie wusste die Antwort, bevor Ron sie aussprach. Das Gespräch mit Denge am Wurststand fiel ihr ein. Er hatte seinen Sohn als sensibel, friedlich und passiv beschrieben. Vielleicht lastete wirklich eine Gewalttat auf den Schultern des Jungen, und obwohl seit seiner Sitzung vor drei Tagen viele ihrer Spekulationen um ihn als Tatverdächtigen gekreist waren, hatte sie in ihrem Innersten nicht wahrhaben wollen, dass es so sein konnte.

„Wenn Hendrik deinen Mitarbeiter wirklich bewusstlos geschlagen hat, dann weiß sein Vater davon. Dann schützt er ihn vor dir, Jona, indem er den Verdacht von ihm ablenkt. Und vor der Kripo, die bestimmt auf deine Einschätzungen über die Patienten zurückgreift."

„Meinst du?"

„Wenn du schon Kommissarin spielst, wo war denn dieser Hendrik zur Tatzeit?"

Hendrik Alibi, gab Jona einhändig in ihren Laptop ein, dahinter: Alibi Cornelius Denge.

„Und was ist mit dem Erpresserbrief, den Alexander bekommen hat? In dem war von einem Foto die Rede. Ah … shit."

Dem Reifenquietschen im Hintergrund folgte ein langgezogenes Hupen. Jona presste den Hörer ans Ohr und lief, als sie wieder Fahrgeräusche vernahm, unruhig durch ihre Wohnung. Im Flur bleckte Mister Bones noch immer seine Zähne, als wolle sein makabres Grinsen ausdrücken, dass das Leben nicht so einfach zu ergründen war.

„Hör mal, Jona, ich kann beim Fahren nicht solche Diskussionen führen."

„Dann gib den Wagen in der Zentrale ab und komm her. Es ist ohnehin bald Mitternacht."

„Ich lebe vom Taxifahren, schon vergessen?" Sie hörte das Klacken des Blinkers, dann erloschen die Motorengeräusche und Ron atmete gedehnt aus.

„Ich kann es auch nicht mehr hören, Jona, ehrlich. Der ganze Spionagekram und deine Theorien. Was ist los mit dir? Ich komme morgen früh zu dir, und dann reden wir beim Frühstück über alles, ja?"

Ihre Kehle wurde eng. Sie brummelte einen Laut der Zustimmung und sah, nachdem es in der Leitung geklickt hatte, auf das Display, bis es erlosch. Dann legte sie Mozarts „Requiem" in den CD-Player und schloss die Augen. Als nach den Streichern der Gesang einsetzte, schlug sie abrupt auf die Stopptaste. Jetzt nicht das übliche Drama. Sie war allein, na und? Ihr Blick ruhte einen Augenblick lang auf dem Weinregal, dann kehrten ihre Gedanken zu Cornelius Denge zurück. Gesetzt den Fall, er war tatverdächtig und in den Fokus der Ermittlungen gerückt – wie würde Steiner vorgehen? Das Umfeld des Verdächtigen und die Kontakte der letzten Tage überprüfen. Der Mann in Jeans und Hawaihemd, mit dem er sich im Häagen-Dazs-Café getroffen hatte, konnte ein Freund, ein Verwandter oder auch ein Kunde der Versicherung sein, in der Denge arbeitete. Das war die harmlose Variante. Sie sank auf den Küchenstuhl und schob den Krimi auf dem Holztisch zur Seite. Ebenso gut konnte es sich bei dem Unbekannten aber auch um einen Komplizen handeln oder, Jona stockte, einen Privatdetektiv, der für ihn Alexanders Leben ausspionierte. Eine Detektei, die Motive für eine Rachetat lieferte, um vom Sohn abzulenken oder ihn zu entlasten. Ron würde sie für verrückt erklären.

Doch egal wie die Wahrheit aussah, sie war bereit dafür. Selbst wenn sich herausstellen sollte, dass der schwerfällige Hendrik Schuld auf sich geladen hatte. Schuld. Als ob es darum ginge.

Worum denn sonst, hörte sie Ron in Gedanken fragen und suchte nach einer passenden Erwiderung, doch über einer Antwort schlief sie am Küchentisch ein.

9 Die Dunkelheit fühlte sich falsch an. Sein Hals kratzte. Trotzdem, er würde bleiben. In weiches Leder gesunken, Kopf an der Lehne. Die Bar war in blaues Licht getaucht. Blank glänzten die Ledersitze davor, der Mann am Klavier spielte nur für wenige Gäste. Seine linke Hand umklammerte das Whiskyglas, schwenkte das flüssige Gold darin.

Noch vor Kurzem hing der Geruch von Glück in der Luft, leicht und süß, er hat ihn selbst eingeatmet, in der Nische gegenüber. Da hatte er bei Meshold gesessen, dem glatzköpfigen Broker in Jeans und Sakko. Ein leises Klirren ließ ihn aufschrecken. Er schielte zum Nachbartisch. Niemand sah herüber, niemand hatte bemerkt, dass ihm sein Glas aus der Hand gerutscht war. Als gäbe es ihn nicht.

Ihn gab es nicht. Nicht so. Beine gespreizt, eingeknickter Oberkörper, die Hände um das dickwandige leere Glas gepresst, das er aufgehoben hatte. Wieder schlich sein Blick durch den abgedunkelten Raum und verweilte auf der kleinen Männergesellschaft im hinteren Bereich.

An der Bar wurde ein Drink gemixt, gecrushtes Eis klirrte gegen Edelstahl. Eine Frau in Jeans und eng taillierter Bluse tauchte wie aus dem Nichts auf, durchquerte die Lounge und gesellte sich zur Gruppe der Anzugträger. Finanzfuzzis, dachte er, dem Dresscode nach zu urteilen. Für die Frau, die einem der Männer kurz die Hand auf die Schulter legte, schien der nicht zu gelten. Sie wirkte fremdländisch, arabische Schönheit, ging ihm durch den Kopf. Ihm war schwindlig. Vom Whisky und von den pechschwarzen Locken, die beinahe die Taille erreichten, von den Rundungen unter dem Stoff. Sein Blick blieb daran haften. Erst das Räuspern des Barmannes, der unbemerkt an seinen Tisch gekommen war, löste den Bann. Noch einen Whisky, diesmal mit Cola. Er drückte sich ins Lederpolster zurück. Die Araberin hatte sich von der Männergesellschaft gelöst und kam auf ihn zu. Bei jedem ihrer Schritte schwang ihr Becken, und das Goldmedaillon saß wie festgesteckt im Spalt ihrer Brüste. Er schob sich in eine aufrechte Position und holte zu einem Lächeln aus, aber sie lief an ihm vorbei.

Wollte zur Toilette, nicht zu ihm. Dem Trottel vom Dienst. Warum muss Margot heute Abend mit ihrem italienischen Edelgastronom Prosecco trinken gehen? Speichel sammelte sich in seinem Mund. Er schluckte hart, setzte eine unbeteiligte Miene auf. Und da öffnete sich die Tür unter der Notleuchte auch schon wieder, die Araberin trat heraus, ihre kohlschwarz ummalten Augen schienen noch größer geworden zu sein, nur für den Bruchteil einer Sekunde flackerte ein Feuer darin, bevor sie sich auf einen der Hocker an die Bar setzte, aber er hatte es gesehen.

Der Whisky Cola wurde vor ihn gestellt. Auf der Oberfläche bewegte sich ein schwarzer Punkt, ein Punkt mit zwei Flügeln. Er konnte den Blick nicht abwenden, führte das Glas dicht an seine Augen, statt wie sonst mit dem kleinen Finger das zappelnde Insekt aufzunehmen und auf die Tischkante zu befördern.

Heute wusste er es besser. Sie war einfach zu klein zum Überleben. Er tauchte den Strohhalm knapp unter die Oberfläche und saugte die Fruchtfliege ein. Die süße Cola schoss an seinen Gaumen. An seiner Wölbung tastete die Zunge nach etwas Festem, nach dem kleinen Körperchen, das seine Zähne zermahlen werden, doch es war in der Mundhöhle unauffindbar, es schien schon zersetzt, und sein Kiefer biss ins Leere. Der nächste Schluck spülte die Überreste herunter.

Sein Glas klirrte leise beim Absetzen, er sah zur Bar und fing einen flüchtigen Blick der Araberin auf. Genau die Länge von Blick, die „komm her" sagte.

Beim Aufstehen wurde ihm schwindlig, das blaue Licht um ihn herum tanzte und füllte seinen Kopf aus. Er hörte sich an der Theke einen Single Malt bestellen, und in die kritische Miene des Barkeepers hinein noch ein großes Wasser.

Als er sich zur Seite wandte, sah er in zwei dunkle, große Augen, die ihn ruhig betrachteten.

„Heute ist mein Glückstag."

Seine Stimme schlingerte etwas, aber das Erklimmen des Barhockers gelang ihm einwandfrei. Die Frau mit den hohen Wangenknochen schwieg. Vielleicht verstand sie ihn nicht. Aus der Nähe verstärkte sich der Eindruck des Orientalischen, eine Märchengestalt kam ihm in den Sinn, Tausend und eine Nacht, er konnte sich nicht sattsehen an der glatten Haut und ihrem Mund, der sich zu einem Lächeln verzog. Ein Cocktail mit Schirmchen wurde vor sie gestellt.

„Da draußen wartet ein anderes Leben auf mich", sagte er.

„Ein schönes?"

Sein Kopf nickte, während er den Klang ihrer kehligen, akzentfreien Stimme verdaute und an Stefan dachte, an die indische Studentin, die der Bruder früher auf jedes Familienfest mitgeschleift hatte. Geld ist Sex, dachte er und merkte im gleichen Moment, dass er noch immer nickte.

„Entschuldigung."

Fragend zog sie eine Augenbraue nach oben.

Du Idiot. Entschuldigen war so gut wie eine Bankrotterklärung. Die perfekte Anleitung zum Schrumpfen. Unwillkürlich richtete er seinen Oberkörper auf. Jeden Tag konnte das Gutachten auf dem Tisch liegen.

„Und dann wendet sich das Blatt", sagte er laut und sah, wie ihre weißen Zähne durch das bläuliche Dämmerlicht blitzten. Sie lachte. Sie hatte verstanden. Wie von selbst schob sich sein

Knie gegen den Stoff ihrer Jeans. Erst nach einer Verzögerung löste sie die Berührung. Saß wie eine Statue auf dem Hocker, die pechschwarze Umrahmung ihrer Locken, das offene Gesicht, ihr Dekolleté mit dem Medaillon. Sollte er es wagen? Er hatte schon so lange nicht mehr geflirtet. Nehmen, statt zu fragen, er würde sich das ab heute angewöhnen. Ihr stummer Blick verriet, dass sie es auch so sah. Und darauf wartete.

„Wie heißt du?"

„Fatima."

„Das klingt schön."

„Das ist arabisch und bedeutet ‚die Enthaltsame'."

Er fiel in ihr Lachen ein. Doch bei ihm klang es wie Gebell. Die Klaviermusik war lauter geworden und klimperte direkt auf seinem Trommelfell, er hielt sich das den Lautsprechern zugewandte Ohr zu, während seine Hand über die Theke kroch und die ihre, schmal und bronzefarben, umspannte. Ein Schweißtropfen rann seine Achsel hinunter. Aus der Gesellschaft erhob sich ein junger Mann, stand gleich darauf neben Fatima, die ihre Hand unter seiner hervorgezogen hatte, und legte ein Smartphone auf die Theke. Weißes Hemd, die Haare künstlich durcheinandergebracht. Filmstarimitation, dachte er und erwiderte den Blick des jungen Mannes mit Geringschätzung.

„Alles klar?", fragte das Imitat.

„Sonnenklar", antwortete er für Fatima. Seine Stimme schlingerte nicht mehr, wie ein Pfeil traf sie ihr Ziel. „Wir unterhalten uns."

„Was'n für 'ne Unterhaltung?"

Das Imitat war vielleicht Anfang 20, viel zu jung für diesen Ton, mit dem er alles kaputt machte. Schon lief ein Zucken über Fatimas Gesicht.

„Kon-ver-sa-tion", sagte er lauter als nötig. Bei der letzten Silbe löste sich ein Spucketropfen aus seinem Mund. Mit dem Ellbogen stützte er sich an der Bar ab, sein Radius verjüngte sich, fokussierte das junge Bürschchen, das ihm langsam sein Gesicht zuwandte. Babyface.

Babyface sagte ihm, dass er sich nicht lächerlich machen solle. Und am besten aufhöre, Alkohol zu trinken.

Seine Beine baumelten am Hocker hinunter, er presste seine Füße auf die Zwischenstrebe und stieß ein „Hau ab" hervor. Er würde in Zukunft alle erfolgsverwöhnten Yuppies zerquetschen wie die Fruchtfliege an seinem Gaumen. Auslöschen, bis sie weg waren, als hätte es sie nie gegeben. Aber dieser da bewegte sich nicht von der Stelle. Neben ihm vibrierte das Smartphone auf dem Tresen. Er wusste nicht, wie es zwischen seine Finger geriet, fühlte nur die rau mattierte Oberfläche, bevor er es in sein Wasserglas plumpsen ließ.

„Keiner da." Er grinste und lauschte in die Stille. Das war der perfekte Moment, er hätte jetzt alles tun können, laut singen oder würdevoll durch die Lounge zum Ausgang schreiten oder die Orientalin küssen oder einfach sitzen bleiben und sich eine Montechristo anstecken, sogar dem verblüfften Babyface das Smartphone aus dem Glas fischen könnte er, um es ihm in die Hand zu drücken. Undeutlich sah er etwas auf sich zukommen. Das nächste, was er wahrnahm, waren die schlanken Metallbeine des Barhockers, zu dessen Füßen er lag. Warme Flüssigkeit rann aus seiner Nase. Er spürte Hände, die ihn hochzogen, sah in das ausdruckslose Gesicht des Barmannes, der ihn am Arm nahm und nach draußen führte. Als er sich umdrehte, sah er, dass Fatima eine Augenbraue hochgezogen hatte. Dann ging alles schnell und die schwere Tür schloss sich hinter ihm.

Warm legte sich die Nachtluft auf seine Haut. Die Nase schmerzte, Blut tropfte noch immer auf sein helles Hemd. Er lief ein paar Schritte in die Taunusanlage und ging auf der Wiese in die Knie.

Im Gebüsch neben ihm raschelte es. Der Blütenduft in der Anlage war unerträglich. Ihm war übel. Er krümmte sich, roch Erbrochenes. Wenn Margot mit ihrem Edeltoni jetzt hier entlangkam, würde sie einen anderen Weg einschlagen oder mit beherztem Schritt an dem Penner, den sie in ihm sieht, vorbeilaufen.

Wie ein Blitz fuhr die Computeranimation in sein Gedächtnis:

Hendrik mit Schweinekopf, der sich auf Knopfdruck im Schlamm suhlte. Dazu Grunzen. Mitschüler hatten das ins Netz gestellt und den Link versandt. Auch an Hendrik selbst. Wie oft hatte er dieses Grunzen aus seinem Zimmer gehört, bevor er ihn beim Anschauen der Animation überraschte. Hochrote Wangen, in die Augen hängende Haarsträhnen. Und jetzt kroch er selbst auf allen vieren. Sein Schmerz, Hendriks Schmerz, ja, Hendrik kannte das dunkle Loch.

Die Übelkeit hatte nachgelassen, vorsichtig richtete er sich auf. Mücken umschwirrten die Laterne, ihr Licht warf einen fahlen Schein in die Wiesenanlage. Rechts führte der Weg zum Theaterplatz, zum überlebensgroßen Euro-Zeichen, das von innen schon verfault war. Er spuckte aus, der saure Geschmack im Mund blieb. Und ein Unbehagen, dass ihn jemand beobachtete. Oder bildete er sich das Rascheln im Gebüsch nur ein? Seine rechte Hand formte eine Faust, er war stocknüchtern, nur ein stechender Schmerz an der Stirn erinnerte an den Whisky.

Da war es wieder. Und jetzt sah er auch die zwei Männer mit rasiertem Schädel, die aus dem Schatten des Gestrüpps traten und auf ihn zukamen. Zielsicher, mit einer quälenden Selbstgewissheit, dass er ihnen nicht davonlief. Sollte er? Noch trennten sie 20 Meter. Er sah sich als Gejagten, der stolperte und hart zu Boden ging, und blieb stehen. Der kleinere der beiden setzte ein Grinsen auf, während er die Hände aus den Hosentaschen zog. Noch zehn Meter. Das Blut an seiner Nase war gerade getrocknet. Sie würde wieder aufplatzen. Noch fünf.

Ob er was brauche, raunte der mit dem Muskelshirt. Shit, Gras, einen Schuss?

Unbewegt sah er sie an. Hätte nur den Kopf schütteln müssen, ein stummes „Nein", das ihm nicht gelang. Sein Blick ließ sich nicht fokussieren. Starrte in ein ratloses Augenpaar. Sekunden, eine Ewigkeit. Er würde ausharren, ganz gleich, was passierte.

Die beiden wechselten Worte in einer fremden Sprache, bevor sie weitergingen, als hätte er sich in Luft aufgelöst.

Ließen ihn in der Stille der Nacht zurück. Vielleicht hatte er sich ja in Luft aufgelöst. Er setzte sich in Bewegung. Einen Kilometer Luftlinie entfernt stand sein Bett, war ein Leben eingerichtet, in das er einmal hineingepasst hatte.

In Luft aufgelöst, so würde er Margot begrüßen, wenn sie schon zu Hause war, als ihr unsichtbarer Mann. Und Hendrik als seinen unsichtbaren Vater. Was würde die Therapeutin in diesen Gedanken hineininterpretieren? Er blieb stehen. Wie eine Motte wurde sein Blick von dem Licht der Laterne angezogen.

10

Der Main floss gemächlich stromabwärts. Jona lehnte sich an das Mäuerchen, das die Wärme der Morgensonne speicherte, und sah auf ihre nackten Füße. Neben ihr plätscherten kleine Wellen gegen das Steinufer. Sie kauerte sich tiefer in den Treppenabgang, der direkt ins Wasser führte, und dachte an das Frühstück und Rons flüchtigen Abschiedskuss, bevor er wieder in seine eigene Welt eingetaucht war.

„Am besten, der Typ wacht nicht mehr auf", hatte er zwischen zwei Bissen konstatiert und vorgeschlagen, belastende Seiten aus den Patientenakten verschwinden zu lassen.

Wie konnte er nur so naiv sein?

Sie schob sich einen Schokoriegel in den Mund. Wer mit 29 noch Taxi fährt, ist beruflich auf dem besten Wege zu scheitern, so der Tenor ihrer Eltern, als sie Ron vor eineinhalb Jahren kennengelernt hatten. Und dass er zu jung für sie sei. Inzwischen hatten sich ihre Eltern längst an seinen Beruf und sogar den losen Charakter ihrer Beziehung gewöhnt.

Inzwischen war sie es, die zweifelte.

Ihr Blick kroch die Stahlträger der Flößerbrücke hinauf, hinter der sich die schlanken Türme der Skyline aufbauten.

Nur widerwillig registrierte sie die Melodie ihres Handys. Es war Ron. Schon an seiner belegten Stimme konnte sie hören, dass ihr Streit vom Morgen doch nicht so spurlos an ihm vorbeigegangen war. Dennoch bemühte er sich, freundlich zu klingen, als er erzählte, ein befreundeter Medizinstudent hätte gesagt, es sei gut möglich, dass ihr Mitarbeiter nach so langer Zeit im künstlichen Koma vielleicht bleibende Schäden davontragen könnte.

„Soll ich mich da freuen?"

„Wach auf, Jona."

„Und verkauf die Wahrheit für die Approbation, meinst du das?"

Ein bissiges Schweigen kroch durch die Leitung, bevor es klickte und die Verbindung unterbrochen war.

Sie legte ihren Kopf in den Nacken und dachte wieder an die Geschehnisse der letzten Tage, als sich plötzlich ein Bild über die anderen schob: Ein achselzuckender Ulf Steiner, der ihre Praxis versiegelte, um Indizien sicherzustellen.

Aus. Vorbei. Ihre Karriere als Therapeutin nichts weiter als eine dreieinhalb Jahre währende Erinnerung und sie arbeitslos. Vielleicht sogar in einen Prozess verwickelt.

Natürlich würde Ron ihr nicht vorhalten, dass er genau das prophezeit hatte. Nur seinen Das-bist-halt-du-Blick würde er nicht unter Kontrolle haben, und diese hilflose Handbewegung dazu. Etwas platschte ins Wasser. Fassungslos sah Jona ihrem Handy hinterher. Ohne es zu merken, hatte sie Rons fahrige Geste imitiert. Und jetzt sah sie mit an, wie ihr Handy im Fluss versank. Wie in Trance verließ sie die Mainpromenade, stieg auf ihren Roller und kam erst wieder zu sich, als die Vespa gefährlich nahe an einem parkenden Wagen vorbeifuhr. Zwei Stunden später betrat sie ihre Praxis mit einem neuen Handy samt Vertrag und einem digitalen Aufnahmegerät. Im Wartebereich setzte sie sich auf einen der Stühle. Von hier aus sah man direkt auf Alexanders Tür. Es war nur eine Frage der Zeit, bis die Ermittlungen begannen. Wie sollte sie dann das zerrissene Siegel erklären, ohne nicht selbst verdächtig zu werden? Die Wohnungsschlüssel hatte sie damals ohne zu überlegen aus dem blauen Jackett entwendet und zuunterst in Alexanders Schublade deponiert. Wie lange lagen sie dort noch sicher?

Unruhig stand sie auf und überschlug im Geiste, wie viele Sitzungen sie benötigen würde, um sich vorsichtig an Hendrik und an die Ereignisse rund um den Überfall heranzutasten.

Zu viele, dachte sie und nahm aus Gewohnheit im Sprechzimmer an ihrem Schreibtisch Platz. Als ihr Blick auf das Telefon fiel, sprang plötzlich eine Idee aus dem Gedankenkarussell.

Denge arbeitete in der Schadensabteilung einer Versicherung. Ohne Zweifel wusste er um die Feinheiten der Worte. Auch um Botschaften zwischen den Zeilen? Schadensbegrenzung. Vergleich. Einigung. Wenn sie solche Worte fallen ließ und etwas an ihrem Verdacht dran war, würde er verstehen, dass sie etwas wusste. Dass sie ihm ihre Kooperation anbot. Als Komplizin. Ein Weg auf dünnem Eis. Sie schluckte, griff zum Hörer und wählte seine Durchwahl in der Versicherung, doch am anderen Ende der Leitung meldete sich eine Frau Schümer. Der Kollege sei in einer verlängerten Mittagspause, beim Zahnarzt. Ob sie weiterhelfen könne. Jona hinterließ ihre neue Handynummer, bat um einen Rückruf und legte auf, während sie sich fragte, ob er sich verleugnen ließ. Beim Versuch, ihn über sein Mobiltelefon zu erreichen, hatte sie ihn bereits nach zwei Klingelzeichen am Apparat. Den Hörer fest ans Ohr gepresst, lauschte Jona nach Hintergrundgeräuschen, erkannte eine Panflöte, Fetzen von Folkloremusik, dann das Klirren eines Löffels auf Porzellan. Das klang nicht nach Zahnarzt. Sie beglückwünschte sich, dass sie die Rufunterdrückung eingestellt hatte und schwieg weiterhin.

„Hallo?"

Denges Stimme klang rau. Während die Panflöte sich zu einem Solo erhob, drückte Jona behutsam den roten Knopf ihres Mobiltelefons.

Sie wusste, dass die peruanischen Musiker seit Beginn des Sommers jeden Tag dieselbe Strecke zurücklegten. Nachdem sie im Geiste deren typische Route nachvollzogen hatte, begab sie sich auf den Weg zur Freßgass.

Eine viertel Stunde später lehnte sie an einer Säule gegenüber des Häagen-Dazs-Cafés und nahm die beiden Männer auf der Terrasse ins Visier. Unzweifelhaft war es der Mann vom Dienstag, auf den Cornelius Denge einredete, während seine Hand immer wieder auf die Papiere zwischen ihnen tippte. Es schien ihr Stammcafé zu sein. Oder war es die Beiläufigkeit dieses Ortes, die für geheime Treffen ideal schien? Jona blickte über die voll besetzte Sommerterrasse, auf der elegant gekleidete Menschen Cappuccino tranken, Tüten mit Boutique-Aufdruck zu ihren Füßen, und Banker Mittagspause hielten. Sonne und Straßenmusikanten, eine perfekte Kulisse als Tarnung, die die beiden bereits vor zwei Tagen gewählt hatten. Und wie vorgestern strahlte Denges Gegenüber die gleiche Abwehrhaltung aus. Weder die gelben Jeans über den Chucks noch das überdeutlich getönte, lockige Haar konnten verbergen, dass auch er in Denges Alter war. In Abständen zuckte er mit den Schultern oder las in der Mappe, die schon mehrmals zwischen ihnen hin- und hergegangen war.

Der Umschlag, der plötzlich auf dem Tisch lag, sah prall gefüllt aus. Kopierte Patientenakten? Jona reckte ihren Kopf nach vorn, um an einer mit Tüten beladenen Frau vorbeizusehen und begegnete im gleichen Moment Denges Blick.

Die Flötenmusik setzte aus, die Kulisse schien eingefroren. Auch Denges Miene war starr geworden. Langsam setzte Jona sich in Bewegung. Ihr unverbindliches Lächeln, mit dem sie sich dem Tisch näherte, wurde nicht erwidert. Denge schien in seinem Stuhl zu schrumpfen, bis er mit einem Mal hochschnellte und sie stehend begrüßte.

„Auch in der Mittagspause?"

Fünf kalte Finger pressten ihre Hand zusammen. Sein Begleiter nickte ihr zu und lehnte sich im Stuhl zurück. Keiner der beiden versuchte die Papiere auf dem Cafétisch mit der Serviette zu überdecken, und keiner sagte etwas, als die Bedienung herantrat und sich erbot, einen weiteren Stuhl zu bringen. Jona winkte ab.

„Könnten Sie mich heute noch anrufen? Nur eine Kleinigkeit." Sie schirmte beim Notieren ihrer neuen Handynummer ihre Augen vor der Sonne ab und schielte auf die Unterlagen, ohne etwas zu erkennen. Doch dass Denges Tischbegleiter sie unverhohlen musterte, war auch im Gegenlicht zu sehen. Auf dem Weg durch die Stuhlreihen fühlte sie den Blick zweier Augenpaare in ihrem Rücken.

Während sie bemüht lässig über die Freßgass davonschlenderte, arbeitete ihr Kopf auf Hochtouren.

Denge hatte den Mann nicht vorgestellt, aber wer es auch war: Allem Anschein nach war sie Zeugin einer heimlichen Transaktion geworden. Und sie hatte vor einer halben Stunde in der Praxis erwogen, die Karten auf den Tisch zu legen! Was, wenn Denge diesen Typ zum Mitwisser machte oder zum Teilhaber von etwas, über das sie gerade verhandelten? Therapieunterlagen, Interna aus der Praxis oder Alexanders Übergriffe und ihre eigenen Recherchen.

Ein Hupen riss sie aus ihren Gedanken. Hinter der Windschutzscheibe des Autos, das wegen ihr eine Vollbremsung hingelegt hatte, gestikulierte der Fahrer. Jona sah ihn entgeistert an. Recherchen! Ohne auf seine lautstarken Verwünschungen zu achten, machte sie auf dem Absatz kehrt. Diesmal näherte sie sich dem Café über eine Seitenstraße und schlüpfte in das Geschäft gegenüber, in dem das bis zum Boden reichende Schaufenster Sicht auf die Terrasse gewährte. Die beiden zahlten gerade und erhoben sich. Da war es wieder, Denges unbeholfenes Schulterklopfen, bevor er den Weg Richtung Westend einschlug. Ob die beiden sich privat kannten? Sie schlüpfte aus dem Laden und folgte dem Bekannten Denges, der seine Sonnenbrille aufgesetzt hatte, in einigem Abstand. Es dauerte nicht lange, bis sie ungeduldig am Ausgang des Parkhauses darauf wartete, sich das Autokennzeichen des Mannes zu merken, dessen Existenz vielleicht Licht in das Dunkel bringen würde.

Sie hielt wahrlich nicht viel von ihrem Schwager, der immer versuchte, ihre Gunst zu gewinnen, aber in dieser Situation würde sie auf ihn zählen können. Und bis ein Uhr hatte die Zulassungsstelle, in der er arbeitete, geöffnet. Als sie einen roten BMW auf die Schranke zufahren sah, verbarg sie sich im Schutz des Kassenautomaten und konzentrierte sich auf das Gesicht hinter der Scheibe. Ab jetzt durfte sie sich keinen Fehler mehr erlauben.

Ab jetzt keine Fehler mehr, und kein unbedachtes Wort, keines. Fassungslos starrte Cornelius auf den Post-it-Zettel an seinem Bildschirm. Frau Hagen bittet um Rückruf, sobald es Ihnen möglich ist zu sprechen, stand in der Schnörkelschrift, die eindeutig seiner Kollegin am Nebentisch zuzuordnen war. Auf seine Nachfrage hatte sie ihm erläutert, dass der Zusatz sich auf eine mögliche Betäubungsspritze bezog.

Die Schümer hatte an seinem Apparat den Anruf entgegengenommen und, statt einfach Namen und Telefonnummer zu notieren, sofort in ihrer geschwätzigen Art hinausposaunt, dass er beim Zahnarzt einen Nachsorgetermin gehabt hatte. Das durfte sie gar nicht!

Jetzt musste er mit seinem Rückruf warten, damit ein anschließender Zahnarztbesuch vom Zeitplan her realistisch war.

Für eine Sekunde flammte die Sorge auf, die Therapeutin könne seinen Zahnarzt ausfindig gemacht haben. Aber das grenzte ja an Verfolgungswahn. Er sprang auf und öffnete ein Fenster. Auf dem Trottoir standen zwei angekettete Hollandräder neben einer Vespa, ob blau oder grün, war in der Reflektion der Sonnenstrahlen nicht zu erkennen. Instinktiv trat er einen Schritt zurück und schloss das Fenster wieder. Als die Außengeräusche erstarben, hatte er das Gefühl zu ersticken. Die Panik kam unvermittelt, plötzlich konnte er wieder spüren, wie Kinderhände ihm büschelweise Gras und ganze Brocken von Erde in seinen Mund stopften, bis er sich übergeben musste und vor Wut Kreise sah. Kleine, lilafarbene Kreise, die vor seinen Augen flimmerten.

Wie gestern Nacht, als Margot im Wohnzimmer auf ihn gewartet hatte und bei seinem Erscheinen von der Couch aufgesprungen war. Erschrocken war ihr Blick von seinem verschmutzten Hemd zu der Blutkruste an der Nase gewandert. Während sie seine aufgeplatzte Lippe untersuchte, verzog sich ihre Miene aus Ekel vor seiner Alkoholfahne. Was geschehen sei, wollte sie wissen.

„Jugendliche."

Er entwand sich ihren fürsorglichen Fingern und erzählte von vier jungen Männern, die ihn zu Boden gerissen und seine Tasche geklaut hätten.

„Bist du zur Polizei?"

„Nein."

„Das musst du aber noch machen."

„Es waren nur wertlose Papiere. Eine Thermoskanne und ein Notizbuch."

Das Schnauben aus ihrem Mund klang gerade so, als ermahne sie Hendrik zum Lernen.

„Darum geht's doch gar nicht."

„Worum geht es denn dann?"

„Ums Prinzip. Du bist dir das schuldig."

Das Wort „schuldig" hatte eine Bahn in seinem Schädel gezogen und noch eine, und dann waren die Kreise aufgetaucht, lilafarben und präzise und in schneller Reihenfolge, sodass er sich auf Margots besorgtes Antlitz konzentrieren musste, um sich nicht zu vergessen. Schließlich hatte sie nachgegeben und ihn alleine ins Bad gehen lassen. In ihrer 23-jährigen Ehe gab es inzwischen wenig Unvertrautes, und Margot hatte den verletzten Stolz in seinen Augen wohl erkannt. Aber die Kreise dahinter, die hatte sie nicht gesehen.

Er schnappte nach Luft und setzte sich schweißgebadet an seinen Schreibtisch zurück.

Gelb feixte die papierne Zunge des Post-it-Zettels. Sekunden später klingelte das Telefon. Es gab keinen Zweifel daran, dass sie es war, um ihn der Zahnarztlüge zu überführen. Er versenkte seinen Blick in den Monitor und ignorierte den Apparat. An der Stirnseite des weitläufigen Großraumbüros erschien Mittenwald mit zwei Akten bepackt und hielt auf ihn zu. Und das Telefon läutete weiter und zog Aufmerksamkeit auf sich. Eine Verschwörung. Die sie in Gang gesetzt hatte. Er versuchte den Gedanken aus seinem Kopf zu verbannen und nahm so ruhig wie möglich den Hörer ab. Schon bevor die dunkle Frauenstimme eine Entschuldigung für ihre Aufdringlichkeit ausgesprochen hatte, spürte er den Brechreiz in der Kehle zurückkehren.

„Es geht um Hendrik. Da wollte ich nicht bei Ihnen zu Hause anrufen."

„Verstehe." Er bedeutete Mittenwald, der auf sein Büro zeigte, mit einer Geste, dass es nicht lange dauern würde. „Was ist mit ihm?"

„Wie Sie wissen, hat Ihr Sohn am Mittwoch nächster Woche seine zweite Sitzung bei mir." Eine Pause folgte. „Ich habe mir noch einmal Gedanken gemacht." Wieder verstummte die Therapeutin, als wolle sie das Gewicht dieser Aussage unterstreichen. „Wegen meines Mitarbeiters. Alexander Tesch."

„Ja?" Langsam glitt sein Zeigefinger über die Artillerie von Bleistiften, deren Grafitmündungen zur Decke zeigten. Er zog den spitzesten von ihnen aus dem Stiftehalter.

„Aber das ist zu kompliziert am Telefon. Könnten Sie sich vielleicht Mittwochvormittag eine Stunde Zeit für mich nehmen? Es ist wirklich wichtig." Ein langes, bedeutungsvolles Schweigen saß in der Leitung. „Es ist gut, dass Sie Ihren Sohn zu mir geschickt haben."

„Behauptet Hendrik, ich hätte ihn geschickt?"

„Habe ich Sie damals missverstanden? Sie sagten, eine lückenlose Fortführung der Therapie sei Ihrer Meinung nach wichtig, damit Ihr Sohn nicht abbricht."

Cornelius biss sich auf die Lippen. Wie hatte er das vergessen können. Er wandte sich zum Fenster und senkte die Stimme.

„Um was geht es denn konkret?"

„Wie gesagt, das ist am Telefon schwer zu beschreiben."

Im Hintergrund klackte etwas, vielleicht eine ihrer albernen Modeschmuckketten.

„Hendrik konsultierte meinen Kollegen seit mehreren Monaten. Das ist ein heikler Zeitpunkt, um einen Therapeuten zu verlieren."

„Wieso verlieren?"

„Vorübergehend, meine ich. Hendrik macht in einer extrem wichtigen Phase die Erfahrung, dass der Mensch, dem er am meisten vertraut, nicht für ihn da ist."

In der Leitung wurde es so still, dass Fetzen des Gesprächs vom Nachbarschreibtisch herüberdrangen. Es war mehr als eindeutig, dass Jona Hagen an dieser Stelle mit Protest rechnete, aber den Gefallen würde er ihr nicht tun. Er stach mit der Bleistiftspitze ein Loch in den Kalender und wartete.

„Bei mir hat Hendrik blockiert. Das deutet auf eine starke Bindung zu meinem Kollegen hin." In ihre Stimme mengte sich ein warmer Unterton. „Ich denke, Sie und Ihre Frau sind jetzt besonders gefragt, ihm diesen Verlust zu ersetzen. Genauer gesagt, aus den Notizen geht hervor, dass er in Alexander Tesch einen Vaterersatz gesehen hat. Übertragung im klassischen Sinne."

„Gut, das geht ja vorbei." Seine Stimme war heiser, er musste das Telefonat beenden und zu Mittenwald, aber etwas an Jona Hagens Tonfall hielt ihn davon ab.

„Ich weiß, dass Sie ein besorgter Vater sind. Sie begreifen sicher, was es für Ihren Sohn bedeuten könnte, wenn er sich niemandem mehr öffnen kann."

„Also, ein bisschen Einfluss habe ich auch."

„Das kann so weit gehen, dass er Wut und Hass für die Menschen empfindet, die ihm am nächsten stehen. Die versuchen, den Vertrauensposten des Therapeuten einzunehmen. Ihn damit quasi überflüssig machen, also", sie ließ sich Zeit mit den nächsten Worten, „symbolisch gesprochen töten."

Mit einem unmerklichen Knacken brach die Bleistiftspitze ab.

„Ich werde am Mittwochmorgen gegen zehn bei Ihnen sein. Passt das?"

„Fein." Plötzlich klang die Stimme am anderen Ende der Leitung so unbeschwert, als ging es um eine Kinoverabredung.

„Mir wäre wichtig, dass auch Ihre Frau dabei ist – lässt sich das einrichten? Sie sagten, sie sei beruflich sehr eingespannt. Wäre es Ihnen vielleicht lieber, wenn ich sie selbst anrufe und ihr verdeutliche, wie wichtig dieser Termin ist?"

„Nein."

Er starrte auf die abgebrochene Bleistiftmine, die wie ein Dorn auf dem Papier lag und sich unmerklich zu drehen schien, bis die Spitze auf seine Brust zeigte. Mit einer Handbewegung fegte er den dünnen Grafitstift vom Tisch.

„Ich mache das schon", sagte er und vernahm den Abschiedsgruß der Therapeutin wie aus weiter Ferne.

„Ich mache das schon."

Jona stellte das Diktafon hochkant, das während der Aufzeichnung durch eine unbedachte Bewegung umgefallen war. Sie hatte ins Schwarze getroffen. Der aufgebrachte Unterton in Denges Stimme war kaum zu überhören gewesen, auch wenn er sich Mühe gegeben hatte, souverän zu wirken. Jede Wette, er hatte alleine kommen und das Fortbleiben seiner Frau wieder unter einem fadenscheinigen Grund entschuldigen wollen.

Nachdenklich drückte sie die Wiedergabetaste und versuchte sich auf seine Antworten zu konzentrieren, doch gleich nach den ersten Sätzen stoppte sie das Band. Hatte er ihr nachträglich weismachen wollen, Hendrik wäre aus eigenem Antrieb zu ihr gekommen? Offensichtlich. Aber warum?

Sie ließ das Band bis zu der Stelle weiterlaufen, an der sie Alexander als Vaterersatz bezeichnet hatte. Das anschließende, kurze Stocken war unüberhörbar, genau wie die Veränderung in der Stimme, die ab dem Moment gepresst klang.

Und zum Schluss dieses aufgebrachte „Nein", das selbst durch die Aufnahme völlig anders klang als der sachliche Nachsatz zwei Sekunden später.

Aufruhr und Beherrschung so dicht aufeinander. Jona drückte noch einmal die Wiedergabetaste, legte ihre Stirn auf die Unterarme und schloss die Augen.

Unwillkürlich musste sie an das Foto der 30-jährigen, hasserfüllt blickenden Frau in ihrem Atelier denken, das sie „das Inferno" getauft hatte. Es schien die gleiche Kontrolliertheit zu sein, die bei dem geringsten Anlass in Erregung umschlagen konnte.

Damals in der Gartenlaube hatte sie sich gefragt, ob ein solcher Mensch seine Gefühle beherrschen konnte. Wieder erschien die Aufnahme der jungen, wütenden Frau vor ihrem inneren Auge, dann das Portrait Cornelius Denges, das sie weggeschlossen hatte. Niemand außer ihr besaß einen Schlüssel zu dem Gartenverschlag, dennoch musste sie es so schnell wie möglich verschwinden lassen.

Es war ein Indiz ihres Übergriffs, besonders in Kombination mit dem Foto. Jeder würde denken, sie hätte es vorsätzlich geschossen. Sie stockte, öffnete die Augen und setzte sich aufrecht. Wie in Zeitlupe kam alles um sie herum zum Stillstand, während sie ihren letzten Gedanken laut wiederholte und ihre Hände schon nach Stift und Papier auf dem Schreibtisch tasteten.

Ein Foto als Indiz, als Beweismaterial, wie im Erpresserbrief. Sie hatte ihn so oft gelesen, dass sich ihr sein Inhalt eingebrannt hatte, jedes Wort davon. Wie von selbst schrieben sich die wenigen Zeilen auf dem Zettel nieder. Schwer vorstellbar, dass Cornelius Denge ihn verfasst haben sollte. Jemand wie er erpresste nicht, der zeigte an. Nachdenklich betrachtete sie das Geschriebene: Etwas war anders gewesen im Originalbrief, etwas mit der Schreibweise. Wenn sie es richtig erinnerte, stand das Wort Foto mit einem „ph" am Anfang.

Die nächste Erinnerung kam so überraschend, dass ihr Verstand sich sekundenlang weigerte, ihre Bedeutung zu erfassen. Sie legte den Stift zur Seite, lief wie ferngelenkt durch den Flur und öffnete den Schrank ihres Mitarbeiters. Wenig später hielt sie die Akte von Melissa Raike in Händen. Eine kurze Notiz beschrieb, die junge Spinnenphobikerin sei panisch geworden bei dem Anblick eines Photos, das ein im Sonnenlicht schillerndes Spinnennetz abbildete.

Jonas Zeigefinger blieb unter dem Wort liegen, das aus dem Text herauszuragen schien: Photo – mit „ph" am Anfang, wie in dem Brief mit der Geldforderung. Warum war ihr das nicht eher aufgefallen?

Im Bad schöpfte sie kaltes Wasser in ihr Gesicht, während sie versuchte, das Gedankenkarussell auf normale Geschwindigkeit zu drosseln.

Eine Übereinstimmung der Schreibweise musste noch nichts bedeuten – die halbe Welt ignorierte die Tatsache, dass man inzwischen das „ph" durch ein „f" ersetzte.

Aber es ging hier, verflucht nochmal, nicht um Statistiken. Sie war nicht Steiner, der auf Logik schwor, und dies war kein Studienseminar, keine psychologische Untersuchung mit Tabellen oder Wahrscheinlichkeiten, das hier war die verdammte Realität.

Mit einem Mal stellte sie sich vor, wie Steiner mit überkreuzten Armen hinter dem Schreibtisch saß, ungläubig ihrem Bericht lauschend, ihrer Intuition und den Erkenntnissen, die sich daraus ergeben hatten, um nach einer kurzen Pause die Tür seines Büros zu schließen und ihr unter der Maßgabe des Schweigens eine Zusammenarbeit anzubieten. Das Bild tat gut. Sie wischte sich die letzten Wassertropfen vom Kinn und besah kritisch ihr gerötetes Gesicht. Und wenn sie ein paar Dinge wegließ? Steiner war ein ungewöhnlicher Kommissar, das hatte sie schon bei ihrer ersten Begegnung gespürt.

Wach auf, Jona.

Rons Stimme ließ die Szenerie wie eine Seifenblase platzen.

Immerhin hätte Steiner dann einen aufgeklärten Fall vorzuweisen, erwiderte sie trotzig.

In Gedanken sah sie Ron den Kopf schütteln. Er riskiert doch seinen Job nicht wegen der Spionageaktion einer Therapeutin.

Dann sag mir, was ich tun soll.

Halt dich da raus, Mädchen.

Oh Gott, das war die Stimme ihres Vaters! Wenn es um gute Ratschläge ging, verstanden sich die beiden Männer prächtig.

Doch für gute Ratschläge war es jetzt zu spät. Sie sank auf den Toilettendeckel. Längst hatte sie sich auf einen abseitigen Weg begeben, von dem es keine Umkehr mehr gab, und sie wusste auch schon, wohin der Weg sie als nächstes führen würde. Wusste um das Risiko, das er barg, vielleicht das größte Risiko überhaupt. Sie stand auf, lief in die Küche. Alles war vertraut und zugleich fremd: der doppelte Espresso, der Blick auf die Platanen jenseits des Fensters, das Klingeln, mit dem der Löffel die Tassenwand streifte.

Unwiderlegbare Beweise, das war es, was sie brauchte. Für Steiner, zum Erhalt ihrer Praxis und vor allem, um sicherzugehen, dass sie nicht vollkommen verrückt geworden war.

Sorgfältig räumte sie die Unterlagen ihres Angestellten an ihren Platz zurück und ordnete ihren Schreibtisch. Sie war erschöpft. Zu Hause würde sie sich einen genauen Plan machen und früh zu Bett gehen, um für den nächsten Morgen fit zu sein. Am Eingang ihrer Praxis wandte sie sich noch einmal um. Sollte sie je in ihren Arbeitsalltag zurückkehren, würde sie sich einer Supervisionsgruppe anschließen.

11

Die Ausmaße der Halle kannte sie nicht. Sie war ungeheizt und der hintere Teil in Dunkelheit getaucht, nur der Spot eines Scheinwerfers bündelte seinen Lichtstrahl auf die Staffelei, auf eine leuchtend weiße Leinwand. Warum verdammt erloschen die Pinselstriche, sobald sie in das Gewebe eingedrungen waren? Ihre Fingerspitzen fuhren über das Leinen. Trocken. Es war, als weigerten sich die Pigmente, damit eine Verbindung einzugehen. Auch ihr Gedächtnis schien zu streiken, nur vage stand die Fotovorlage vor ihrem geistigen Auge. Sie hauchte in ihre klammen Hände. Das Portrait musste fertig werden. Wenn sie sich nur auf seine Gesichtszüge konzentrieren könnte. Ein unergründlicher Ernst hatte in seinen Augen gelegen, der Mund fleischig und voll. Sie rührte mit dem Pinsel in der Malerpalette und zog einen roten Balken über die Leinwand. Nur Sekunden später erlosch die Farbe wie durch Zauberhand und das jungfräuliche Weiß starrte sie an. Ein Knistern aus dem unbeleuchteten Teil der Halle ließ sie zusammenzucken. War da jemand? Seit wann war sie so ängstlich?

Sie feuerte den Pinsel auf den Boden und drückte die Farbe direkt aus der Tube auf die Leinwand. Unwirsch zerteilten ihre Finger die glitschigen Farbstränge und skizzierten in kurzer Zeit die Grundzüge eines Gesichts. Eingefallene Wangen, hungrige Augen, Wolfsaugen, ein gieriger Mund. Und jetzt blieben die Konturen auch stehen. Strich für Strich entstand das Portrait aus ihrem Gedächtnis. Doch etwas daran stimmte nicht, irgendein Fehler, murmelte sie und trat unwillkürlich einen Schritt zurück, um ihr Gemälde zu betrachten.

Hatte sie die Nasenflügel wirklich so schräg gemalt? Und stechende Pupillen, das war doch nicht ihr Werk. Es musste an der Blende liegen, die sich von selbst scharf gestellt hatte. Sie lief rückwärts, ohne den Blick von der Staffelei wenden zu können.

Plötzlich befand sie sich im Freien. Sternenklarer Himmel über ihr. Millionen winziger Punkte, die am Firmament blinkten. Es war luftig, roch nach warmem Sand. Ihr linker Oberschenkel prallte gegen etwas Hartes. Noch während des Herumdrehens begriff sie, dass sie auf dem Gerüst eines Daches stand, frei und schutzlos. Als sie das Scheppern von Metall hörte, setzte die Erinnerung ein. Doch es war zu spät. Der letzte Gedanke, den sie fassen konnte, kreiste um einen dicken, zusammengekauerten Jungen, dann stürzte sie in die Tiefe, einem gleißenden Licht entgegen.

Jona erwachte von ihrem eigenen Schrei und drehte ihr Gesicht aus dem Kegel der Glühbirne. An der Wand gegenüber stellten sich die verschwommenen Buchrücken langsam scharf. Ihr T-Shirt klebte am Rücken. Benommen stand sie auf und lief in die Küche. Der letzte Albtraum hatte sie vor Jahren heimgesucht, und er war ebenso intensiv gewesen und symbolisch, als wolle er gedeutet werden. Aber dafür blieb jetzt keine Zeit. Sie nahm eine eiskalte Dusche und frühstückte im Stehen, während sie aus dem Fenster sah. Blauer Himmel, von weißen Streifen durchzogen. Mister Bones gab sich wie jeden Morgen schweigsam. Er klapperte ein wenig, als sie ihm die schwarze Baseballkappe vom Schädel zog und sah ihr mit einem unergründlichen Grinsen dabei zu, wie sie die Packung Einweghandschuhe und ihren Fotoapparat in eine Plastiktüte stopfte.

Der Schlüsselbund von Alexander Tesch wanderte in ihre Hosentasche.

Ob es auch so etwas wie Intuition gab, wenn man im Koma lag? Wirre, surreale Träume, die das widerspiegelten, was der schlafende Verstand an Ängsten produzierte. Konnte sich ihre Anwesenheit in Alexanders Wohnung schon durch ein falsch liegendes Buch verraten, eine verschlossene Tür, die für gewöhnlich offen stand, durch den Hauch eines unvertrauten Duftes?

Nachdenklich betrachtete Jona die Nelkenzigarette in ihrer Hand, die sie auf dem Weg zur Vespa hatte rauchen wollen.

„Für dich", murmelte sie und klemmte die Zigarette zwischen den makellosen Kiefer des Skeletts, bevor sie ihre Wohnung verließ.

Die Stimmung, die über dem Sachsenhäuser Berg lag, besaß etwas Friedliches. Gleich hinter der Biegung des Grethenwegs erloschen die Verkehrsgeräusche. In steter Steigung führte die Straße den Berg hinauf, gesäumt von Linden, die ihren Duft in den Morgen verströmten. Eine Katze trottete über den menschenleeren Gehsteig. Jona sah ihr nach, bis sie unter einem Autokühler verschwand. Sie ließ ihren Blick über die Fassaden der umstehenden Häuser schweifen. Soweit sie es überschauen konnte, saß niemand an einem offenen Fenster. Dennoch zog sie die Baseballkappe tiefer in ihr Gesicht, als sie sich dem Haus mit der dunklen Granitfassade näherte. Am Bordsteinrand lag Alexanders schwarzes Motorrad wie ein erlegtes Tier auf der Seite. Das letzte Mal hatte die Maschine noch gestanden. Hatte jemand aus Wut dagegen getreten? Nach einem raschen Blick über die Schulter schlüpfte sie ins Haus und betrat die Wohnung ihres Mitarbeiters.

Der Fäulnisgeruch in der ungelüfteten Wohnung überwältigte sie. Sie versuchte, durch den Mund zu atmen und streifte die Latexhandschuhe über ihre Hände, bevor sie sich weiter in die Wohnung vorwagte.

Dass die Polizei hier gewesen war, ließ sich auf den ersten Blick nicht erkennen. Noch immer hingen Alexanders Hemden am Griff des Schranks. Auffordernd gab die angelehnte Zimmertüre rechts einen kleinen Lichtspalt frei. Jona drückte sie mit dem Handballen auf und sah eine Weile in das sterile Zimmer mit der roten Couch, bevor sie erleichtert die Tür schloss. Auch im Schlafzimmer, in das sie einen Blick warf, keine Spur von einem Tierkadaver oder einer Leiche. Dabei wäre das runde Bett der ideale Ort gewesen, um jemanden aufzubahren. Unbewusst hatte sie an Celia Rumpf gedacht, die sich mit einem Zweitschlüssel Zutritt zur Wohnung verschafft und hier ihrem Leben ohne Alexander ein theatralisches Ende gesetzt haben könnte. Der Gedanke war absurd, aber nicht abwegiger als das, was sie seit knapp zwei Wochen Tag für Tag erlebte.

Zögernd trat sie am Bett vorbei Richtung Bad, während sie ein Stoßgebet zum Himmel schickte und, als sie die leere Wanne sah, einen Dank hinterher. In der Küche entdeckte sie es dann. Zuerst den Schimmel in der Aluminiumschale auf der Spüle. Ein Flaum bedeckte die Fleisch- und Pilzsoßenreste, die sich zu Klumpen verfestigt hatten. Als sie auf das Pedal des Mülleimers trat, stieß ihr ein Schwall vergoren riechender Luft entgegen. Eine halb geleerte Cornedbeef-Dose lag zuoberst auf dem Berg von Fastfoodschalen, deren Essensreste an den Innenwänden klebten. Seitlich davon blähte sich ein Beutel mit einer undefinierbaren, bräunlichen Substanz.

Ihr wurde flau. Angewidert ließ sie den Deckel zuschnappen und verließ die Küche, um im Zimmer mit der roten Couch endlich ans Werk zu gehen.

Den Rollschrank hatte sie damals schon ohne Erfolg durchsucht, und dem Computer waren laut Steiners Aussage auch keine interessanten Informationen zu entnehmen gewesen. Aber irgendwelche Briefe oder Adressen musste es doch geben. Kein Mensch lebte völlig isoliert von anderen. Sie sah unter der Couch nach, durchwühlte einen aufgerissenen Pappkarton und nahm jedes einzelne Buch aus dem Regal. Nichts. Enttäuscht verließ sie das Zimmer und kehrte mit angehaltenem Atem in die Küche zurück. Auf der rot lackierten Oberfläche des Hängeschranks waren keinerlei Fingerabdrücke zu erkennen. Und im Innern? Geschirr und Gläser. Nacheinander zog sie die Schubladen unter der Küchenanrichte auf, in denen Besteck und Servietten lagen.

Erst die unterste ließ Jonas Herz einen Sprung machen. Vorsichtig hob sie das Küchentuch über dem bauchigen Gegenstand an und starrte auf die Kleinbildkamera, die darunter erschien. „Eine Kamera in der Küche", konstatierte sie halblaut und spürte ihren Herzschlag am Hals. Surrend öffnete sich die Verblendung über der Linse. Mit dem Rücken gegen den Metallschrank gelehnt, klickte Jona das erste Foto an. Anna Sturm nackt auf dem kreisrunden Bett zwei Zimmer weiter, einen Becher Eiscreme in der Hand.

Das Bild kannte sie aus der Sammlung im Bettkasten.

Auch die nächsten Aufnahmen zeigten Anna, im Sekundentakt wechselten ihre Posen, 30, 40 Fotos hintereinander. Die nächsten Bilder zeigten Elefanten, Löwen im Freigehege, zwei kopulierende Bonobos und Spinnen in Nahaufnahme. Dann die Innenansicht eines Wohnzimmers, als böte man die Antiquitäten darin zum Verkauf feil. Klick. Hier eine Parkanlage ohne ersichtliches Motiv, ein Pudel und... Ungläubig starrte Jona auf das abfotografierte, linierte Blatt eines Adressbuches und zögerte, die nächste Seite zu enthüllen, tat es dann aber doch, und noch eine, beschrieben mit Namen, Telefonnummern und Adressen, bis sie bei „Z" landete, Z wie Zeller.

Ron Zeller.

„Das ist ja krank", flüsterte sie.

Menschen kaputtmachen, so hatte Hans Tesch es genannt und an jenem Nachmittag in Düsseldorf von etlichen Opfern seines Sohnes gesprochen. Aber sich skrupellos nehmen, was man mochte, war etwas anderes als systematisches Nachspionieren. Menschen kaputtzumachen. Sich ihrer Vorteile zu bedienen. Wieder dachte Jona an ihre Kassenzulassung. Sie löschte die fotokopierten Seiten ihres Adressbuches von der Speicherkarte und hielt unter der Macht einer Erinnerung in der Bewegung inne.

Ende Mai war sie einmal früher als geplant von ihrer Mittagspause in die Praxis zurückgekehrt und hatte Alexander in ihrem Zimmer überrascht. Er hielt einen ihrer Bleistifte in die Höhe. „Ich darf doch? Mein Spitzer ist unauffindbar." Trotz des strahlenden Lächelns war da eine Fahrigkeit in seinen Gesten, die nicht zu ihm passte.

„Das kreative Chaos an deinem Arbeitsplatz ist..."

„... beeindruckend?"

„Auch." Sein Lächeln wurde breiter. „So was kann durchaus sexy sein."

Es war einer der seltenen Momente, in denen ihr keine Erwiderung einfiel. Sie wurde sogar rot. Erst später, nach einem Blick auf ihren Schreibtisch, musste sie schmunzeln.

Wie an jenem Maitag auch brannten Jonas Wangen, doch diesmal vor Wut. Was sie für einen Flirtversuch gehalten hatte, war ein Ablenkungsmanöver gewesen. Sie schluckte und sah die restlichen Motive auf dem Display der Kamera zügig durch, doch keines bot einen Hinweis auf eine mögliche Erpressung, außer den Nacktaufnahmen Anna Sturms.

Ein Foto, verdammt, ein einziges Foto. Und wenn es doch im Computer gespeichert war? Aber die Polizei hatte bei der Sichtung der Dateien auch nichts gefunden. Laut Steiner. Der ihr vielleicht nicht alle Ermittlungsergebnisse mitteilte. Warum sollte er auch? Ihr blieb nichts übrig, als sich selbst zu überzeugen. Und wenn eine Kamera im Küchenschrank unter einem Spültuch lag, konnte sich ein USB-Stick ebenso gut in einer Teedose finden. Oder im Kühlschrank.

Jona ließ ihren Blick über die moderne Einbauküche gleiten, bevor sie sich auf den Bierkasten stellte und in der rechten, oberen Ecke des Hängeschranks mit der Inspektion begann.

Ihre Suche dauerte genau zehn Minuten.

„Perfekt", murmelte sie und starrte auf das Notebook in der Mikrowelle. Die getönte Scheibe hatte es verborgen, erst unter der Innenbeleuchtung, die beim Öffnen der Tür anging, wurde es sichtbar.

Vorsichtig nahm sie es heraus und schaltete es an. Die Windows-Bildfläche erschien auf dem Monitor, ohne persönlichen Bildschirmhintergrund.

Mensch ohne Spuren, dachte sie wie schon wenige Tage zuvor und fragte sich, wieso Alexander sein Notebook versteckte, statt es einfach mit einem Passwort zu sichern. Aber was war schon nachvollziehbar bei einem Menschen, der nach völlig anderen Gesetzen tickte. Sie überflog die Dateien auf dem Bildschirm, doch ein Ordner mit Bildern existierte nicht. Enttäuscht ging sie noch einmal die Programme und Dateinamen durch und folgte schließlich dem Pfad der zuletzt benutzten Dokumente.

Ein Link zu einem Herrenmodeversand erschien. Der Download eines Computerspiels. Dann eine Datei ohne Namen. Nach einem Doppelklick öffnete sie sich und offenbarte den Brief, den Jona vor neun Tagen aus seinem Papierkorb gefischt hatte.

Fassungslos starrte sie auf den Monitor. Also stimmte es. Alexander war nicht der Erpresste, er selbst hatte das Geld von jemandem gefordert. Am 13. Juni war die Datei aufgerufen worden, zwei Tage vor dem Überfall. Da hatte jemand schnell reagiert. Celia Rumpf, Florian Moser und Anna Sturm, also alle Patienten, die ihr verdächtig erschienen waren, hätten selbst Grund gehabt, Alexander mit der Preisgabe von Informationen zu drohen. Was sie vermutlich nie tun würden. Aber womit sollte Alexander einen von ihnen erpressen? Und Hendrik? Ein mittelloser Schüler, von dem 10.000 Euro gefordert wurden und der daraufhin seinen eigenen Therapeuten bewusstlos schlug? Nie im Leben. Eher sein Vater. Am Telefon hatte er gesagt, er würde für seinen Sohn alles tun. Aber was um Himmels Willen konnte ein 16-Jähriger anstellen, das eine solche Summe wert war? Der durchtrennte Bremszug, von dem Frau Moerler erzählt hatte, fiel ihr ein. Ein manipuliertes Moped, mit dem jemand gestürzt war und schwere Verletzungen davontrug, das wäre fahrlässige Tötung. Und war blanke Spekulation. Selbst wenn der Junge handwerklich begabt war, wie sein Vater betont hatte. Und damit in der Lage, ein Schloss aus einer Tür zu lösen und in ihre Praxis einzubrechen. Beklommen dachte sie an den behäbigen Jugendlichen mit dem sanften Gesicht. Als der Bildschirmschoner ansprang, fuhr sie aus ihren Gedanken und begann hastig, sich weiter durch die Chronik zu klicken. Doch das Bild des Pubertierenden ging ihr nicht aus dem Sinn. Hendrik hatte Alexander wirklich vertraut, sonst hätte er ihm nicht so detailliert von den Erniedrigungen erzählt.

Vielleicht hatte er ihm mehr vertraut, als gut war.

„Vatergespräch."

Diese Notiz in Hendriks Akte war als einzige unkommentiert geblieben.

Sie stockte.

Und wenn der Junge der Bote gewesen war und Auskünfte gegeben hatte? Warum sollte Alexander ihn nicht als Informationsquelle benutzt haben?

Eine Schweißperle rann ihren Hals hinab, während sich Ordner für Ordner vor ihren Augen öffnete. Doch alles, was die Dateien preisgaben, war eine Sucht nach Pornofilmen, Cyberspielen und virtueller Zerstreuung.

Mit einer leisen Fanfare erlosch die Bildoberfläche des Notebooks und hinterließ eine beklemmende Stille. Jona legte es an seinen Platz zurück und schob den Bierkasten in seine Ausgangsposition. Sie brauchte einen Beweis, am besten das Foto, sonst blieben all ihre Recherchen Spekulation. Ohne Hendrik würde es nicht gehen. Am schwächsten Glied der Kette ansetzen. Eine Strategie, die ihr verhasst war. Aber ihre einzige Chance.

Zwei Stunden später stand sie an der efeuumrankten Backsteinmauer, die den Schulhof des Gymnasiums begrenzte. Dutzende von Rädern klemmten in den Fahrradständern. Dass die Schule in dieser Woche „Projektwoche" hatte und alle Projektgruppen ihre Ergebnisse an einem Samstag einander gegenseitig vorstellten, hatte sie auf der Schulhomepage gelesen. Sie hoffte, dass Hendrik an dem Fotografiekurs teilnahm, der neben anderen Kursen angeboten wurde.

Jona blickte über den asphaltierten Innenhof. Aus einem geöffneten Fenster des Schulgebäudes johlte es, Schüler klatschten. Vor dem eisernen Abfalleimer landete eine Taube, pickte hastig an einer Brotrinde und flatterte davon, als sich eine zweite näherte. Mit schräg gelegtem Kopf beäugte die erste die Rinde, ohne sich wieder an sie heranzuwagen.

„Feigling", murmelte Jona und sah zum dritten Mal auf die Uhr. Kurze Zeit später öffnete sich die Glastür des Gebäudes und entließ einen Pulk Schüler. Hendrik war nicht darunter. Erst in dem zweiten Schwung erkannte sie die schwarz gekleidete Gestalt mit den hängenden Schultern, die neben einem

Mädchen auf den Schulhof trat und ihr etwas auf ihrem iPhone zeigte. Vielleicht diese Melanie. Jona näherte sich ihnen und hielt schützend eine Hand über ihre Augen. 20 Meter trennten sie noch. Sie blieb stehen und registrierte, wie der Jugendliche seinen Kopf hob. Ein Ruck ging durch seinen Körper, und im gleichen Moment spürte sie, wie die Anspannung von ihr abfiel. Sie setzte ein verhaltenes Lächeln auf.

12

Der späte Abend war ihm von jeher die liebste Tageszeit. Sämtliche Vorhaben waren erledigt, die Maschinerie der Arbeitswelt angehalten. Niemand richtete eine Bitte an ihn, niemand kam auf die Idee, jetzt noch Dinge in Bewegung zu setzen.

Cornelius löste das Fliegengitter aus dem Rahmen und sah in den Garten hinaus. Der Bambus hinter dem kleinen Teich und die zwei Steinskulpturen waren beleuchtet. Im Halbdunkel verloren sich die Konturen der Rosensträucher. Rosa Cinderella – seine Lieblingsrosen. Seit Tagen standen sie in voller Blüte und verströmten ihren feinen Duft. Sie waren der Schatz seines Gartens, und der Garten sein kleines Reich, das ihn ruhig und zufrieden machte.

Wie lange hatte er nicht mehr mit Muße darin gearbeitet, sondern nur das Nötigste getan, den Rasen vor dem Vertrocknen bewahrt, das Unkraut gezupft. Schadensbegrenzung, immer ging es nur darum, das Schlimmste zu verhindern. Auch das Abendessen vor zwei Stunden war ein Drahtseilakt gewesen. Margot hatte sich trotz starker Kopfschmerzen zu ihnen an den Tisch gesetzt und im Essen herumgepickt, während Hendrik mit gesenktem Kopf eine Frikadelle nach der anderen in sich hineinschaufelte. Und er dazwischen. Mit seiner Gute-Laune-Stimme, grünem Tee gegen den Brand im Hals. Gegen das Unbehagen, wenn er die Augen seines Sohnes auf sich fühlte. Nur einmal waren sich ihre Blicke begegnet, für den Bruchteil einer Sekunde, dann hatte Hendrik rasch den Kopf zur Seite gewandt. Doch er hatte Hendriks Ohnmacht spüren können und die Wut, eine mörderische Wut.

Wieder roch er den zartsüßen Duft der Rosen. Am Teich zirpten Grillen. Wie im Süden. Er schloss das Fenster und löschte alle Lampen. Licht sickerte unter Hendriks Zimmertür hindurch. Bevor er nachdenken konnte, hatten die Knöchel seiner Hand schon gegen die Tür geklopft. Sofort wurde sein Mund trocken. Es war der richtige Moment, genau jetzt, und höchste Zeit, Hendrik ins Boot zu holen. Er klopfte noch einmal, hörte im gleichen Moment im Badezimmer gegenüber das gleichmäßige Prasseln von Wasser. Hendrik duschte, jeden Abend stand er minutenlang unter den heißen Wasserstrahlen.

Vaterersatz, Übertragung, jemanden symbolisch töten. Mit welchen Worten diese Therapeutin gestern bei ihrem Telefongespräch um sich geworfen hatte. Und dass er seinem Sohn jetzt beistehen sollte. Ja, wie denn, wenn man nie wirklich wusste, von welchen Gedanken sich der Junge reinwusch.

Erneut horchte er nach dem Rauschen jenseits der Badezimmertür, dann in Richtung Schlafzimmer, in dem Margot mit ihrer Migräne reglos im Dunkeln lag. Er betrachtete durch den Türspalt ihr bleiches Gesicht mit den geschlossenen Lidern, bevor er die Tür heranzog.

Ihm blieben fünf Minuten, selbst wenn das Duschritual seines Sohnes kürzer ausfallen sollte. Leise schlüpfte er in Hendriks Zimmer, das von dem erleuchteten Globus auf dem Schreibtisch in ein bläuliches Licht getaucht war.

Ein beißender Geruch stach ihm in die Nase. Er schien vom Schreibtisch zu kommen, auf dem ein entrollter Filmstreifen zwischen Pinzette, Nagelfeile und schmalen Pinseln lag. Das braune Fläschchen daneben enthielt... Salzsäure. Daher der stechende Geruch. Wie zum Teufel kam der Junge an diese Chemikalie? Er stieß gegen etwas Hartes und entdeckte die analoge Spiegelreflexkamera am Fuße des Stuhles. Vorsichtig nahm er die Filmrolle auf und hielt sie in den schwachen Lichtkreis der Weltkugel. Familienfotos. Auch wenn weiße Klekse und Kratzer das Abgebildete verunstalteten, sein Sohn, kurze Lederhosen, eine Eistüte in der Hand, war deutlich zu erkennen. Da musste er drei oder vier gewesen sein. Hendrik beim Dreiradfahren, Hendrik im Kinderstuhl, Hendrik mit Bela am Esstisch, Hendrik auf seinen Schultern. Er schluckte. Genau die Stelle, an der sein eigenes Gesicht gewesen sein musste, war weggeätzt. Sein Sohn hatte die Fotos aus dem Familienalbum abgelichtet, um sie auf dem Negativ zu zerstören. Der stechende Geruch trieb ihm die Tränen in die Augen. Eine Weile saß er reglos am Schreibtisch und starrte in den Raum, aus dem jegliche Farbe gefiltert schien. Er spürte, wie es still wurde in ihm und sein Herz langsamer pumpte, einen fremden Takt annahm, einen, der nichts mehr jagte, nichts aufpeitschte, der einfach nur schlug, dumpf und schwer. Ein Albtraum aus seiner Kindheit tauchte auf. Stefan und er auf einem Segelschiff, tosendes Meer, Unwetter, und während sein Bruder gerade das Steuer herumriss und sich mit aller Kraft gegen die übers Boot schwappende Gischt stemmte, zog er selbst an der Schlaufe des Schiffstaus und sah zu, wie es seinem Bruder die Beine fortriss und er über Bord ging.

Dieser Traum hatte ihn damals immer wieder in seiner Fantasie heimgesucht und war unmerklich zu einem Bestandteil seiner Erinnerung geworden. Was nach solchen Vergeltungsvisionen blieb, war ein schlechtes Gewissen und Hass auf sich selbst. Und auf seinen Vater, der sie im Stich gelassen hatte.

Sein Zeigefinger näherte sich der verätzten Stelle des Filmstreifens, wo einmal sein Gesicht gewesen war und hielt erst im letzten Moment inne.

Aber er hatte Hendrik doch nicht im Stich gelassen, nicht ein einziges Mal. Was redete Jona Hagen da von Vaterersatz? Er sprang auf, horchte in den Flur. Das Wasser in der Dusche lief noch immer, aber er musste sich beeilen, und jetzt wusste er auch, was zu tun war. Es dauerte nicht lange, bis er die marmorierten Einbände in der zweiten Reihe des CD-Regals entdeckte. So viele gute Verstecke gab es in dem Zimmer nicht. Er zog die hinterste der marmorierten Kladden vom Brett, schlug sie auf und überblätterte die mit schwarzer Tinte verfassten Einträge, die im April begannen, bis zu jenem Tag vor vier Wochen. Dem 25. Mai. Ungläubig fuhren seine Finger über die kleinen Papierfetzen an der Fadenheftung. Der Eintrag über Wolfs Besuch war herausgerissen. Wolf, sein langjähriger Freund, der für Hendrik immer ein freundliches Wort übrighatte. Der ihn nicht einmal grob angegangen war, nicht einmal in dieser Situation damals. Vor wem hatte sein Sohn sich gefürchtet? Die Notizen gaben keinen Aufschluss. Seite um Seite führte ihn die kindliche, runde Handschrift an die Abgründe, in die ein Jugendlicher sah, bis der Eintrag auf der letzten Seite ihn jäh in die Gegenwart zurückbrachte. Er trug das Datum vom heutigen Tag.

Ist man schuldig, wenn man eine Gewalttat deckt?

Die Frage war durch eine Leerzeile vom übrigen Text abgesetzt.

Wie kam er gerade heute darauf, wo er den ganzen Tag in der Schule gewesen war. War er wirklich?

Wieder verhakte sich sein Blick an dem Wort Gewalttat, bis er begriff: Hendrik meinte ihn, seinen eigenen Vater. Das würde sein Verhalten der letzten Tage erklären, diese fremden, sezierenden Blicke, mit denen er ihn in unbeobachtet geglaubten Momenten bedachte.

In den Augen seines Sohnes war er also einer, an dessen Fingern Blut klebte. Aber er war doch kein Krimineller. Er hatte nur die Ordnung wiederhergestellt, die Ordnung, die Hendrik zunichte gemacht hatte. Die schon der Broker durcheinander gebracht hatte, Meshold, dieses aalglatte, kahlköpfige Schwein mit seinem Jahrhundertdeal. Er starrte auf die geschwungene Schrift des Tagebucheintrags. Und ihn, der sich bemühte, die Dinge wieder in eine Ordnung zu bringen, traf nun also die Schuld. Für alles.

Der Kugelschreiber aus seiner Brusttasche lag schwer in seiner Hand.

War man schuldig, wenn man eine Gewalttat deckte? Für die Beantwortung der Frage würde ein einziges Wort reichen.

Auch diesmal kam das flimmernde Kreiseln ohne Vorwarnung, dazu der typische Schwindel, der ihn gerade noch davon abhielt, in die Notizen seines Sohnes zu schmieren.

Er hatte keine Ahnung, wie Hendrik einen erneuten Einbruch in seine Intimsphäre aufnehmen würde. Er hatte keine Ahnung, was für ein Mensch sein Sohn inzwischen war.

Erregt schloss er das Tagebuch, stellte es in die hintere Regalreihe zurück und trat vor das Badezimmer. Die Brause war abgestellt. Er klopfte und drückte, als keine Reaktion kam, die Klinke hinunter, doch die Tür war von innen verriegelt. Außer Dampfschwaden und den verschwommenen Konturen eines dicklichen Jungenkörpers gab das Schlüsselloch nichts preis.

„Dauert es noch lange?"

„Gleich fertig." Der Hahn wurde aufgedreht und spritzte einen harten Wasserstrahl ins Becken. Gurgelgeräusche. Er wartete, bis Hendrik ausgespuckt hatte.

„Habt ihr morgen auch noch diese Projektwoche?"

Das Nein kam unwillig.

„Und was machst du dann morgen Vormittag?"

Keine Antwort. Aber jenseits der Tür war es still geworden.

„Ich würde dir gerne etwas zeigen." Cornelius Denge legte die Handinnenflächen gegen das Türblatt. „Eine Überraschung. Um elf, abgemacht?"

Endlose Sekunden vergingen, bis ein Laut der Einwilligung erklang, jedenfalls hatte es sich so angehört. So leise wie möglich löste er seine Hand und verkniff sich einen Dank. Hendrik würde ohnehin so tun, als hätte er ihn nicht gehört.

In der Nacht kehrten die Zweifel zurück. Wie ein mächtiges Tier hockte ihm die Dunkelheit auf der Brust und beschwerte seinen Atem, seine Gedanken und die Zeit, deren Metallfinger sich träge über das Ziffernblatt schob. Er wälzte sich, wendete die feuchte, verschwitzte Decke, schob sie zu den Hüften hinab und starrte ins Dunkel.

Wenn er Hendrik morgen nicht überzeugen konnte, würde er Margot einweihen müssen. Margot, die ahnungslos ihre Träume durchschritt und im Schlaf leise seufzte. Der Geruch ihrer Haut kroch unter der Decke hervor. Behutsam schob er sich zur Bettmitte und legte seine Stirn an ihre Schläfe. Es war gar nicht so einfach, die eigenen Atemzüge ihren tiefen, regelmäßigen anzupassen. Er versuchte, seinen Körper schwer werden zu lassen und in ihren Atem zu sacken, bis er nur noch aus dem Rhythmus ihres Brustkorbs bestand, der sich unter seiner Hand hob und senkte. Zwei Körper, eine Bewegung. Er schluckte, doch die Tränen ließen sich nicht länger zurückhalten.

Als am nächsten Morgen das Sonnenlicht durch die Ritzen des Rollladens sickerte, fand er sich alleine im Bett. Aus der Küche ertönte leises Geschirrklappern.

Margot saß schon im Wintergarten und trank Tee, als er kurz darauf das Wohnzimmer betrat. Die Jalousien waren hinabgezogen und versperrten die Sicht auf die Blütenpracht des kleinen Gartens.

„Immer noch lichtempfindlich?"

„Ich muss leider gleich wieder ins Bett." Das angedeutete Lächeln in dem wächsernen Gesicht sah wie ein Riss aus. „Klopfst du bei Hendrik? Seit einer Stunde läuft Musik."

„Lass ihn mal." Er setzte sich, hälftete ein Brötchen, bestrich es mit Butter und stellte es auf einem Teller vor seine Frau. „Du musst etwas essen. Nachher bist du ungestört. Ich mache mit Hendrik einen kleinen Ausflug. Aufs Land. Wo kein Verkehr ist und keine Polizei. Er soll mal ein bisschen Autofahren."

„Autofahren??"

Besänftigend legte er eine Hand auf ihren Unterarm.

„Dann kann er schon was, wenn er in die Fahrschule kommt. Das wird ihm guttun, gerade jetzt, wo sein Therapeut ausfällt. Außerdem hab ich schon lange nichts mehr mit ihm unternommen." Für einen Moment war ihm, als leuchteten die Worte in seinem Innern. Eine ungekannte Leichtigkeit hatte ihn erfasst und die Hand seiner Frau mit seinen beiden umschließen lassen. „Und später kümmere ich mich um dich."

„Danke." Margots Blick blieb länger als gewöhnlich an ihm haften. Hatte sie die Veränderung gespürt? Die Veränderung, die mit ihm vorging und die Hendrik und ihn zusammenschweißen würde. Er nickte, zu mehr war er nicht fähig.

Zwei Stunden später war der Glanz in seinem Inneren zu einer schwachen Vision verblasst. Kilometer um Kilometer näherten sie sich dem, was ihm in der Nacht noch wie die Lösung aller Probleme vorgekommen war.

„Wir sind gleich da."

Vom Beifahrersitz kam ein undefinierbares Brummeln. Hendrik starrte seit einer halben Stunde aus dem Fenster. Wie immer bedeckte eine Haarsträhne seine linke Gesichtshälfte und gab nur Sicht auf Nase und Mund frei. Bisher hatte er keine Fragen gestellt. Das kurze Stück Bundesstraße, das durch den Wald führte, warf Schatten ins Wageninnere. Cornelius atmete auf, ließ das Fenster auf seiner Seite heruntergleiten und sog die frische Luft ein. Ein kurzer Blick zum Beifahrersitz zeigte ihm, dass Hendrik wie ein Fremdköper im Autositz hing, die Gedanken im Nirgendwo. Wenigstens hatte er die Stöpsel aus den Ohren genommen.

Eine dicke Hummel klatschte gegen die Windschutzscheibe und hinterließ ihren Abdruck, den die Wischblätter breit schmierten. Er gab Gas und überholte einen Wagen mit Pferdeanhänger, der über die Bundesstraße schlich. In wenigen Minuten würden sie den Ortskern von Heftrich erreichen.

„Kannst du dich noch erinnern, dass du an Weihnachten zu deinem Bruder gesagt hast, du wolltest auch weg aus Frankfurt?"

Hendrik sah angestrengt nach draußen. Eine Ewigkeit verging, bis ein „Hmhm" kam.

„Dann zeige ich dir jetzt mal was."

Die Seitenstraße, in die sie einbogen, war von hohen Kastanien gesäumt, eine Allee, an deren Ende ein Sackgassenschild stand. Vor dem freistehenden Einfamilienhaus mit Flachdach hing ein Banner mit der Aufschrift: ZU VERKAUFEN.

„Voilà".

Obwohl es im Taunus kühler als in der Stadt war, klebte sein Hemd am Rücken. Er stieg aus. Hendrik tat es ihm nach und lehnte sich an den Wagen.

„Gefällt es dir? Es kann sein, dass wir in diesem Jahr noch einziehen."

Er quittierte den fragenden Gesichtsausdruck seines Sohnes mit einem Lächeln.

„Der Keller ist ein bisschen feucht, aber Wolf hilft mir beim Trockenlegen. Das sollte schnell gehen. Ich wollte schon letztes Jahr ein Vorkaufsrecht haben, aber dann ist was dazwischengekommen. Egal. Mit ein bisschen Glück kriegen wir das Haus schon bald."

Das Misstrauen in Hendriks Blick war nicht zu übersehen. Er durfte jetzt nicht wegschauen.

„Ich brauche einen Kredit. Aber das wird schon klappen, die Banken wollen ja, dass man immer mehr Schulden macht."

„Immer mehr? Bist du pleite?" In der heiseren Stimme des Jugendlichen schwang Unsicherheit mit. Noch immer war die Straße menschenleer.

Er winkte ab. „Im Gegenteil. Ich habe was in Aktien angelegt und die Kurse steigen schon wieder."

„Weiß Margot davon?"

„Deine Mutter ist so beschäftigt mit ihrem Laden."

Die Verblüffung, die sich in Hendriks Gesicht abzeichnete, traf ihn härter als jedes spöttische Wort. Er trat einen Schritt auf seinen Sohn zu, spürte die Abwehr und blieb stehen. Der Druck in seiner Kehle war mörderisch.

„Sag ihr bitte nichts von dem Haus. Sonst ist die Überraschung weg."

Er lehnte sich neben Hendrik an den Wagen.

„Keine Sorge, du musst es nicht mehr lange für dich behalten. Ich bin sicher, wir ziehen spätestens Ende des Jahres hierher. Was meinst du?"

„Weiß nicht."

„Weiß nicht?" Er blies die Backen auf. „Mensch Hendrik, dann kannst du in eine andere Schule. Das ist die Chance auf einen Neuanfang, wo dich keiner kennt. Niemand wird dich mobben. Ich mache das doch für dich. Ich bin auf deiner Seite. Aber du musst dir auch helfen lassen."

„Ich brauche keine Hilfe."

„Das sehe ich anders, und deine Mutter übrigens auch." Er senkte die Stimme und fuhr in gedämpfter Tonlage fort, dass er wisse, wie man sich als Außenseiter fühle, leider, dass er ihn gut verstehen könne.

Hendrik fixierte einen Punkt in der Ferne. „Ich brauche das nicht, im Mittelpunkt stehen."

„Oh doch." Cornelius flüsterte, während er sich selbst als Zehnjährigen hinter dem geschlossenen Fenster stehen und seinem kleinen Bruder nachblicken sah, der in den fremden Wagen stieg Familienausflug: Vater, Geliebte, der achtjährige Stefan. Und seine Mutter hatte kein Wort darüber verloren, dass er zu Hause bei ihr geblieben war. Kein einziges.

„Jeder möchte mal im Rampenlicht stehen, und sei es auch nur einen Tag lang, eine einzige Minute." Sein Gesicht glühte. Für einen Augenblick verwandelte sich das leer stehende Haus hinter dem Verkaufsschild zu einem fremden, heruntergekommenen Gebäude. Was hatte er erwartet? Dass Hendrik ihm um den Hals fallen würde? Gestern noch hatte er ihn in seinem Tagebuch als Gewalttäter bezeichnet. Oder war gar nicht er gemeint? Sie mussten reden. Aber wie konnte er davon anfangen, ohne...

„Hat das Haus einen Keller?" Zögernd legte Hendrik seine Hände auf den Gartenzaun. Bleiche Hände mit einem Schmutzrand unter den Nägeln und Fingerkuppen, die durch die Arbeit mit Chemikalien rissig geworden waren. Seltsam, wie fremd ihm die Hände vorkamen.

„Klar. Wenn du willst, kannst du dir den ausbauen. Wolf und ich, wir machen was draus." Er schluckte. „Du könntest uns helfen. Handwerklich hast du doch was auf dem Kasten. Sobald das Geld auf dem Konto ist, überraschen wir deine Mutter."

Hendrik schwieg, aber es war ein angespanntes Schweigen, eines, in dem Fragen mitschwangen. Die Sonnenstrahlen fielen schräg in den verwilderten Garten, in dem Gräser und Blumen wucherten, es roch nach Sommer, von fern war das Maunzen einer Katze zu hören. Alles fühlte sich perfekt an. Nur Hendriks Schweigen nicht.

„Ich rufe den Makler heute nochmal an." Cornelius zog den Autoschlüssel aus der Tasche und drückte ihn seinem Sohn in die Hand. „Komm, setz dich mal hinters Steuer." Bevor Hendrik antworten konnte, stieg er auf der Beifahrerseite ein. Er hatte schwachen Protest erwartet oder Widerstand, er hatte sogar damit gerechnet, dass sein Sohn einfach vor dem Toyota stehenblieb und ihn ratlos ansah, doch Hendrik setzte sich auf die Fahrerseite und ließ das Lenkrad durch seine Hände gleiten.

„Ich bring es dir bei, wenn du magst, und sobald du 17 bist, meldest du dich in der Fahrschule an und machst im Handumdrehen deinen Führerschein."

Unter seinen Achseln klebte das Hemd, die Luft war zum Schneiden. Er öffnete ein Fenster und bemühte sich, nichts von seiner Erregung nach außen dringen zu lassen.

„Und vor dem Abi kriegst du dein eigenes Auto. Mit dem kannst du dann zur Prüfung vorfahren."

Hendrik zögerte. Die Andeutung eines Lächelns umspielte seinen Mund, als er sich schließlich ein Cabrio wünschte.

„Nimm einen Golf." Er löste die Handbremse und sah seinem Sohn in die Augen, „einen gebrauchten, aber schwarz, wenn du willst."

Anfahren, schalten, Gas geben, bremsen, bereitwillig folgte Hendrik seinen Anweisungen. Das weiche Jungengesicht mit den großen Augen, die immerzu ernst schauten, lächelte sogar hin und wieder, während sie über abgelegene Straßen durch den

Taunus krochen, durch die mittägliche Landschaft, an Waldstücken und Gewerbegebieten vorbei.

Eine Stunde später rollten sie auf den Parkplatz eines Supermarkts.

„Cool." Mit erhitztem Gesicht stellte Hendrik den Motor aus.

„Wenn du willst, machen wir nächste Woche weiter."

„Ich könnte ja schon mal die Theoriebögen lernen." Hendrik strich die Haarsträhne zur Seite, starrte geradeaus und schluckte, bevor er ein Danke herausbrachte.

„Gut gefahren." Der Fleck auf der Windschutzscheibe begann auf beunruhigende Weise vor Cornelius Augen zu verschwimmen. Etwas in seinem Brustkorb verkrampfte sich. Er musste jetzt dranbleiben und Kontakt halten. Von Vater zu Sohn. Sollte er eine Hand auf die Schulter des Jungen legen?

„Na, dann komm", presste er schließlich hervor und drückte die Wagentür auf.

Die Heimfahrt verlief schweigend. Hendrik hatte die Stöpsel seines iPhones ins Ohr gesteckt und sah aus dem Fenster. Hin und wieder musterte Cornelius ihn verstohlen von der Seite und ertappte sich bei der Vorstellung, alles sei wie früher. Aber da war dieser Druck, die Versuchung, den einen brennenden Gedanken laut auszusprechen, die Frage, die alles zerstören konnte zwischen ihnen.

Und was war, wenn Hendrik sich weigerte, ihm zu glauben?

Glauben gehört in die Kirche, sagte Mittenwald bei jeder Gelegenheit, was zählt, sind Fakten. Jedes Gutachten basierte auf Nachweisbarem, und auf Aussagen von Zeugen. Unwillkürlich öffnete sich Cornelius Mund. Zeugen! Warum hatte er nicht eher daran gedacht. Er bedeutete seinem Sohn, die Musik abzustellen.

„Ich bringe dich jetzt nach Hause. Oder soll ich dich irgendwo absetzen? Ich muss noch schnell zu Stefan."

Er spürte den irritierten Blick seines Sohnes und beeilte sich zu sagen, dass er ihm nur kurz helfe, Bilder von der Galerie abzuholen. Stefans Bus sei kaputt. Einen Moment fürchtete er, Hendrik würde mitfahren wollen, doch der hatte bereits unmerklich mit dem Kopf genickt und war wieder in seine Musik abgetaucht. Zu Hause angekommen, rang Hendrik sich ein kurzes Lächeln ab, bevor er sich mit eckigen Bewegungen in der Einfahrt entfernte. Schwarzes T-Shirt, die Hose auf Halbmast gerutscht. Der Gang jedoch schien etwas aufrechter.

13 Die Fassade aufrechterhalten bedeutete Anstrengung, ein Ringen um Fassung, um Würde, um die Wahrung eines Bildes, das man für die Außenwelt entworfen hatte. Oder ganz einfach um das Zusammenhalten einer vom Einsturz bedrohten Ordnung.

Jona setzte sich auf das Steinmäuerchen und ließ den Anblick des abgebrannten Einfamilienhauses auf sich wirken. Dieses Gebäude hatte den Kampf aufgegeben. Nackt stand es in dem Garten und entblößte sein versengtes Innenleben. Skelettknochen gleich ragten die Streben über das geborstene Dach. Sie war unter der Absperrung hindurchgeklettert und hatte versucht, einen Blick in das Haus zu werfen, doch das blind gewordene Glas ließ die Einrichtung nur schemenhaft erkennen. Die Möbel schienen verschmolzen und verkohlt wie die komplette linke Seite des Hauses. Dass hier so schnell niemand mehr einziehen würde, lag auf der Hand. Und dennoch war Wolf Bender auf diese Adresse angemeldet, sie hatte es gestern Mittag am Telefon von ihrem Schwager erfahren. Die Erinnerung an seine aufgeregte und zugleich gedämpfte Stimme, mit der er ihr von der Zulassungsstelle aus Name und Adresse des Fahrzeughalters durchgegeben hatte, beschäftigte sie. Er hatte seinen Job für sie riskiert, ohne zu kommentieren, dass sie einem wildfremden Mann gefolgt war und im Schutz einer Parkhaussäule gestanden hatte, um dessen Kennzeichen zu notieren. Vielleicht tat sie ihm Unrecht; bisher hatte sie ihn als bieder und ihrer Schwester hörig eingeschätzt.

Sie fotografierte das Haus von vorne und wandte sich um, als sie Schritte in ihrem Rücken vernahm.

Zwei junge Mädchen mit einem Boxer an der Leine kamen die Straße entlang. Dem Hund saß weißer Schaum in den Lefzen. Angewidert wandte Jona sich ab, doch die Mädchen blieben auf ihrer Höhe stehen und warteten, bis Jona sich zu ihnen herumdrehte.

„Warum sitzen Sie da?", fragte die Schmalere der beiden in rosafarbenen Glitzer-Pants und Ballerinas.

„Wisst ihr, wann das Haus abgebrannt ist?"

„Vor zwei Monaten", erwiderte die andere und riss den Boxer am Halsband von ihr fort. „Voll der krasse Brand."

„Es war aber niemand im Haus, oder?"

Wieder zog das Mädchen an der Hundeleine. „Die Benders waren weg. In Frankfurt. Shoppen." Ihr Lachen entblößte eine Zahnspange aus Metall.

„Und wo wohnen die jetzt? Hier in der Nähe?"

„Nee, irgendwo in Frankfurt. Sind Sie von der Zeitung?"

Jona musste lachen. Während sie erklärte, dass sie gerne fotografiere und deswegen durch kleine Vorstädte und Dörfer führe, fragte sie sich, was das Ehepaar Bender dazu gebracht hatte, sich in Frankfurt und nicht in einem der benachbarten Orte einzumieten. Noch immer standen die Mädchen vor ihr, als warteten sie auf etwas. Der Boxer leckte nun doch an ihrem Schuh. Weich fiel die Vormittagssonne auf die Straße und vervollkommnete das Bild einer perfekten Sonntagsidylle, selbst das abgebrannte Haus, die Sensation des Dorfes, fügte sich ein. Es musste alt sein, vielleicht das Elternhaus von Bender oder seiner Frau. Dass Denge in der Schadensabteilung einer Versicherung arbeitete, konnte kein Zufall sein.

„War mal jemand mit Herrn Bender hier gewesen. Ein Mann, groß, schlank, mit Dreitagebart."

Sie fing den prüfenden Blick des vielleicht 13-jährigen Mädchens auf. Allmählich schien es zu begreifen, dass eine Absicht hinter den Fragen stand.

„Ich hab nur Frau Bender gesehen. Die war echt fertig. Und dann sind hier Männer in weißen Anzügen gewesen und haben Fotos gemacht. Wie im Tatort."

„Das müssen die tun, wenn sie herausfinden wollen, wie es zu dem Brand kam. Ich nehme an, das war die Spurensicherung."

Jona stand auf und packte ihren Fotoapparat ein. Das Mädchen hatte sie auf einen Gedanken gebracht. Plötzlich grinste es verlegen, während ihre Freundin sie am Arm zupfte.

„Sie sind von der Polizei."

„Oh mein Gott, nein."

Sie lachte auf. Beim Gedanken an Ulf Steiner wurde sie jedoch sofort wieder ernst. Sollten ihn seine Ermittlungen auch in dieses Kaff führen und er zufällig auf diese beiden Mädchen treffen, wüsste er sofort, dass sie hier gewesen war.

Sie schwang sich auf ihre Vespa und winkte den Mädchen zum Abschied, doch schon auf dem Rückweg über die Dörfer hatte sie die beiden vergessen.

Alles, was sie jetzt benötigte, war ein öffentlicher Münzsprecher und das Glück, dass jemand am Sonntag in der Versicherung Überstunden machte.

20 Minuten später hatte das Glück einen Namen: Mittenwald.

Die von kaltem Rauch durchdrungene Telefonzelle würde in ihrer Erinnerung unweigerlich mit der Stimme des Mannes verschmolzen bleiben. Kurzatmig, leise und so erschöpft, als sei reden an sich ein Kraftakt, hatte er ihr, die sich als Margarete Bender ausgab, gesagt, dass der Kollege Denge sich wegen ihrer Versicherungssache gleich am Montag bei ihr melden würde. Ungläubig ließ sie den Hörer sinken und sah durch die zerkratzten Scheiben auf die Bushaltestelle gegenüber, vor der drei Jugendliche auf dem Bordstein hockten.

Irgendwie ging alles zu glatt. Jedes Puzzleteil passte an das nächste. Vielleicht kannten sich Bender und Denge sogar privat. Immerhin schienen sie ungefähr im gleichen Alter zu sein.

Jona drückte die Schwingtür der Telefonzelle auf und schnappte nach Luft. Wie oft hatte sie die Smartphones ihrer Freundinnen verflucht, auf denen zu jeder Gelegenheit Bilder geblättert, E-Mails gelesen, Plätze recherchiert und Menschen gegoogelt wurden. Wieder glitt ihr Blick zu den Jugendlichen, von denen bestimmt einer eines besaß oder zumindest wusste, wo an diesem gottverlassenen Ort man sich öffentlich ins Netz einloggen konnte.

Als sie auf die Bushaltestelle zusteuerte, sah sie sich durch die Augen der Jugendlichen: eine Bohnenstange in bunter Kleidung mit einer grünen Tasche um die Schulter.

Das Internetcafé an der Hauptstraße der Ortschaft war nur mäßig besucht. Jona blickte sich in dem schlauchartigen Raum um. Rechts gegenüber der Theke duckten sich zwei Telefonkabinen in die Ecke, der beleuchtete Kühlschrank daneben brummte laut und unterlegte das Klackern der Tastaturen. Im Mittelteil des Raumes reihten sich Nischen mit Computern aneinander, jeweils durch eine dünne Holzvorrichtung voneinander getrennt. Nur drei der Nischen waren belegt. Sie setzte sich an einen der vorderen Plätze und atmete tief durch. Irgendjemand verströmte einen beißenden Schweißgeruch, vermutlich der Jugendliche zwei Plätze weiter, dessen Kapuzenpulli lediglich einen Ausschnitt seines Profils freigab. Seit sie in den Raum getreten war, hatte er nicht vom Monitor aufgesehen. Saß auch Hendrik so vor einem Computerspiel? Meilenweit weggeschossen, versunken in eine künstliche Welt, in der alles möglich war, in der man ein anderer sein konnte und aus dem Kampf mit virtuellen Gegnern als Sieger hervorging.

Sie riss sich von dem Anblick des Jugendlichen los. Soweit sie wusste, war von allen sozialen Netzwerken Facebook das Wichtigste. Vermutlich musste sie ein eigenes Profil anlegen. Nein. Es ging bestimmt auch so. Aber wie? Sie betrachtete das runde, dunkelhäutige Gesicht der Frau gegenüber mit dem Headset, die vermutlich über Skype telefonierte und versuchte sich ihre Reaktion vorzustellen, wenn sie um eine Einführung in das soziale Netzwerk gebeten wurde.

Dann gab sie selbst den Namen „Facebook" unter Google ein und studierte ratlos das Anmeldeformular, das auf dem Monitor erschien. Hatte Lu nicht erzählt, die Studentinnen ihres Kurses hätten Fotos auf Facebook eingestellt? Lu, bei der sie sich längst hätte melden müssen. Sie wischte den Gedanken an die unbeantworteten SMS fort und wählte die Nummer ihrer Freundin. Erst nach etlichen Freizeichen in der Leitung meldete sich die verschlafene Stimme. Es dauerte eine Weile, bis Lu begriff, dass sie ihre Facebook-Seite zur Verfügung stellen sollte.

„Jona, wir müssen mal reden."

„Wenn alles vorbei ist, gerne."

„Was denn alles?"

„Dein Passwort, bitte. Ich erkläre es dir später. Versprochen."

Am anderen Ende der Leitung seufzte es vernehmlich.

„Meine Emailadresse und Oskar10."

„Bitte?"

„So kommst du rein. Oskar10 ist das Passwort." Eine Pause entstand. Jona hielt sich ein Ohr zu. Das Brummen des Kühlschranks in ihrem Rücken begann an ihren Nerven zu zerren.

Ihre Freundin schwieg weiterhin. Sie schien auf etwas zu warten.

„Montagabend ruf ich dich an, Lu, versprochen."

„Ich hoffe, du weißt, was du tust."

Die Dunkelhäutige ihr gegenüber lachte auf. Dann geschah alles wie im Zeitraffer: Die Nummer auf dem Display erlosch, Jonas Finger jagten über die Tastatur des Computers, Facebook wechselte seine Maske und setzte die Startseite ihrer Freundin auf den Bildschirm.

Irritiert starrte Jona auf die Informationsspalten, die sich untereinander reihten und von Artikeln aus einer Kulturzeitschrift über Links zu Ausstellungen bis hin zu Tagesnachrichten reichten. Lus Konterfei in der linken Ecke sah ihr dabei zu, wie sie die überbordende Startseite durchkämmte, bis ihr Blick die Suchleiste am oberen Bildrand fand. Sie gab den Namen Cornelius Denge ein, doch er war offensichtlich nicht registriert. Sie stockte. Dann eben Bender.

Als das Profil auf dem Monitor erschien, zuckte sie unmerklich zusammen. Das war er: blond getönte, lockige Haare, die mit den blauen Augen kontrastierten, breites, sympathisches Lächeln über dem Kragen eines Jeanshemdes. Sie überflog die Angaben und blieb am Berufsbild hängen. Ingenieur. Er war in Frankfurt aufgewachsen und hatte Elektrotechnik studiert. Und geboren war er, ihr Blick glitt nach oben, 1961, das konnte hinkommen. Irgendwo musste es doch... genau, die Rubrik „Freunde". Sie rutschte nach vorn, atmete tief durch und klickte auf den Button. Wolf Benders Freunde.

17 Menschen waren aufgeführt, die unter Jonas ungeduldigen Eingaben der Reihe nach mit Bild und Namen erschienen. Denge war nicht darunter. Aber er schien ja auch nicht bei Facebook angemeldet. Enttäuscht schloss sie die Leiste und widmete

sich den anderen Ordnern. In der Mitte der Seite waren drei Kästchen mit Fotos unter den Namen „Paragliding", „Gemischtes" und „Familie" angelegt. Der mittlere Ordner, der auf einen Mausklick hin einen bunten Mix Bilder aus Wolf Benders Privatleben zeigte, füllte die gesamte Monitorseite aus. Jona spürte ihre Handflächen feucht werden, während vor ihren Augen das Bild eines lebenslustigen Mannes im Kreis seiner Freunde oder Kollegen entstand. Eine ganze Serie zeigte Schnappschüsse einer Feier, die sich im Wohnzimmer eines Hauses abspielte, vielleicht dem, das abgebrannt war. Danach gingen die Motive wild durcheinander: Bender auf dem Weihnachtsmarkt, auf einer Baustelle, mit seiner Frau in einem Restaurant, auf einer Preisverleihung, umringt von Leuten. Doch auch hier keine Spur von Cornelius Denge.

Sie schluckte ihre Enttäuschung hinunter und öffnete den zweiten Ordner, der die Überschrift „Familie" trug. Neugierig klickte sie sich durch die Chronik seines Lebens, sah ihn im Kreise älterer Verwandter, in Urlauben mit seiner Frau, beim Familienfest in einem Restaurant, als frisch verheirateten Bräutigam; dann, Dutzende Fotos weiter, als Abiturient nach der Zeugnisübergabe. Als ein Klassenfoto erschien, zoomte sie das Bild heran und suchte mit ihren Augen langsam die durch die Vergrößerung unscharf gewordene Fotografie ab. Die Schüler mussten in der Mittelstufe sein, vielleicht 13 oder 14 Jahre alt. Doch so genau sie die Gesichter auch betrachtete, Wolf Bender konnte sie nicht entdecken. Noch einmal erforschte sie auf der Startseite sein Portrait mit den blauen Knopfaugen, der breiten Nase, unter der sich der Mund zierlich ausnahm, und dem kantigen Kinn, das zu dem vollen Gesicht nicht passen wollte. Und Klick. Zurück zur Gruppe zweireihig aufgestellter Schüler. 36 Jahre waren vergangen, Anstrengung, Enttäuschung, Grübelei, persönliche Rückschläge, was konnte sich nicht alles in ein Gesicht eingraben, es prägen und anders modulieren. Aber die Grundphysiognomie blieb. Sie zog mit dem Cursor auf den pausbäckigen Jungen am hinteren Reihenrand und las irritiert den darüber auftauchenden Namen. Da, noch ein Name: Rita Wagner, und das nur, weil der Mauspfeil einen Zentimeter weiter zur Gestalt des danebenstehenden Mädchens gewandert war. Ein Luftzug streifte ihren Rücken. Sie drehte sich hastig um, sah ins Innere des beleuchteten Kühlschranks und atmete erleichtert, dass niemand hinter ihr stand, aus. Sie wühlte in fremdem Leben, suchte nach Vertraulichkeiten zwischen Menschen. So mussten Stalker sich fühlen. Erregt. Schuldig? Ihr Herz schlug schneller bei dem Gedanken, was man im Kollegenkreis zu ihrer Recherche sagen würde, doch die Stimmen verblassten, und der Monitor zog sie wieder in seinen Bann.

In Zeitlupentempo fuhr der Cursor über das Klassenfoto und präsentierte stumm die Namen der Ahnungslosen, und dann, in der Mitte der unteren Reihe, blieb er plötzlich stehen. Der Junge hatte seine Arme über der Brust verschränkt und sah mit erhobenem Kopf in die Kamera, als wolle er sich vor seinen Mitschülern behaupten. Auch sein Lächeln besaß etwas Trotziges. Cornelius Denge. Und Bender stand direkt neben ihm, natürlich, jetzt erkannte sie ihn, Knopfaugen, kleiner Mund, nur die Locken kräuselten sich dicht am Kopf.

Also stimmte es. Sie ließ sich gegen die quietschende Lehne des Polsterstuhls fallen und starrte einen Moment betäubt ins Leere, bis sie ihren Blick wieder auf die beiden Schüler lenkte, die einträchtig aus dem Klassenfoto in die Kamera sahen.

Wieder ein Puzzleteil, das sich ins Gesamtbild einfügte: Denge bearbeitete einen Brandfall, das abgebrannte Haus gehörte einem Schulfreund, mit dem er sich außerhalb der Versicherung traf und irgendwelche Papiere austauschte. Und im Büro wähnte man ihn derweil beim Zahnarzt.

Gut möglich, dass sie einen lupenreinen Versicherungsbetrug aufgedeckt hatte, etwas, womit Denge erpressbar war. Und das nur durch einige Anrufe und ein paar Mausklicks.

Jona loggte sich aus dem Internet aus, während sie sich fragte, wer außer den ehemaligen Schulfreunden noch an dem Stück beteiligt war, das sich Szene für Szene als Kriminalfall entpuppte.

Der Bildschirm wurde schwarz. In seiner Spiegelung erfasste Jona schemenhaft ihr Gesicht.

Natürlich! Sie selbst hatte nicht nur längst die Bühne betreten, sie hatte auch den nächsten Akt eingeläutet.

Ihr gestriges Gespräch auf dem Schulhof war eine schauspielerische Glanzleistung gewesen.

Hendrik war zusammengezuckt, als er sie an der Backsteinmauer entdeckt hatte.

„Nicht erschrecken." Sie hatte gelächelt und gesehen, wie sein iPhone in die Tasche seiner weiten Kapuzenjacke gerutscht war. Das Mädchen an seiner Seite hatte sich mit einem kurzen Winken verabschiedet.

„Wie geht es Ihnen?"

Schulterzucken. Die Art, wie er seine Haare aus dem Gesicht schob, wirkte eine Spur zu gleichgültig. Seine ganze Haltung zeugte von Abwehr.

„Hat mein Vater Sie geschickt?"

„Wieso Ihr Vater?"

Wieder dieses Schulterzucken. Aus der Schulhofmitte kam ein Fußball angerollt. Jona trat ihn so gut es ging in Richtung der Jungen, die sie neugierig ansahen. Ob das welche von denen waren, die Hendrik schikanierten?

Unwillkürlich griff sie nach seinem Arm, spürte, wie er versteifte und zog ihn zurück.

„Gute Nachrichten. Alexander Tesch ist wieder bei Bewusstsein. Es ist also nur noch eine Frage der Zeit..."

„Bewusstsein?" Ein Riss ging durch das Gesicht des Jugendlichen.

„Irgendjemand hat ihn überfallen und zusammengeschlagen. Wahrscheinlich Kleinkriminelle. Aber jetzt geht es bergauf."

Jona ließ ihre Blicke über den Schulhof schweifen und hörte sich etwas von der Tochter einer Freundin reden, die sie scheinbar gerade versetzte. Aus den Augenwinkeln nahm sie eine undeutliche Bewegung wahr, Hendrik schien in der Jackentasche nach seinem iPhone zu suchen. Warum blieb er bei ihr stehen, statt sich umzudrehen und wegzugehen? Neben ihr knallte der Fußball gegen den Eisenmülleimer, zwei Tauben flatterten auf.

„Wann war das denn?" Hendrik schluckte. „Also der Überfall."

Sie wandte sich ihm zu und nannte ihm das Datum, während ihr Herz schneller schlug. Es war genau die Art von Frage, die ihr zeigte, dass er mehr wusste, als er zugab.

Mit einem lauten Klacken setzte der Kühlschrank in ihrem Rücken wieder ein. Jona starrte auf den schwarzen Bildschirm. Noch immer standen ihr Hendriks entgleisten Gesichtszüge deutlich vor Augen. Nur mühsam hatte sie sich von diesem Anblick lösen können und in nicht zu beiläufigem Tonfall angefügt, dass das unter ihnen bleiben sollte.

Jetzt, wo sie klargestellt hatte, dass sein Therapeut sich bald an das Geschehnis erinnern würde, erhielt die ganze Sache Dynamik.

Gestern, am Samstagvormittag, hatte sie Hendrik mit der falschen Information versorgt. Jetzt, zwölf Stunden später, war ihre These ein Stück wahrscheinlicher geworden. Wenn etwas daran war und das Gedächtnis ihres Mitarbeiters für Cornelius Denge eine Gefahr bedeutete, musste er in Zugzwang geraten. Vorausgesetzt, Hendrik hatte seinem Vater sein neues Wissen anvertraut. Sie konnte den Jugendlichen nur schwer einschätzen. Fest stand, dass bei ihm die Fäden zusammenliefen.

Der nächste Akt war eingeläutet. Ein Akt, bei dem der Vorhang nur allzu schnell hinabfallen konnte. Sie musste vorsichtig sein. Und vor allem den anderen immer einen Schritt voraus sein. Sie bezahlte, verließ das Internetcafé und fuhr mit Vollgas nach Ginnheim. Streng genommen hätte sie schon gestern, nachdem sie Hendrik von Alexander erzählt hatte, Posten im Markus-Krankenhaus beziehen sollen. Wer wusste schon, ob man sich wirklich auf die Intensivstation verlassen konnte. Sie hatte den diensthabenden Arzt zwar persönlich darum gebeten, sie unverzüglich über Handy zu informieren, wenn Alexander Tesch Besuch bekam, aber ob er das wirklich machen würde, war fraglich. Und der Zettel mit einem nochmaligen Hinweis und ihrer Telefonnummer, den die Stationsschwester in ihrem Beisein an die Innenseite der Rezeption geklebt hatte, konnte im hektischen Krankenhausbetrieb verloren gehen.

Sonntagmittag war Hochbetrieb in der Krankenhaus-Cafeteria, die mit ihren Resopaltischen und den Stühlen aus Kunststoff steril wirkte. Die Frau hinter der Kasse lächelte, als Jona das Tablett mit Espresso und einer Handvoll Schokoriegeln auf die Theke stellte, doch die Melodie ihres Handys unterbrach den Blickkontakt. Vergeblich versuchte Jona die Nummer auf dem Display einer Person zuzuordnen, bevor sie das Gespräch annahm.

„Frau Hagen, wieso haben Sie denn Ihre Mobilfunknummer gewechselt?"

Jona starrte die Kassiererin hinter der Theke an und zuckte mit den Schultern.

„Das alte Handy ist mir in den Main gefallen. Von wem haben Sie meine neue Nummer?"

„Ich bin Polizist." Eine kurze Pause entstand, bevor Ulf Steiner sich erkundigte, ob es Neues von ihrem Kollegen gab.

„Es geht ihm unverändert", antwortete sie zögernd. „Ich habe ihm gerade einen Besuch abgestattet."

„Ich möchte mit Ihnen reden, am besten heute noch."

Jona schob einen Fünf-Euro-Schein über die Theke und wählte einen Platz, von dem aus man direkten Blick auf das Foyer hatte.

„Ist es eilig? Ich bin nämlich noch im Krankenhaus."

„Wann genau planen Sie, Ihre Praxis wieder zu öffnen?"

„Mittwoch. Wieso?"

„Nun, wie ich neulich schon sagte, der Täter läuft noch frei herum."

Vor der Fensterfront schob sich eine kleine, schwergewichtige Frau mit Pagenkopf durch das Krankenhausfoyer. Jona sprang auf und sank nach einem Blick in das Gesicht der fremden Besucherin erleichtert auf den Plastikstuhl zurück.

„Herrgott."

„Wie bitte?"

„Hören Sie, lassen Sie uns morgen reden. Kann sein, dass wir dann wirklichen Gesprächsstoff haben."

Das Schweigen in der Leitung währte einen Moment zu lange.

„Frau Hagen, ermitteln Sie heimlich?"

„Ich beobachte und höre zu. Das ist alles."

„Kann es sein, dass Sie sich etwas überschätzen?"

Jona drückte die Verbindung weg. Wie ein Fremdkörper lag ihr grasgrünes Klapphandy auf dem Resopaltisch. Doch sie war sicher, Steiner würde nicht noch einmal anrufen. Je öfter sie miteinander zu tun hatten, desto mehr schätzte sie die seltsame Art der Kommunikation zwischen ihnen. Ulf Steiner war ihr wohlgesonnen, das spürte sie.

14 „Du hast mich als Alibi benutzt?" Stefan Denge nahm den Fuß vom Knie und wechselte die Sitzposition. In seinen Augen kämpften Staunen und Belustigung gleichermaßen um ihr Recht. Das Sonnenlicht im verglasten Atelier konturierte die lilafarbenen Halbmonde der Erschöpfung unter seinen Augen. Entweder er hatte die Nacht über gemalt oder gefeiert. Beides kam wohl öfter vor, wenn man Milena Glauben schenken durfte. Aber die war bisher noch nicht aufgetaucht.

„Das war blöd, ich weiß, entschuldige." Cornelius rutschte auf dem Hocker nach vorn.

„Hey, nein, das ist spannend." Ein Lächeln zog das Gesicht des Künstlers in die Breite. „Mein großer Bruder hat geschwindelt. Das ist das achte Weltwunder, unvorstellbar."

„Lass das." Cornelius riss beim Aufstehen zwei Kissen zu Boden. Rote Seide. Warum musste bei seinem Bruder immer alles besonders sein? Ein verglastes Atelier, in das ein Rieseneinhorn aus Stein glotzte. Die Hände in den Hosentaschen vergraben, glotzte er zurück. In seinem Rücken raschelte es.

„Weißt du was, Conni, ich hole uns mal ein Bier."

Cornelius nickte und sah seinem Bruder durch die Spiegelung des Glases hinterher. Barfuß in dieser Kameltreiberhose, das war wieder typisch. Aber warum regte er sich darüber auf? Stefan war eben selbstverliebt, und genau dieses unerschütterliche Ego machte ihn so arglos und deswegen zu einem perfekten Zeugen. Sein Bruder würde stolz sein, ins Vertrauen gezogen zu werden und nie am Wahrheitsgehalt der Geschichte zweifeln, die er ihm gleich auftischen würde. Außerdem verstand er sich gut mit Hendrik. Und wenn der erst erfuhr, dass er ihm mit seinem Verdacht im Tagebuch Unrecht getan hatte, konnte er behutsam versuchen, wieder eine Verbindung zu ihm aufzubauen.

In seinem Rücken klirrte etwas. Stefan stand im Türrahmen und hielt zwei Flaschen Bier in der Hand.

„Jetzt bin ich aber neugierig."

„Bemühe einfach deine Fantasie."

„Na komm schon, da lässt du es einmal krachen. Hast du doch, oder?"

„Margot glaubt mir nicht. Vielleicht lässt du bei Hendrik einfließen, dass ich den ganzen Abend bei dir war und zu viel getrunken habe. Ihm würde sie es abnehmen."

„Gut. Ich rufe ihn nachher an und frage, ob er mir beim rahmen meiner Bilder hilft."

Sie nahmen beide einen Schluck. Schwiegen. Tranken.

„Und?"

„Und was?"

„Komm schon, wer war die Frau?"

Noch während er abwinkte, kehrte die Erinnerung an dunkle Haut zurück, an pechschwarze Locken, volle Brüste, und die samtweiche Frauenhand lag wieder unter seiner.

„Sie heißt Fatima, das ist arabisch und bedeutet ‚die Enthaltsame'."

Im Gesicht seines Bruders blühte ein Lächeln auf. Er trank die Flasche leer. Fatima. Die Enthaltsame. Damit war alles gesagt.

„Enthaltsam, yeah. Aber nicht bei dir." Stefan ließ seine Augenbrauen hochschnellen.

„Margot ist immer müde. Dieser Laden…"

„Ich fass es nicht, mein Bruder knallt eine fremde Frau."

Die Vorstellung von der nackten Araberin unter seinem Körper fuhr ihm ohne Vorwarnung zwischen die Beine.

„Ja, okay." Sein Gesicht entspannte sich. „Ich hab's gemacht. Ein Wahnsinnsabend, und das Beste daran war Babyface. Ein

25-jähriger Banker mit zu viel Pomade im Haar. Babyface mit dem Smartphone, der meinte, Ansprüche auf sie zu haben. Sie hat ihm sein Spielzeug aus der Hand genommen und in seinem Bierglas versenkt."

„Und dann kamst du. Nägel mit Köpfen. Mensch Conni, das wurde aber auch mal Zeit."

„Tja, was vier Whisky alles aus einem rausholen können."

Unbehaglich bemerkte er, wie Stefans Stirn sich kräuselte. So breitbeinig auf dem Schemel sitzend, übernächtigt und mit Schweißringen unter dem Leinenhemd, hatte er gar nichts Überhebliches an sich, im Gegenteil. Die Verblüffung in seinem Gesicht war echt.

„Vier Whisky? Du trinkst doch sonst kaum was. Warum lässt du dich alleine in einer Bar volllaufen?"

„Also. Na ja." Er wandte sich ab. Im Garten blühte und atmete es, Sonnenstrahlen tanzten zwischen den Zweigen. Rosa Cinderella würden sich neben der weiß gebeizten Holzbank hervorragend machen, aber Rosen würde sein Bruder nie pflanzen. Die brauchten einen regelmäßigen Beschnitt. Stattdessen stellte er geflügelte Fabeltiere in seinen Garten! Er hob seinen Blick zu dem steinernen Einhorn. Unbeeindruckt glotzte es ihn an. Das ungewohnte Bier am Mittag lullte ihn ein, erfüllte ihn mit einer Wärme, die sich jetzt auch in seinem Kopf ausbreitete. Betäubt starrte er ins Grüne.

„Ich habe was an der Börse verloren."

„Oh."

„Verschone mich jetzt bitte mit schlauen Ratschlägen."

„Was denn." Stoff raschelte, eine Flasche wurde unsanft auf den Boden gestellt. „Du weißt, dass ich selbst an der Börse spekuliere."

„Eben."

„Komm schon, Conni."

Die Worte hallten in seinem Kopf nach. Komm schon, Conni. Er schluckte, hörte seinen Bruder fragen, ob es viel Geld gewesen sei.

„Ein Batzen, ja. Aber es wird mich nicht ruinieren. Es ist einfach nur ärgerlich." Ein Fink hüpfte über den Rasen und pickte etwas aus dem Erdreich. „Und alles wegen Meshold. Ein Kollege aus der Firma hat ihn angeschleppt. Er ist angeblich der Star der Szene, Analysten würden ihm aus der Hand fressen, und Firmen auf dem Neuen Markt. Natürlich hatte er auch gleich einen brandheißen Tipp. Das 50-fache würden die Aktien bringen, sagte er. Firmengründer, Familie, Insider, alle hätten sich schon Anteile gesichert."

„Lass mich raten, wie es weitergeht. Die Papiere sind in Wirklichkeit nichts wert. Jemand hat die Bilanzen der Firma geschönt und Falschmeldungen auf dem Finanzmarkt gestreut."

„Woher weißt du das?"

„So läuft das eben."

„Zuerst funktionierte es ja. Die Wertpapiere der Firma stiegen. Aber nach vier Wochen kam raus, dass der Firmengründer und sämtliche Mitarbeiter ihr Aktienpaket auf den Markt geworfen hatten. Innerhalb von Tagen waren sie nichts mehr wert."

Der Schwindelanfall kam unvermittelt. Alles war wieder da. Der Börsenticker, sich überschlagende Meldungen, das Besetztzeichen am Telefon seines Brokers. Er in seiner Versicherung, die aufgeschlagene Zeitung auf den Knien, den Hörer in der Hand. Eine Woche später dann der Anruf seiner Bank. Er spürte Stefans Blick in seinem Rücken. Er musste sich umdrehen, hatte aber Angst davor, Angst vor einem spöttischen Gesichtsausdruck seines Bruders.

„Und jetzt?"

„Geht schon. Wenn Margot nur nicht ausgerechnet nächsten Monat ihren Laden erweitern wollte. Dafür braucht sie jede Menge Kapital. Sie rechnet fest mit dem Geld. Ich habe ihr nichts von den Aktien erzählt."

„Soll ich dir was leihen? Ich habe gerade gut verkauft. 20.000 liegen auf meinem Konto. Oder wir fragen Milena."

„Bloß nicht." Er flüchtete zur Staffelei, in der eine halbfertige Wiesenlandschaft klemmte, die Bäume in einem satten Blau koloriert. „So viel ist es nicht."

Der Flashback kam unerwartet, der Eichensekretär, die Ginflasche mit dem halb geleerten Glas darauf und der niedergestreckte Körper, dessen Bein unnatürlich hinter dem Sekretär hervorsah. Er schnappte nach Luft. So viel ist es nicht. Mein Gott, warum hatte dieser Idiot ihm nicht geglaubt?

„Außerdem kriege ich nächsten Monat noch einen größeren Betrag von der Versicherung. Eine Art Bonus."

Cornelius verstummte. Wenn Stefan nur auf seinem Schemel sitzen blieb und nicht aufstand, um ihm tröstend eine Hand auf die Schulter zu legen. Er seufzte und spürte, wie sein Brustkorb sich verengte und selbst das Luftholen wehtat. Reglos stand er da, den Kopf randvoll mit Gedanken, die er nicht preisgeben konnte.

„Ich will ein Haus kaufen, im Taunus", hörte er sich sagen. „Es ist ein bisschen runtergekommen, in einer ganz kleinen Ortschaft, dafür ist es nicht so teuer. Die Erbengemeinschaft kann sich nicht einigen. Wenn die Prämie von der Versicherung so hoch ausfällt, wie ich denke, haben wir einen Grundstock. Dazu Margots Laden als Sicherheit."

Sicherheit. Angenehm füllte das Wort seine Mundhöhle und lockerte ihm die Zunge. Auch die Aufzählung der Sanierungsarbeiten, die er gemeinsam mit Freunden in die Hand nehmen würde, ging ihm jetzt leichter von den Lippen. Geduld war alles, was es brauchte. Ein Lächeln überzog sein Gesicht, in das wieder Leben getreten war. Das Haus war seins. So gut wie. Kaum zu glauben, wie richtig sich dieser Satz anfühlte. Ebenso der Clou mit der Versicherungsprämie.

Er ging in die Hocke, direkt vor ein auf dem Boden stehendes Bild. Es waren die zwei mit Keulen aufeinander einprügelnden Hochhäuser von der Ausstellung. Ungläubig las er den Namen auf dem am Bildrand klebenden Zettel und wiederholte ihn laut.

„Kennst du sie? Sie hat mich hier besucht, so 'ne ganz Forsche, Große. Klar, du warst doch dabei, als sie mich auf der Finissage ansprach. Milena war ganz schön eifersüchtig, als ich ihr im Keller Bilder zeigte. Diese Frau wollte alles sehen, sogar die Sachen von Hendrik. Aber gekauft hat sie die Affenliebe."

Stefan lachte und trat neben ihn. „Hey, was ist los? Du bist ja kreidebleich."

Cornelius rang nach Fassung und erhob sich vorsichtig. „Ich vertrage mittags einfach keinen Alkohol. Außerdem liegt mir die Sache mit Margot im Magen."

„Mensch, Conni."

Jetzt lag Stefans Hand doch auf seiner Schulter. Die Haut darunter pulsierte und sandte Signale an seinen Körper, der sich mit einem Mal kraftlos anfühlte und nicht einmal die Energie aufbrachte, die Hand abzuschütteln.

„Ich muss heim, Margot hat Migräne."

„Hör mal, wenn du ... "

„Ich brauche keine Hilfe."

Genau die gleichen Worte wie Hendrik. Herrgott. Er holte tief Luft und spürte, wie sein Bruder zwei Schritte zurücktrat.

„Gib mir einfach dieses Alibi. Und lass Hendrik wissen, dass ich bei dir war."

„Du kannst dich auf mich verlassen, aber nur als Tipp: Kein Wort zu Margot von deiner Orientalin, auch nicht in einer schwachen Minute. Das war dein Ding, also zieh's auch durch."

15

Zieh's durch.

Nägel mit Köpfen. Ausgerechnet sein Bruder musste ihn darauf stoßen. Cornelius hob einen 40-Liter-Sack Erde aus dem Blumenkübel und zog die Klarsichtfolie mit den Papieren darunter hervor, während die andere Hand den Sack wieder zurückwuchtete. Sein Kopf stieß gegen die herabhängende Glühbirne. Draußen tirilierte ein Vogel, aber hier im fensterlosen Geräteschuppen stand die Zeit still. Stickige Luft erfüllte den Raum und Staub, der in den Bronchien kitzelte.

Zieh's durch. Stefans Stimme klang noch immer in seinen Ohren. Ja, ihm war, als spüre er im Nacken den heißen Atem seines Bruders. Er presste den Handballen gegen das rechte Augenlid. Egal, wie die Sache ausging, er war keiner, der sich in die Ecke drängen ließ, von niemandem. Das würde jetzt auch diese Psychotante begreifen, sie, die nicht eher ruhen würde, bis sie das, was sie für die Wahrheit hielt, ans Tageslicht gezerrt hatte. Und damit sein Leben zerstörte, und das von Hendrik und Margot gleich mit. Mit ihrer kranken Vorstellung von Schuld. Jona Hagen begriff nichts. Hielt sich für die größte Psychologin der Welt, dabei kannte sie nicht einmal den Unterschied zwischen selbst- und fremdverschuldet. Wusste sie überhaupt, was das bedeutete: Verantwortung? Wusste sie überhaupt, was das bedeutete: Verantwortung übernehmen? Und Unheil abwenden, kannte sie das? Die Erinnerung kam unvermittelt. Gedämpfte Geräusche vom Treppenhaus, das Aufflackern eines Blitzes, wenn das Blackberry Therapienotizen ablichtete, Dunkelheit, zum Ersticken dicht, und das Zittern des Taschenlampenstrahls. Fort mit den Bildern. Seine Augen glitten über die Zeilen. Alexander Teschs steile, unleserliche Schrift jagte Adrenalin durch seinen Körper. Sein Kopf war so heiß, wie kurz vor dem Explodieren.

Wie in der Praxis. Es war so leicht gewesen, das Schloss auszubauen.

Halt dich an die Fakten. An das, was das Blackberry festgehalten und der Computer ausgedruckt hat. Schwarz auf Weiß. Anna Sturm, 23, Kellnerin im Rotlintcafé. Kannte er, lag im Nordend. Nächste Fotokopie. Diagnose Borderline-Persönlichkeitsstörung. Übergriffe in der Kindheit, verschiedene Heime, ständig wechselnde Beziehungen und Jobs, und dann diese an den Seitenrand gekritzelte Adresse. Gehörte zu einer zwielichtigen Bar. Irgendwas war zwischen ihr und dem Therapeuten gelaufen.

Und wenn er den Artikel über die Fallverantwortlichkeit im Internet richtig verstanden hatte, war Jona Hagen in die Vorgänge involviert. Irgendjemand musste ihr klarmachen, dass sie erledigt war, wenn alles ans Tageslicht kam. Jemand, den sie nicht mit ihm in Verbindung brachte.

Er schob die Papiere in die Folie zurück und versenkte sie wieder im Blumenkübel unter dem Sack Erde. Quietschend öffnete sich die Tür des Geräteschuppens und ließ einen Schwall sonnenwarme Luft ins Innere.

Er stellte den Rasenmäher vor den Schuppen. Nach der Gartenarbeit würde er sich um Margot kümmern und erst gegen Abend, wenn die Luft abgekühlt war, die Laufschuhe anziehen und einen Abstecher ins Nordend machen.

Margot ging es besser als vermutet. In ihren Morgenmantel gehüllt, saß sie im Bett und skizzierte etwas auf einem Block.

„Das wird etwas ganz Besonderes", sagte sie und klopfte auf die Bettkante neben sich. Ihre Augen leuchteten, während sie den erweiterten Bereich ihres Feinkostladens schraffierte. Der Wanddurchbruch zum nebenan gelegenen, leer stehenden Geschäft schien für sie ein Kinderspiel.

„Ich würde am liebsten gleich loslegen. Können wir nicht schon mal zur Bank, bevor mein Vater aus der Kur kommt? Wenn wir den Sparvertrag auflösen, schaffe ich es vielleicht auch ohne seine Hilfe."

„Nicht nächste Woche, bitte." Er lächelte gequält und hörte sich von Überstunden reden, die wegen einer geplanten Umstrukturierung der Schadensabteilung anstehen würden. „Leistungsoptimierung, in Wirklichkeit einfach mehr Arbeit auf weniger Rücken. Ich bin schon jetzt völlig fertig."

„Du hast gar nichts gesagt."

Sie ließ den Stift sinken. Forschend glitt ihr Blick über sein Gesicht. Das warme Braun ihrer Iris schien in ihn eintauchen zu wollen. Er blinzelte, spürte eine warme Hand in seinem Nacken.

„Du musst dich mal entspannen."

„Wenn alles vorbei ist."

„Was denn alles?", fragte sie sanft, während ihre Finger über seinen Nacken strichen.

„Der Bürostress." Er spürte, wie ihm die Stimme entglitt, wie sich sein Mund verzerrte. Kein Lächeln. Nur eine Fratze. Und ein Druck in der Kehle. Die Hand in seinem Nacken, die er lösen wollte, hielt die seine fest. Unter Margots geduldigem Blick fühlte er plötzlich Tränen in sich aufsteigen. Er hatte ihn schon so lange nicht mehr auf sich gespürt, und die Ruhe, die darin lag. Er brauchte es nur auszusprechen, nur wenige Worte. Hendrik hat. Nein, Hendriks Therapeut hat. Er schluckte. Ich habe...

„Hör mal auf zu denken."

Der Schreibblock rutschte von ihrem Schoß, als sie sich vorbeugte und ihr Gesicht vor seines schob, bis er ihren Atem riechen konnte. Unter der Decke kroch eine Hand hervor, tastete über seinen Bauch und löste langsam die Gürtelschnalle. Wie von selbst öffnete sich ihr Morgenmantel.

Margot lächelte, ein Glitzern in den Augen, als sie ihn auf sich zog und im Liegen begann, seine Kleider abzustreifen.

Ihre Zunge spielte mit seiner, während sein Geschlecht sich unter der Berührung ihrer Hände aufrichtete. „Margot", raunte er und sah vor sich, wie sich Fatimas Fingernägel in seine Pobacken krallten, wie die aufgeworfenen Lippen der dunkelhäutigen Schönen ihn aufnahmen, während er verzweifelt den Blick seiner Frau suchte und sich in sie hineinschob. Ins Bodenlose fallen, sich mit den Armen abstemmen, ihre Schultern in die Laken drücken und zusehen, wie er in ihr verschwand, auftauchte und sich erneut in sie schob, seine Finger in das weiche Fleisch ihrer Oberarme gekrallt, sein Gewicht auf ihr, schwer, und schnell, wie es ihn jetzt in sie trieb, bis die heiße, mächtige Welle ihn überrollte. Keuchend ließ er sich auf sie fallen.

„Autsch, hey." Margot lachte und rang um Luft.

Er rollte zur Seite und vergrub sein Gesicht in ihrem Hals.

„Gut?" Besänftigend strich ihre Hand über seinen nassen Nacken. Er nickte, schluckte ein „Und du?" hinunter. Minutenlang lag er an ihren warmen Körper gedrängt, dankbar für ihr Schweigen, das allmählich in einen gleichmäßigen Atem überging. Als sie nicht auf sein Flüstern reagierte, schlüpfte er aus dem Bett, duschte und zog seine Laufsachen an. Unschlüssig stand er im Flur zwischen Schuhschrank und Garderobe, eingeschlossen in eine Blase, die ihn von seinem vertrauten Leben trennte. Hendrik war seit der Autofahrt nicht mehr aus seinem Zimmer aufgetaucht.

Nach einem letzten Blick zu den verschlossenen Türen verließ er die Wohnung und stieg in seinen Toyota. Er fühlte sich wie nach einem Marathon. Bleischwere Beine, die Lungenflügel gereizt. Eine kleine, harte Faust boxte von innen gegen seinen Magen.

Entschlossen klappte er den Rückspiegel um. Er musste nicht sehen, was hinter ihm lag. Alles von Wichtigkeit lag in der Zukunft.

Der Wagen rollte aus der Einfahrt.

Auf der Schweizer Straße nahm er die Bach-CD aus der Anlage und stellte stattdessen einen Popsender ein. Scheußlicher Beat, aber trotzdem drehte er den Lautstärkeregler auf. Jetzt ging das Wummern in die Glieder über. Er überquerte die Untermainbrücke, ohne einen Blick auf den Fluss zu werfen. Der Beat tat gut. Zerhackte jeden Zweifel.

Und wenn sie nicht im Café war, würde er zu ihrer Privatadresse fahren und danach ganz Frankfurt nach ihr absuchen. Kein Anhalten mehr. Es gab nichts, was die Dinge aus ihrer vorgezeichneten Bahn stoßen konnte. Verrat war nicht gut, war das Schräubchen im Getriebe, das sich quer legte, und das war nicht seine Schuld. Er wischte seine feuchte Hand am Hosenbein ab und spürte, wie sich ein Schraubstock um seine Schläfen klemmte, als er den Norden der Stadt erreichte.

Zehn Minuten später sah er von einer Eckbank über die leeren Bistrotische des Rotlintcafés. Bislang hatte sich keine Kellnerin blicken lassen. Vielleicht bediente sie auf der Terrasse. Von jenseits der geöffneten Schiebetüre drangen Gelächter und Stimmen der Gäste zu ihm herüber. Seltsam, dass eine Frau wie Anna Sturm in einem Traditionscafé arbeitete. Aber was sagten psychologische Gutachten schon über einen Menschen aus. Wenn er nur an das seines Sohnes dachte. Unbehaglich drückte er sich ins Polster.

Im hinteren Cafébereich saß ein Mann mit Zopf, nicht jünger als er selbst, das Profil eines Raubvogels mit krummer, spitz auf den Mund zulaufender Nase. Tierarten in menschliche Gesichter zu lesen war lange Hendriks Lieblingsspiel gewesen, auch wenn sein Bruder ihn als Faultier bezeichnet hatte. Bela war für Hendrik ein Fuchs, Margot verdankte den Vergleich mit einer Raubkatze ihren mandelförmigen Augen, und er selbst? Wie immer drückte er den Gedanken an das Bild des Maulwurfs weg, der sich einen Weg nach oben schaufelte. Natürlich hatten sein Dreitagebart und der Wirbel am Haaransatz ihr Übriges zu dieser Assoziation getan. Unwillkürlich wandte er seinen Kopf zur Seite, als die Toilettentür aufging und eine junge, in schwarz gekleidete Frau mit Augenbrauenpiercing entließ. Kaugummi kauend trat sie hinter den Tresen und zapfte Bier aus einem altmodischen Keramikhahn. War das Anna Sturm? Mit gesenktem Kopf studierte er die Karte. Ganz gleich, was weiter geschah, ob sie ihn zornig abfertigte oder ihm kaltschnäuzig ins Gesicht log, seine Worte würden etwas in Gang setzen.

Als sie hinter der Theke hervortrat, riskierte er einen Blick. Ihr Gesicht war gepierct. Das langärmelige T-Shirt lag eng am Körper und lenkte das Augenmerk auf den handbreiten Gürtel um ihre Taille.

Ein Glas Bier in jeder Hand, lief sie an ihm vorbei zur Terrasse, ohne ihn zu beachten. Durch die geöffnete Schiebetür sah er sie mit zwei jungen Männern am Tisch flirten. Sie schien sich nicht daran zu stören, dass er hier ohne Getränk saß. Erst auf dem Rückweg blieb sie an seinem Tisch stehen.

„Schon was gewählt?"

„Grünen Tee. Bitte."

„Glas oder Kännchen?"

„Entscheiden Sie."

Ihr Blick taxierte ihn, kurz darauf übertönte das Zischen von Wasserdampf alle anderen Geräusche. Wenn das wirklich Anna Sturm war, würde er ohne Umschweife zur Sache kommen müssen.

Hochemotional, hatte es in der Akte geheißen. Passte das überhaupt zu der Frau, die nun zu ihm stolzierte und ein Glas dampfendes Wasser mit einem Teebeutel vor ihn stellte.

„Danke." Seine Stirn legte sich in Falten. „Kennen wir uns nicht?"

„Nee, aber den Spruch kenn ich."

„So meine ich das nicht. Ich glaube", er fühlte, wie er rot wurde, „wir sind uns neulich vor Jona Hagens Praxis begegnet."

Jetzt war sie es, deren Gesichtsfarbe wechselte. Also doch. Trotz des leeren Cafés entschuldigte er sich mit gesenkter Stimme für seine Indiskretion und sah irritiert dem ungewöhnlichen Schauspiel zu, das der Metallstift in ihrer Unterlippe vollführte.

„Ich kann mich nicht erinnern."

„Darf ich Sie trotzdem etwas fragen?"

„Nein." Ihr Mund imitierte ein Lächeln, doch die Augen musterten ihn kalt.

„Alexander Tesch ist nicht krank", sagte er aufs Geratewohl.

„Was?"

„Und er wird nicht wiederkommen, schätze ich mal."

Cornelius Denge zwang sich, so ruhig wie möglich den Teebeutel ins Glas zu tauchen. Aus der Küche drang das Klappern von Geschirr, eine Tür fiel mit dumpfem Knall zu, doch Anna Sturm schien das nicht zu bemerken. Statt sich auf den Stuhl zu setzen, den er ihr anbot, stützte sie ihre Hände auf den Marmortisch. Aus der Nähe betrachtet wirkte sie noch jünger. Die verwischte Schminke an den Augenrändern gab dem Gesicht etwas Verletzliches. Er beugte sich vor.

„Ich weiß nicht, wie Sie darüber denken, aber ich finde es ein starkes Stück, wie wir abgespeist werden. Erst verschwindet Herr Tesch, dann kommt man zu einer Jona Hagen, und diese Dame hüllt sich in Schweigen." Er ließ einen Moment verstreichen. „Wenn Sie mich fragen, ist Alexander Tesch mit einer Patientin durchgebrannt."

„Durchgebrannt?"

„Wahrscheinlich der Klassiker, irgendeine Blondine. Ich habe ihn auch mal mit einer zusammen gesehen."

„So."

Ihre Augen sprühten Funken. Selbst unter dem kräftigen Make-up konnte man die Zornesröte aufflammen sehen und den Kampf, der sich in ihrem Innern abspielte, bevor sie sich umwandte und aus dem Café stürmte.

Im Raum war es totenstill. Erst jetzt fiel ihm auf, dass die Jazzmusik im Hintergrund verklungen war und das Adlergesicht zu ihm herübersah. Cornelius warf ein paar Münzen auf den Tisch und folgte ihr.

Das glasklare Lachen eines Kindes perlte an ihm ab. Er ignorierte den Jungen auf dem Dreirad, die hinterhereilende Mutter, die ihn anrempelte, und überquerte die zugeparkte Straße. Auf dem dahinterliegenden Grünstreifen rauchte Anna Sturm eine Zigarette und tat so, als bemerke sie sein Näherkommen nicht.

„Tut mir leid."

Sie fuhr herum. Die halb gerauchte Zigarette fiel zu Boden und hauchte ihren letzten Rest Leben unter der schweren Schuhsohle aus.

„Was?"

„Dass ich Sie so überfallen habe." Das Lächeln kostete ihn

Mühe. „Ich dachte nur, es würde Sie interessieren, dass ... ach egal."

„Was denn jetzt?"

„Ich habe mich beschwert."

„Über wen?"

„Jona Hagen. Bei der Kassenärztlichen Vereinigung. Alexander Tesch hat sich einiges bei mir erlaubt. Aber sie ist verantwortlich dafür. Ich habe recherchiert. Fallverantwortlich nennt sich das. Vielleicht sollten Sie das Gleiche tun. Man muss sich nicht alles gefallen lassen, und je mehr Leute sich wehren, desto eher ist sie gezwungen, die Wahrheit zu sagen."

„Ach, Sie glauben noch an das Märchen von der Wahrheit?"

„Ich..." Er verstummte. Wieder eine, die sich mit der Wahrheit auskannte. Sein Gesicht wurde starr. Ohne Vorwarnung tauchten die Kreise auf. Der Laut, der seinen Lippen entwich, hatte mit der beabsichtigten Zustimmung wenig gemein, er klang schief, hohl wie aus einer Röhre.

Zum ersten Mal sah Anna Sturm ihn wirklich an. Erfasste seinen Zustand, das Flimmern hinter der Netzhaut, das nach seinem Verstand greifen würde, bald schon, in den nächsten Sekunden. Rasch drückte er den vorbereiteten Zettel mit seiner Handynummer in ihre Hand und entfernte sich mit schnellen Schritten. In seinem Rücken hörte er den Koch vom Eingang des Cafés aus ihren Namen rufen.

16 Der Mond zeichnete sein blasses Gesicht in den Himmel. Fernab jeglichen Trubels, der in der Stadt herrschte, verebbten die Schläge der Kirchenglocke. Halb zwölf. Rons Abschiedslächeln, bedauernd und selbstgerecht, hing noch immer im Raum, obwohl er schon vor eineinhalb Stunden die Wohnungstür hinter sich zugezogen hatte.

Jona goss die abgestandene Cola in den Ausguss und trat ans Fenster. Die Lichter des Kneipengartens im Hinterhof brannten noch, das Scheppern der leeren Flaschen aus dem Schankraum jedoch war verklungen. Auf dem Balkon des Hauses schräg gegenüber war das Glühen einer Zigarette sichtbar.

Wieder fragte sie sich, wie Ron zu der Behauptung kam, sie werde sich ohnehin nicht ändern. Sie war gerade dabei gewesen, ihm ihre Beweggründe für alles auseinanderzusetzen und ihn um seine Meinung zu bitten.

Natürlich hätte sie es besser machen können. Man konnte immer alles besser machen. Aber sie hatte sich ihm doch anvertraut. Was denn noch?

Ein bekanntes Brennen im Magen kündigte Übelkeit an. Sie zog die Kühlschranktür auf und betrachtete die spärlichen Käsereste und das Stückchen Butter auf dem Rost.

Ab wann begann man, die Kontrolle über sein Leben zu verlieren? Eine Patientin hatte das einmal gefragt, weil sie ihren Hund angekettet vor dem Supermarkt vergessen und ihn erst Stunden später beim Zubereiten seines Futters vermisst hatte. Wenn man sich diese Frage stellt, ist es wohl noch nicht passiert, war damals ihre Antwort gewesen. Und jetzt wusste sie es plötzlich selbst nicht mehr genau.

Sie ließ ein Bad ein, goss Lavendelöl in die Wanne und durchwühlte, während das Wasser lief, die untere Schublade ihres Schreibtischs, in der unsortierte Fotos lagen.

Ron mit angewinkelten Knien auf einer Düne sitzend, einen Becher Tee in der Hand, Blick auf das Meer. Dänemark, Urlaub der langen Spaziergänge, der durchliebten Nächte und großen Freiheitsversprechen.

Nie vom anderen etwas einfordern, was nicht von selbst angeboten wurde. Das konnte doch nicht bedeuten, den anderen wegen ein paar Euro alleine zu lassen.

Komm schon, Jona, Sonntagnacht ist eine gute Schicht, es läuft nicht mehr so wie früher. Die Grübchen um seinen Mund hatten wie Kerben gewirkt, während sein Das-wird-mir-zu-kompliziert-Blick zur Tür gewandert war.

„Morgen früh bin ich wieder da. Um neun. Mit Brötchen."

„Da schieb ich bereits Wache. Ich kann das Krankenhaus nicht unbeobachtet lassen. Alexander ist hilflos, und wenn meine Beobachtungen stimmen..."

„Ich denke, wir hatten... Ach, vergiss es, du änderst dich nie."

Der braune Lederrucksack, über die Schulter geworfen, war das Letzte, was hinter der sich schließenden Tür verschwunden war.

Sie legte das Bild auf die Wäschetonne, schob eine Haydn-CD in die Anlage und sank ins warme Schaumbad. Doch kaum waren die Gedanken an Rons Abgang verblasst, holte die Erinnerung an die nachmittägliche Szene im Krankenhaus sie ein. Wie Hendrik durch das Krankenhausfoyer geschlichen war. Turnschuhe, schwarze Kleidung, Schultern aus Blei.

Ihr Herz hatte sich zusammengepresst bei diesem Anblick, und auch jetzt spürte sie wieder die Beklemmung, wenn sie daran dachte, wie der Junge unschlüssig vor der Intensivstation gestanden und auf die Milchglastür gestarrt hatte, die ihn von seinem Therapeuten trennte. Erst nach einer Weile war seine

Hand zögernd zur Klingel gekrochen. Doch in dem Moment war die weißhaarige Ärztin hinter ihm aufgetaucht. Selbst von ihrem Platz hinter der Säule hatte sie die Panik in seinem Blick sehen können. Er hatte den Kopf geschüttelt und war unter den Augen der Ärztin zum Ausgang gehetzt.

Sie rutschte tiefer in die Wanne und sah zu, wie eine Schaumkrone glitzernd ihr Knie hinabrann.

Wen hatte Hendrik draußen vor dem Krankenhaus angerufen? Seinen Vater? Dass Cornelius Denge seinen Sohn vorschickte, um die Lage zu sondieren, passte wunderbar zu ihrer Theorie. Aber was, wenn ihre Aktion auf dem Schulhof Hendrik in eine Krise gestürzt hatte und ihn eigenmächtig handeln ließ? Wenn sie den Jugendlichen dazu gebracht hatte, Alexander mundtot machen zu wollen. Auch wenn sie seit Sonntagmittag nur mit kurzen Unterbrechungen den Eingang der Intensivstation bewachte, würde sie einen Anschlag auf Alexander nicht verhindern können. Es sei denn, sie schaltete die Polizei ein. Steiner.

Eine Drehung am Lautstärkeregler ließ Haydns Schöpfung von den Badkacheln widerhallen.

Es dauerte nicht lange, bis das vertraute, dumpfe Pochen an der Wand ertönte. „Ach halt die Klappe", zischte sie in Richtung der Nachbarwohnung, in der eine Literaturprofessorin wohnte, die ihr Licht grundsätzlich vor elf Uhr löschte. Zwei Minuten später klingelte es an der Tür.

Doch statt der bleichgesichtigen Akademikerin, deren Anblick Jona beim Aufreißen der Wohnungstür erwartete, glotzte ihr ein dunkles Treppenhaus entgegen.

Ihre Nachtruhe wurde, wie das erneute Klingeln und ein Blick aus dem Fenster über die Regenrinne hinweg deutlich machte, von jemandem gestört, der so schnell nicht aufgeben würde. Seufzend bediente Jona den Türdrücker.

Wie die Vorboten eines Inquisitionskommandos hallten die Schritte, die die ausgetretenen Holzstufen erklommen, durch das nächtliche Treppenhaus.

„Ist was passiert?"

Jona steckte die Hände in die Taschen des Kapuzen-T-Shirts, das sie sich notdürftig zusammen mit der Jogginghose übergeworfen hatte, und maß vom Türrahmen aus die junge Frau, die wortlos an ihr vorbei und in die Küche stapfte. Ihre Alkoholfahne war nicht zu überriechen.

„Wenn Sie mir nicht sofort sagen, wo sich Alexander aufhält, zeige ich Sie an."

„Wissen Sie eigentlich, wie spät es ist?"

„Wissen Sie eigentlich, dass er mein Vertrauen missbraucht hat? Und dann abhaut? Und Sie decken ihn. Dabei sind Sie verantwortlich." Plötzlich wirkte sie stocknüchtern. „Fallverantwortlich."

Die Luft flirrte. Im Bad plätscherten einzelne Tropfen in die Wanne. Jona unterdrückte einen Anflug von Panik und zog langsam die Tür hinter sich zu. An ihrem Küchentisch saß eine Borderline-Persönlichkeit mit einer extremen Veranlagung zu Schwarz-Weiß-Denken, gekränkt, wütend, von einer idealisierten Person aufs Schrecklichste enttäuscht, wie schon so oft in ihrem Leben. Anna Sturm war eine Zeitbombe, deren Sprengsatz irgendjemand gezündet hatte.

„Espresso?"

„Haben Sie Wodka?"

„Absinth."

Grüner Kräuterwermut floss in zwei türkische Teegläser, während Jona aus den Augenwinkeln wahrnahm, wie Anna Sturm sich in ihrer Küche umsah.

„Warum wollen Sie mich denn anzeigen?"

Der Blick der jungen Frau streifte sie flüchtig, bevor er aus dem Fenster wanderte. Vielleicht war sie wirklich verliebt in Alexander, garantiert aber in enger Bindung zu ihm. Menschen, die unter der Borderline-Persönlichkeitsstörung litten, besaßen so gut wie immer eine starke Abhängigkeitsstruktur. Und Suchtpotenzial, das sie manipulierbar machte. Drogen, Alkohol. Als wolle Anna ihre Gedanken bestätigen, stürzte sie das Glas Absinth in einem Zug hinunter.

„Stimmt es, dass er mit einer Patientin durchgebrannt ist?"

„Wer sagt denn das?"

Schulterzucken. Essensgeruch entströmte dem schwarzen T-Shirt. Unwillkürlich blieb Jonas Blick auf der breiten Gürtelschnalle liegen, die Ron vor ein paar Tagen vielleicht gelöst hatte, bevor sie der jungen Frau ins Gesicht sah. Um die kirschrot geschminkten Lippen spielte ein Lächeln, das Unnahbarkeit ausstrahlen sollte, doch Jona hatte schon zu viele verunsicherte Patienten vor sich gehabt, um sich täuschen zu lassen. Und sie kannte diesen einen Moment genau, Schnittstelle von Intuition und Kalkül, in dem man sich entscheiden musste, ob man die Karten preisgab oder nicht.

„Hat das der Gleiche behauptet, der Ihnen zu juristischen Schritten riet?"

Die roten Flecken auf dem Hals der 23-Jährigen machten jedes weitere Wort überflüssig.

„Schlank, Anfang 50, Dreitagebart."

Als Anna Sturm kaum merklich nickte, spürte Jona, wie ihr Kreislauf nach unten sackte, doch sie zwang sich, das Rauschen in ihren Ohren zu ignorieren. Reglos sah sie der jungen Frau beim Schweigen zu, bis diese hörbar ausatmete.

„Wie kommen Sie auf ihn? Ich... Also."

„Also was?"

„Wer ist dieser Typ? Ich dachte, ein Patient."

„Hat er das gesagt?"

„Er meinte, er wäre mir vor Ihrer Praxis begegnet. Aber ich konnte mich nicht erinnern."

„Und was hat er noch gesagt?" Jona fröstelte. Obwohl noch immer warme Luft durchs Küchenfenster drang, waren ihre nackten Arme mit Gänsehaut überzogen.

„Dass Sie mit Alexander unter einer Decke stecken und er Sie bei der Kassenärztlichen Vereinigung angezeigt hat. Oder so ähnlich."

„Versuchen Sie sich genau zu erinnern. Das ist jetzt wichtig."

„Warum?"

„Erklär ich Ihnen später."

Sie sah, wie sich die Miene der jungen Frau verfinsterte. Das Brummen des Kühlschranks unterstrich die bizarre Szenerie. Längst war die Grenze zwischen Verhörter und Verhörender verwischt.

„Glauben Sie mir, der Mann benutzt Sie. Genau wie mein Kollege Alexander Tesch seine Position als Therapeut missbraucht hat." Jona strich sich durchs Haar. „Wovon ich nichts ahnte. Ihrer Akte habe ich entnommen, dass Sie privat ausgegangen sind, in eine Bar. Das ist nicht professionell. Und wenn es sonst noch etwas gab." Sie stellte sich dem Blick der jungen Patientin, der einen wachsamen Ausdruck bekommen hatte. Quälende Sekunden verstrichen, bis Anna endlich das Schweigen durchbrach.

„Sorry." Der Metallstift in der Lippe schnellte auf und ab. „Aber ich kapiere immer noch nichts."

„Es liegt keine Beschwerde gegen mich vor. Und was wäre der Vorwurf? Dass ich für meinen Kollegen ein paar Termine abgesagt habe?"

Jona riss ihren Blick von der Narbe am Handgelenk los und erklärte, dass der Mann der Vater eines Patienten sei, der einfach Genaueres über den Verbleib von Alexander Tesch wissen wolle und sie deshalb vorgeschickt habe. Als sie Annas ungläubige Miene sah, schob sie nach, dass es manchmal hilfreich sei, wenn Verwandte von Patienten sich parallel einer Therapie unterziehen würden.

„Voll der Psychopath, oder was?"

„So würde ich das nicht sagen." Die Packung Nelkenzigaretten, die Jona vom Tisch klaubte, knisterte in ihrer eiskalten Hand. „Aber vermutlich mit einem krankhaften Misstrauen ausgestattet."

„Und was ist jetzt mit Alexander?"

Umständlich steckte Jona sich eine Zigarette an und musterte die Frau vor sich, eine zutiefst verletzte Seele hinter der Fassade einer attraktiven, eigenwilligen 23-Jährigen.

„Mein Kollege ist zusammengeschlagen worden, aber auf dem Weg der Besserung. Das können Sie auch diesem Mann ausrichten, wenn er fragt. Haben Sie seine Handynummer?"

Anna starrte sie wortlos an.

„Schicken Sie ihm ruhig eine SMS, je eher er Bescheid weiß, desto besser."

Ihr Herzschlag schien an einen Verstärker angeschlossen. Die junge Frau vor ihr ahnte nicht im Geringsten, was das Auftauchen Denges bedeutete. Vater oder Sohn. Seit Tagen kreiste diese Frage in ihrem Kopf. Und jetzt sah es so aus, als ob beide in die Sache verstrickt wären. Vater und Sohn. Wie auf dem Portrait. Sie zog an ihrer Zigarette und spürte kaum die glühende Asche, die auf ihren Handrücken fiel.

Noch immer saß Anna reglos vor ihr. „Er ist zusammengeschlagen worden?"

„Mehr kann ich leider nicht sagen. Sie müssen mir jetzt einfach vertrauen." Wenn es nicht so ernst wäre, hätte sie laut auflachen können. Konnte ihr denn im Ernst jemand trauen, ihr, einer 40-jährigen Frau, die Nelkenzigarette rauchte, Absinth trank und einer jungen, psychisch kranken Frau nichts weiter zu bieten hatte als ihr Wort? Das nur die Hälfte der Wahrheit beschrieb.

Anna schien das gleiche zu denken. Ihr Gesicht verzerrte sich zu einer Grimasse, während sie die Schlaufen ihrer Tasche über die Schulter schwang und sich brüsk erhob. „Warum sollte ich?"

„Weil Sie mir damit helfen könnten. Und sich selbst übrigens auch. Glauben Sie mir, der Mann wird unmittelbar nach ihrer SMS auftauchen und Sie über Tesch aushorchen. Und dann aus Ihrem Leben verschwinden. Weil er Sie nur benutzt. Wann arbeiten Sie denn das nächste Mal im Café?"

„Morgen früh."

Mit trockener Kehle schlug Jona vor, es darauf ankommen zu lassen und die SMS noch in der Nacht zu versenden. Draußen hämmerte die Kirchenglocke zwölf dumpfe Schläge in die Nacht.

„Und dann?"

„Kommen Sie am Mittwoch in meine Praxis. Ich werde mich persönlich dafür einsetzen, dass Sie Ihre Therapie bei einem fähigen Kollegen fortsetzen können."

Keine weiteren Verwicklungen, keine Lügen oder Übergriffe irgendwelcher Art mehr, fügte sie im Geiste hinzu. Nur noch dieser eine.

Sie riss die erste Seite aus Asa Larssons Krimi „Weiße Nacht", der auf dem Küchentisch lag und schrieb ihre neue Handynummer darauf, die sie Anna an der Tür überreichte.

„Sie können mich jederzeit anrufen."

„Das kommt mir bekannt vor." Das Aufsetzen der Stahlkappenschuhe begleitete Stufe für Stufe ihren Abgang durchs Treppenhaus. Jona lauschte dem dumpfen Hall, bis drei Stockwerke tiefer die Haustür ins Schloss fiel.

Wieder in der Küche, setzte sie sich auf Annas Platz und klappte gedankenverloren das Buch auf, dem sie eben die erste Seite entrissen hatte. Die zweite begann mit einem Auszug aus der Bibel, dem Kapitel Jesaja. 26:21. *Denn siehe, der Herr wird ausgehen von seinem Ort, heimzusuchen die Bosheit der Einwohner des Landes über sie, dass das Land wird offenbaren ihr Blut und nicht weiter verhehlen, die darin erwürgt sind.*

Krimis und ihre kryptischen Bibelzitate. Aber dieses hier hätte für ihren Geschmack ruhig etwas kryptischer sein dürfen. Unwirsch schlug sie den Pappeinband zu. Sie hatte genug Jesaja in ihrem eigenen Leben.

Die zwei Finger breit Absinth, die sie in ihr Glas goss und mit Wasser verdünnte, rannen langsam ihre Kehle hinab und entfachten ein wohliges Feuer im Magen.

Nach einem letzten Blick auf das Chaos in der Küche löschte sie das Licht und tappte im Dunkeln zu ihrem Futon. Allmählich begriff sie, warum in vielen Büchern der Schlaf mit dem Attribut „gnädig" bezeichnet wurde.

Es war bereits nach zehn, als Jona die Augen aufschlug und die letzten Traumfetzen erinnerte, in denen Ulf Steiner seine Lippen auf ihren Mund gedrückt hatte. Irritiert versuchte sie das Bild abzustreifen. Draußen bellte ein Hund. Heisere, atemlose Japser drangen von der Straße durch das geöffnete Fenster. Auch der Hackenporsche von Frau Bose aus dem Fünften klapperte schon über das Kopfsteinpflaster.

Schlaftrunken räkelte sich Jona, und dann, wenige Sekunden später, als die Geschehnisse des gestrigen Abends sich zu ihrem

Gedächtnis vorgearbeitet hatten, sprang sie von ihrem Futon auf und setzte sich an ihren Schreibtisch.

Es schien eine Unendlichkeit zu dauern, bis auf dem Computerbildschirm die Homepage des Rotlintcafés erschien. Es öffnete am Montag um neun Uhr. Denge konnte, wenn er vor seiner Arbeit dorthin gefahren war, schon mit Anna geredet haben. Und gestern Abend ... Sie stutzte. Zu Studentenzeiten hatte sie in dem Bistro bis in die Nacht hinein mit Kommilitonen Weizenbier getrunken. Aber jetzt schloss es bereits gegen 21 Uhr.

Anna Sturm war erst um kurz vor zwölf bei ihr aufgetaucht. Hatte sie vorher noch mit Cornelius Denge zusammengesessen? Unwahrscheinlich. Aber dass sie erst nach Hause ging, um mitten in der Nacht bei ihr aufzutauchen, machte ebenfalls keinen Sinn. Hatte sie womöglich mit einer Freundin über alles gesprochen? Der Gedanke, dass eine weitere Person in die Sache eingeweiht sein könnte, hinterließ einen bohrenden Schmerz in ihrem Magen. Oder war das Hunger?

Sie schaltete den Computer aus, benetzte im Bad ihr Gesicht mit Wasser und strich sich durch ihr zerwühltes Haar. Denge würde sich nicht die Blöße geben umzukehren, wenn er sie im Rotlintcafé beim Frühstück antraf, und bevor er keine weiteren Informationen von Anna hatte, würde er sich dem Krankenhaus nicht nähern.

Sie schlüpfte in ihre türkisfarbene Stoffhose und hörte im selben Moment ihr Handy neben dem Futon vibrieren. Eine fremde Nummer erschien im Display.

Mehrmals las Jona die SMS, die aus drei Worten bestand, bis sie sich die Nummer notierte und wählte. Zwei Sekunden später hatte sie eine verraucht klingende Stimme am Ohr.

„Womit hatte ich recht, Frau Sturm? War er da?"

„Er kam, als wir gerade aufmachten, wollte einen schnellen Espresso. Und fing dann gleich mit meiner SMS an."

„Was genau haben Sie ihm denn geschrieben?"

„Ist das jetzt ein Verhör?"

„Natürlich nicht." Jona zog mit einer Hand eine rote, kurzärmelige Bluse aus dem Kleiderschrank. „Aber das ist jetzt wirklich wichtig."

„Warum?" Vogelgezwitscher drang durch den Hörer und die Reifengeräusche eines einparkenden Wagens.

„Für mich." Jona schluckte. „Um zu begreifen, ob er Sie wirklich manipulieren wollte, damit Sie mich anzeigen."

„Kann es sein, dass Sie mich gerade benutzen?"

Die Bluse glitt aus Jonas Fingern, sie fixierte den roten Stoff zu ihren Füßen, dasselbe Rot wie auf den Lippen der jungen Patientin, die sich gerade kräuselten oder vor Wut zitterten oder, zu einem schmalen Schlitz gepresst, ein weiteres Mal beschlossen, nichts mehr nach außen dringen zu lassen. Anna Sturm hatte recht. Unterschied sie sich noch in irgendeiner Weise von Alexander, der Patienten manipuliert hatte, um etwas von ihnen zu erhalten? Der sie selbst geblendet hatte bis zum Schluss, weil ihr, Jona, alles an ihm gefallen hatte. Nicht nur sein Aussehen, auch die Art, wie er seine Worte wählte. Der sie nicht ein einziges Mal mit privaten Sorgen belästigt hatte wie viele der monatsweise eingestellten Praktikanten. Und der nie ihre Arbeit hinterfragt hatte.

Betäubt starrte sie auf ihre Bluse, die sich wie ein Blutfleck über die Holzdielen ergoss, bis die rauchige Stimme Anna Sturms sie aus ihren Gedanken riss. Jetzt erst bemerkte sie, dass sie die ganze Zeit den Hörer fest an ihr Ohr gepresst hatte.

„Es tut mir leid, Frau Sturm", mit den Fußzehen schob sie die Bluse unter den Bauernschrank, „ich kann verstehen, dass

Ihnen das alles seltsam vorkommt. Das ist es auch. Ich verspreche Ihnen, dass Sie die Erste sind, die die vollständige Wahrheit erfährt, wenn ich von meiner Schweigepflicht entbunden bin. Also dann."

„Hey, Moment mal. Kann es sein, dass Sie mich beschatten lassen?"

„Wie bitte?"

„Der Typ, der gestern aus Ihrem Haus gekommen ist, so gegen zehn."

„Ron", sagte Jona tonlos.

„Genau. Der saß neulich im Café an der Theke und hat mich beobachtet." Anna senkte die Stimme. „Das war der Freak mit der Gartenhütte, Sie wissen schon. Arbeitet der für Sie?"

„Das ist nicht Ihr Ernst, oder?" Für einen Moment verspürte sie den Wunsch, ihr Handy einfach zuzuklappen und in den hintersten Winkel der Wohnung zu schleudern. Dann atmete sie tief durch.

„Haben Sie deshalb so lange gewartet, bis Sie bei mir klingelten?"

„Ich musste mich erstmal abreagieren. Hab in der Kneipe gegenüber ein paar Äppler getrunken und versucht, bei Juli anzurufen, aber die war nicht da. Also, was hat es mit diesem Ron auf sich?"

„So viele Möglichkeiten gibt es ja nicht, wenn ein Mann nachts die Wohnung einer Frau verlässt."

Einen Moment war Stille in der Leitung.

„Oh." Im Hintergrund hörte man Besteck klappern, wahrscheinlich stand Anna vor der Terrasse, dann wurde das Geräusch leiser. „Dann sind Sie die Freundin, die sich in eine fixe Idee verrannt hat", sagte sie, „das wusste ich nicht. Sorry." Ein Feuerzeug klickte. „Komme gleich", rief Anna Sturm jemandem zu, bevor sie gut vernehmbar an ihrer Zigarette zog.

„Shit happens", erwiderte Jona.

„Oh ja." Anna lachte leise auf. „Ich muss rein. In meiner SMS stand, dass ich jetzt über Alexander Tesch Bescheid wüsste. Und heute Morgen beim Espresso fragte er, wie gesagt, was ich denn wüsste." Wieder zog sie an ihrer Zigarette und blies den Rauch vernehmlich aus. „Ich habe gesagt, dass Sie mir unter dem Siegel der Verschwiegenheit am Telefon erzählt hätten, er sei zusammengeschlagen worden, aber schon wieder auf dem Weg der Besserung."

Jona spürte, wie ihr Mund trocken wurde. „Und dann?"

„Der wurde panisch, so was von aufgerissene Augen wie der hatte, echt crazy."

„Verrückt, ja." Da war es wieder, das Hämmern in der Brust, das von einer Sekunde auf die andere sein Tempo verdoppeln konnte.

„Und jetzt?", fragte Anna Sturm angriffslustig.

„Ich rufe Sie an, gleich morgen. Morgen Nachmittag. Versprochen."

Ihr Handy umterbrach beim Zusammenklappen so sanft die Verbindung, als wisse es um ihre Zerbrechlichkeit.

Jona kleidete sich an und packte ihre Tasche. Wenn Cornelius Denge nicht einmal vor Anna seine Panik verbergen konnte, musste er unter Hochspannung stehen. Sie hatte sein Kalkül überschätzt und sich die ganze Zeit nur gefragt, ob er für seinen Sohn zu töten bereit sei. Aber in Wirklichkeit ging es darum, wann er die Kontrolle verlieren würde. Das war keine Sache des Willens, sondern reiner Affekt. Bilder überschlugen sich in ihrem Kopf, während sie aus dem Haus eilte und mit Vollgas nach Ginnheim fuhr.

Erst als sie ihre Vespa gegenüber des Krankenhauses abgestellt hatte, zwang sie sich innezuhalten, um ihre Gedanken zu ordnen. So hysterisch, wie sie gerade wirken musste, würde man ihren Worten keinen Glauben schenken. Und was wollte sie überhaupt sagen?

An den knorrigen Baumstamm einer Kastanie gelehnt, sah sie zu, wie Besucher ein- und ausgingen und Patienten in Bademänteln vor der Glastür rauchten. Doch dass sie von hier den Krankenhauseingang im Blick hatte, nutzte nichts mehr. Denge konnte längst da sein und sich als Bekannter von Alexander ausgeben. Bei ihr hatte das ja auch funktioniert. Ob er sich inzwischen wieder unter Kontrolle hatte? Sonst würde er doch sicher auffallen.

Jona suchte in ihrer Handtasche nach dem Kärtchen mit der Telefonnummer, die sie immer bei sich trug, während sich das Szenario vor ihrem geistigen Auge abspielte: Cornelius Denge am Bett von Alexander, an den Beatmungsschläuchen nestelnd.

17 Auf dem Weg der Genesung, das stimmt nicht, der Mann ist krank, er wird die Wahrheit verdrehen. Seine leeren blauen Augen täuschen, sein Mund lügt, sobald er sich öffnet, aber jeder wird dem Heuchler glauben, Polizei und Richter und Gutachter, Therapeuten, alle, statt ihm zu glauben, der die Dinge auf den richtigen Weg gebracht hat.

Der Bolzen der Kabinentür sperrt und schlägt gegen das Schloss. Dumpf hallt der Schlag von den Kacheln wider. Er reißt sich das verschwitzte Hemd vom Leib, stopft es in die Plastiktüte. Das rosafarbene Baumwollshirt riecht nach Keller und schneidet in die Achseln. Schritte von draußen. Stoffraschen, Aufziehen eines Reißverschlusses. Er tritt aus der Kabine. Den Mann am Pissoir ignorieren, im Vorraum Hände waschen, das Gesicht im Spiegel über dem Emaillebecken bleich und glatt. Margot hatte lächelnd über seine rasierten Wangen gestrichen. Margot am Frühstückstisch. Weit weg. Außergalaktisch – Hendriks neues Lieblingswort. Hendrik. Er darf den Jungen nicht verlieren.

Er schnappt die Plastiktüte und passiert das Drehkreuz. In den Augenwinkeln regt sich die junge gepiercte Toilettenfrau hinter der Theke. Beim Zurückschnellen sieht er in ihr verblüfftes Gesicht, das keinerlei Ähnlichkeit mit Anna Sturm hat.

Schweiß bricht ihm aus, er wischt sich die Augen, während er die Treppe zum Hauptbahnhof hinaufsteigt.

In der Bahnhofshalle das gewöhnliche Durcheinander von Koffer ziehenden Menschen und Wartenden. Das Sonnenlicht schickt Lichtspeere durchs Dach.

Seine Augen tasten die Galerie der Läden ab. Die Glasfront eines Bekleidungsgeschäftes ist geöffnet. In der Auslage Krawatten, Hüte, Koffer. Eine Inderin rückt die Sonnenbrillen im Ständer gegenüber der Kasse zurecht und unterbricht ihre Tätigkeit in der Sekunde, in der er über die Schwelle tritt.

„Kann ich helfen?"

„Danke, ich komme schon zurecht."

Mit trockenem Mund taxiert er die Kopfbedeckungen und bleibt an einer Baseballkappe in Armeemuster hängen. Typische Stefanmütze. Wie von alleine rutscht sie aus dem Regal auf seinen Schädel. Die runde John-Lennon-Sonnenbrille aus dem Ständer passt wie die Faust aufs Auge. Die Faust aufs Auge.

Da staunst du Bruder, was? Ich kann auch so aussehen. Sein Spiegelbild zieht eine Grimasse: Das rosafarbene T-Shirt formt seine Muskulatur nach. Turnschuhe, Jeans, Baseballkappe und Sonnenbrille, er könnte für Ende 30 durchgehen.

Im Spiegel trifft ihn der neugierige Blick dunkler Augen, bevor er einen Hundert-Euro-Schein auf die Theke legt und die Boutique verlässt, ohne auf Wechselgeld zu warten.

Die Polizisten am Stehtisch eines Imbissstandes nehmen ihn nicht wahr. Niemand sieht ihn. Er existiert nicht. Ist so unsichtbar für die anderen wie eine Ameise, die man unbemerkt zertritt. Hinter ihm surrt ein Rollkoffer im Takt fremder Schritte. A-mei-se, A-mei-se. Der Sing-Sang verselbständigt sich in seinem Kopf, lässt sich nicht abstellen, auch als er längst abgebogen ist und auf das große Haupttor zusteuert. A-mei-se.

Draußen schlägt ihm Hitze entgegen. Er schwitzt unter der Baseballkappe, aber er braucht sie, sie macht ihn doch unsichtbar. Er verknotet den Henkel der Plastiktüte mit dem Fahrradkorb.

Mutter. Die Freude auf ihrem Gesicht, als er unangekündigt vor ihrer Tür stand. Schlaganfalllächeln, und ihre kalte Abschiedshand in seiner, als er sie nach einer viertel Stunde wieder verließ.

Seine Hand löst die Schlaufen der Plastiktüte. Das ganze Zeug hinter der Unterwäsche im Kleiderschrank, vier Ampullen fallen da nicht auf, knapp 200 Einheiten. Mutter hat sich früher weniger gespritzt und das Zeug insgeheim gehortet. Und es längst vergessen. Das weiß selbst diese Pflegerin nicht, nur der kleine Conni, da staunst du, Stefan, was?

Abgase stehen in der Luft. Du musst jetzt fahren. Die Sonne sticht trotz Kappe, wie festgenagelt steht er da und wartet, dass sich sein rechtes Bein über die Fahrradstange schwingt. Sein Blick wandert zu den Junkies, auf dem Boden Bierflaschen und Schlafsäcke, einer sieht herüber, hält ihn fest mit seinem Blick, während es plötzlich hinter seinen Augäpfeln zu flimmern beginnt. Da, die ersten Kreise, seine Finger klammern sich um den Fahrradlenker, er kneift die Augen hinter der verspiegelten Sonnenbrille zusammen. Es sticht unter seinen Armen, alles ist eng, das T-Shirt aufreißen, Kappe und Brille fortschleudern, in die Schlitze des überfüllten Metalleimers stopfen und dann zu den Drogenabhängigen gehen und... Und was? Plötzlich wird er ruhig, seine Schultern sinken nach unten und eine Kühle breitet sich in seinem Kopf aus. Verwundert registriert er, dass sich die Kreise von alleine aufgelöst haben.

Seine Beine funktionieren wieder. Er besteigt das Rad, fährt die Düsseldorfer Straße Richtung Messe. Alles ist perfekt. Der warme Fahrtwind auf seinem Gesicht, der Rhythmus, in dem er in die Pedale tritt, der um ihn fließende Verkehr.

Der Autostrom teilt sich vor seinem Zweirad. Wundersam. Und an jeder Ampel aufs Neue. Grün. Autos bremsen, eine Schneise öffnet sich, lässt ihn hindurch fahren, um sich hinter ihm wieder zu schließen.

Er spürt die Anstrengung nicht, er denkt nicht, fühlt nicht. Er ist einfach eins mit allem. Er ist alles. Ist die graue Asphaltstraße, das eiserne Monumental des Hammering Man vor den Toren der Messe, die Häuserfassaden links und rechts der

Straße. Es geht alles aus ihm hervor und durch ihn hindurch. Atmen. Pedale treten. Atmen.

In seinem Kopf Watte, und darin leise diese Melodie, die ihm jemand in den Kopf summt. Wie auf Wolken tragen ihn die Reifen. Er ist verschmolzen mit allem. Niemand sieht ihn, ihn gibt es gar nicht, und wenn in einer halben Stunde alles vollbracht ist, hat es ihn nie gegeben.

Du bist Gott. Du bist ein Niemand. Du bist das Rauschen in den Ohren, eine feuchte Hand, um den Plastikhenkel einer Tüte geklammert, eine Erscheinung, die sich nach Erledigung ihrer Aufgabe einfach auflöst.

18

Jona drückte die Zigarette am Betonpfeiler aus und ließ sie zu Boden fallen. Es war ein Uhr mittags, das Sonnenlicht knallte auf den Asphalt, doch im Schutz der Kastanie war die Hitze erträglich.

Sie hatte Glück gehabt, dass es Doktor Albert war, der ans Telefon der Intensivstation gegangen war. Derselbe Arzt, der sich am Samstag ihre Bitte notiert hatte, sie zu informieren, wenn Alexander Besuch bekam. Nein, nichts, sonst hätte er sich gemeldet, hatte er ihr mit einer Stimme berichtet, die klang, als rezitiere er einen vorgegebenen Text. Erneut ging Jona in Gedanken das seltsame Gespräch mit dem Arzt durch. Vermutlich täuschte sie sich, und Dr. Albert war einfach nur überarbeitet. Vor ihr knatterte eine Oldtimerkolonne vorbei und nahm ihr die Sicht auf den Eingang. Wie oft hatte sich die Glastür des Krankenhauses schon auf- und zugeschoben, seit sie hier stand. Es herrschte ein Betrieb, als sei das Krankenhaus ein Ausflugsziel und nicht der Ort, an dem ein 31-jähriger Psychopath künstlich beatmet wurde.

Psychopath. Wie wurden Menschen so? Menschen, die andere in den Abgrund rissen, ohne selbst auch nur den geringsten Skrupel zu spüren.

Wieder dachte sie an das sympathische Lächeln ihres Angestellten, das ihr jeden Montag in ihrer Teamsitzung begegnet war. So musste er die Patienten angesehen haben, während er sie im selben Moment manipulierte.

Es war ein Wunder, dass bisher niemand hinter seinen wahren Charakter gekommen war. Nein, kein Wunder. Sie spürte, wie etwas an ihrer Kopfhaut zog, und fuhr sich nervös mit einer Hand durch das kurze Haar. Es war Fahrlässigkeit. Ihre Fahrlässigkeit.

Was, wenn ihr Plan aufgegangen und Hendriks Vater noch vor ihrem Erscheinen im Krankenhaus aufgetaucht wäre? Oder irgendwann später auftauchte, wenn sie nicht mehr da war? Sie konnte nicht ewig hier stehen und aufpassen, und wenn sie nicht bald etwas Essbares zu sich nahm, würde ihr Kreislauf kollabieren. Die Sache war außer Kontrolle geraten. Genau wie damals. Unwillkürlich blieb sie stehen und starrte auf den kastenförmigen Krankenhausbau jenseits der Straße.

Psychopathen besaßen kein Gewissen und beschäftigten sich nicht mit den Konsequenzen ihres Handels. Sie hingegen wusste genau, was sie tat. Erneut setzte das schmerzhafte Stechen unter ihrer Kopfhaut ein.

Und mit ihm die Einsicht, dass sie schon viel zu lange gewartet hatte. Gleich nach dem zweiten Klingelton war Ulf Steiner am Apparat. Er schien nicht überrascht, sie zu hören, und fragte ohne Umschweife, ob es nun doch Neuigkeiten in der Sache ihres Mitarbeiters gäbe.

„Ich weiß nicht, wo ich anfangen soll." Ihr Blick flüchtete zu einem Liebespärchen, das sich an der Krankenhauspforte innig umschlang.

„Ich brauche Hilfe."

„Ja?"

Ihr Mund öffnete sich, schloss sich wieder.

„Ich habe mich getäuscht", sagte sie schließlich und vernahm ein leises Räuspern in der Leitung.

Die Luft, die sie einatmete, schien aus Blei. „Ich hatte eine Theorie, die auf Beobachtungen fußte. Und auf Recherchen."

Statt einer Antwort hörte sie ein Knistern im Apparat, dann eindeutig das Ticken eines Blinkers.

„Sitzen Sie im Auto?" Mit der freien Hand schirmte sie ihre Augen ab und beobachtete, wie ein Radfahrer mit Baseballkappe an den Fahrradbügeln abbremste.

„Ich bin unterwegs, aber reden Sie ruhig."

Reden. Ja. Nur wie beginnen? Ihr Herz flatterte, während sie nach Worten für das Unerklärliche suchte und der Mann auf der gegenüberliegenden Straßenseite sein Fahrrad anschloss.

„Also. Ich hatte einen jugendlichen Patienten im Verdacht. Sie wissen schon, das Mobbingopfer. Als Einziger von allen fragte er nach einem Termin bei mir, und ich wusste, dass Übergriffe... Also Übergriffe vonseiten meines Mitarbeiters, nein, ich wusste es nicht, aber aus den Patientenakten ging hervor, dass... Hören Sie, vielleicht ist es doch besser, wenn wir persönlich reden. Ich bin..." Sie stockte und fixierte den Mann mit der Baseballkappe, der mit steifem Gang auf das Krankenhaus zulief, jeder Schritt so kontrolliert, als halte er mühsam seine Persönlichkeit zusammen.

„Oh nein. Das ist er."

„Bitte?"

„Cornelius Denge. Er hat sein Aussehen verändert, ich glaube, er steht unter Schock. Ich muss auflegen."

„Sie gehen nicht ins Krankenhaus."

„Woher wissen Sie...?"

„Das klären wir später."

Jenseits der Straße öffnete sich die Schiebetür zur Klinik und verschluckte die hölzern wirkende Gestalt. Wie eine Marionette. Entsetzt sah Jona ihr nach.

„Ich muss verhindern, dass etwas passiert."

„Es ist längst jemand in Zivil von uns dort postiert. Ich bin da. Warten Sie unten am Eingang."

Betäubt drückte Jona das Gespräch weg. Deswegen [hatte de]r Kommissar so lange nichts von sich hören lassen. Sie [steckte ih]r Handy in die Umhängetasche und starrte auf die [Pfor]te des Krankenhauses, wie lange, wusste sie nicht. [Ge]danken stürzten auf sie ein, bis sich endlich einer herauslöste. Ihre Rechnung war aufgegangen. Was auch immer an jenem Dienstag vor zwei Wochen geschehen war, Cornelius Denge wollte die Erinnerung daran auslöschen, die Erinnerung, die in Teschs schlafendem Gehirn eingeschlossen war und nur ans Licht gelangte, wenn er aus dem künstlichen Koma geholt werden konnte.

Während sie versuchte, sich das Szenario vorzustellen, das sich gerade auf der Intensivstation abspielen mochte, bog ein alter Mercedes um die Ecke, hielt am Seitenstreifen und entließ Steiners schlanke Gestalt.

Jona spürte, wie ihre Beine sich von selbst in Bewegung setzten.

Die Miene des Kommissars verriet nicht die geringste Gefühlsregung. Blaue Jeans, ein weißes, kurzärmeliges Hemd, Turnschuhe, nichts wies darauf hin, dass es sich um einen Kripobeamten handelte. Sie atmete tief durch und blieb zwei Meter vor Steiner stehen.

„Wer hat Ihnen den Tipp gegeben?"

„Sie selbst."

„Falsch. Ich wollte das tun, sobald ich mir sicher war. Aber ich konnte doch niemanden vorschnell verdächtigen."

„Nachdem Sie mir gestern erzählten, es gäbe vielleicht bald Gesprächsstoff, bin ich hellhörig geworden. Ich zog in regelmäßigen Abständen Runden um das Krankenhaus, und jedes Mal stand Ihre Vespa davor. Außerdem hatte ich ein interessantes Gespräch mit dem Stationsarzt der Intensivstation. Und da ich einen kleinen Einblick in Ihr engagiertes Wesen erhalten durfte...", die Augen hinter den Brillengläsern blinzelten nur für den Bruchteil einer Sekunde, „... habe ich jemanden in Zivil auf der Intensivstation postiert. Zur Sicherheit."

Jona schloss ihren Mund, der sich von selbst geöffnet hatte. Natürlich. Wie konnte sie so naiv sein, zu denken, ein Kripobeamter ließe sich am Telefon einfach so abwürgen. Beobachten und zuhören sei ihr Job, hatte sie ihm gesagt und dabei vergessen, dass es genau diese Attribute waren, die einen guten Kommissar auszeichneten.

„Und danach haben Sie mich beschattet."

„Nein. Hätte ich sollen?" Er sah ihr ins Gesicht. „Sie werden mir Ihre Erkenntnisse bestimmt bei Gelegenheit darlegen. Kommen Sie."

Er bot ihr den Vortritt. Zögernd trat Jona in das lichtdurchflutete Krankenhausfoyer.

Zum ersten Mal verfluchte sie ihre auffällige Erscheinung, die sich noch nie in ein neutrales Ambiente eingefügt hatte, und auch jetzt würde sie nicht unbemerkt der Gegenüberstellung mit Cornelius Denge entfliehen können. Schon alleine das Quietschen der Turnschuhe bei jedem Schritt. Sie setzte ihren Fuß betont sanft auf den Linoleumboden. Und dann sah sie ihn.

Neben einem Kripobeamten in Zivil erschien Cornelius Denge am Ausgang der Intensivstation. Nur die unnatürliche Haltung seines rechten Armes verriet, dass er durch Handschellen an den Polizisten gefesselt war. Die Baseballkappe tief ins Gesicht gezogen, ließ er sich widerstandsfrei abführen und hob erst den Kopf, als er unmittelbar vor ihr stand. Er glich auf verblüffende Weise dem Portrait, dass sie in der Gartenhütte von ihm gemalt hatte: verletzlich, die Augen schräg gestellt mit Fältchen um den Mund, die durch das glatt rasierte Kinn sichtbar waren.

„Insulin." Der Arm des Kripobeamten, an dem eine Plastiktüte baumelte, schnellte in die Höhe. „Das hätte nach Aussage des Arztes innerhalb kurzer Zeit zum Tod geführt."

Jona beachtete weder den Polizisten noch Steiner. Ihre Aufmerksamkeit galt allein dem Mann, dessen Persönlichkeit sie seit zwei Wochen in Atem hielt. Sie kannte nur einen Bruchteil seiner Geschichte, nur den Teil, den ihr Stefan Denge zugetragen hatte: Neid und das Gefühl, auf der Verliererseite zu stehen. Es hatte sich aufs Neue bewahrheitet.

„Es tut mir leid." Sie streckte ihm die Hand entgegen, ließ sie wieder sinken, als er keine Notiz davon nahm. „Das war ungeheuerlich, was mein Kollege fabriziert hat. Ich werde Sie mit meinen Aussagen so gut wie möglich unterstützen, ich..."

Jona folgte seinem Blick, der auf etwas in ihrem Rücken haftete und fühlte das gleiche Entsetzen, das sich in seinem Gesicht widergespiegelt hatte. Instinktiv wandte er seinen Kopf ab, doch Hendrik hatte sie schon entdeckt. Rotgesichtig, atemlos, die hellbraune Haarsträhne über dem linken Auge, kam er auf sie zugelaufen. Niemand sagte etwas. Es war offensichtlich, dass der Jugendliche die Situation erfasst hatte.

Mit der freien Hand zog Cornelius Denge die Baseballkappe von seinem Kopf.

„Du musst jetzt keinen Gewalttäter mehr decken."

Hendrik schwieg.

Vom Treppenaufgang kamen zwei Krankenschwestern schwatzend herunter, ohne sie zu beachten. Ulf Steiner sah kurz zu ihnen herüber, bevor er sich wieder Vater und Sohn zuwandte.

„Was machst du hier?", fragte er den Jugendlichen sanft.

„Ich bin an allem schuld."

„Bist du nicht."

Denges Stimme klang so dünn, als hingen die Worte an einem Faden. Niemandem entging der beschwörende Blick, am allerwenigsten Steiner, der sich zwischen die beiden schob.

„Was meinst du damit?"

„Das geht Sie nichts an." Cornelius Denge zerrte an den Handschellen.

„Da irren Sie sich. Aber das besprechen wir im Präsidium."

„Ich wollte nur meine Wut loswerden. Therapeuten darf man doch alles anvertrauen", sagte Hendrik mit rauer Stimme.

„Wut?", fragte Ulf Steiner.

Schräg hinter dem Kommissar stehend, konnte Jona am Profil des Jugendlichen jede noch so kleine Veränderung ablesen. Das war nicht der gleiche 16-Jährige, der vor einer Woche verstockt bei ihr in der Praxis gesessen hatte und ihren Fragen ausgewichen war. Auch sein Vater wirkte erstaunt, als Hendrik einen Schritt auf ihn zutrat und ihn direkt ansah.

„Ich hatte so eine Wut auf dich. Weil du mich immer wie ein Baby behandelst. Ich bin 16! Außerdem wusste ich doch nicht wirklich was. Nur dass es irgendeine krumme Sache war. Und das auch nur, weil du an der Tür „Raus!" geblafft hast. Das habe ich Tesch erzählt. Mehr nicht. Ich wollte nicht petzen."

Cornelius Denge senkte den Blick. Lange Sekunden verstrichen, bevor er seinem Sohn wieder ins Gesicht sah.

„Ich weiß, dass du das nicht wolltest. Hendrik. Ich wollte auch nicht zuschlagen. Mir sind einfach die Sicherungen durchgebrannt. Ich wollte nur mit Tesch reden, ihn von dieser unsinnigen Forderung abbringen. Oder wenigstens einen Beweis sehen. Das Foto."

„Aber er blieb eiskalt. Er lachte Ihnen ins Gesicht", sagte Jona tonlos.

„Er tat gar nichts, außer mich anzusehen. Mit diesem arroganten, verächtlichen Blick." Seine Kiefernmuskeln zuckten. „Es war ihm einfach egal, dass er mein Leben ruinierte. Ich war für ihn gar nicht vorhanden. Und er hatte keine Angst vor mir, überhaupt keine."

„Und da haben Sie die Kontrolle verloren."

Cornelius Denge bedachte sie mit einem langen Blick, bevor er nickte.

„Das heißt, Sie sind erpresst worden", konstatierte Ulf Steiner. „Und weswegen?"

„10.000", murmelte Denge und schüttelte den Kopf.

„Es ging nur um 10.000 Euro?"

„Ja, für den Anfang, stand in dem Brief. Jeder Mensch weiß doch, wie das weitergeht." Denge sah auf und fixierte den Kommissar. „Er hätte mich immer weiter erpresst."

„Und das trotz Schweigepflicht! Unglaublich. Was hatte er denn gegen Sie in der Hand?" Der verständnisvolle Tonfall Steiners besaß nicht die feinste Nuance eines Hinterhaltes, doch Denge hatte begriffen.

„Ich möchte einen Anwalt."

„Kriegen Sie." Steiner legte eine Hand auf den Arm seines Mitarbeiters, der sich bereits anschickte, den Verhafteten abzuführen. „Ein Anwalt steht jedem Menschen in diesem Land zu. Bei uns wird niemand benachteiligt. Aber wenn Sie jetzt freiwillig noch etwas sagen möchten – vielleicht, um Ihren Sohn zu entlasten."

Jona schluckte. Es war unheimlich, mit welch traumwandlerischer Sicherheit der Kommissar Dinge sagte, die Denge provozieren mussten.

„Wir können ohnehin Ihre Konten überprüfen lassen."

„Ja. Das könnt ihr." Denge riss eine Schulter nach vorn und konnte nur im letzten Moment von dem Polizisten an seiner Seite zurückgehalten werden. „Überprüfen, kontrollieren. Aber wenn man jemanden von euch braucht, steht man alleine da."

„Papa."

„Halt dich da raus." Der Kampf zwischen Wut und Verzweiflung war ihm deutlich anzusehen. Doch Hendrik fiel nicht in sich zusammen, sondern holte tief Luft und sah seinem Vater in die Augen.

„Als ich merkte, dass du heimlich an meinem Tagebuch warst, habe ich dich gehasst. Aber als du dann anfingst, mich über meine Sitzungen in der Therapie auszufragen, wusste ich, dass irgendwas passiert war, was mit mir zusammenhing. Ich dachte, du hättest Herrn Tesch angeschwärzt, weil er mich ausgefragt hat und er wäre entlassen worden. Und dann am Samstag…"

Jona fühlte ihre Knie weich werden, als er ihre Begegnung auf dem Schulhof aus seiner Sicht schilderte. Noch zu gut war ihr der entsetzte Gesichtsausdruck des Jugendlichen im Gedächtnis und der raue Tonfall, mit dem er fragte, an welchem Tag sein Therapeut zusammengeschlagen worden sei.

„Hendrik." Denge hob beschwörend den Arm, der nicht durch die Handschellen fixiert war. „Der Mann, dem du vertraut hast, ist ein Schwein."

„Ein Psychopath." Jonas Wangen brannten, während sich ihr alle Blicke zuwandten. „Ich habe es erst durch die ganzen Vorfälle begriffen. Und nach dem Gespräch mit seinem Vater."

„Darauf kommen wir später zurück", sagte Steiner, in dessen Stimme Verärgerung mitzuschwingen schien. „Und was taten Sie, als Ihnen bewusst wurde, dass Ihr Vater damit zu tun hatte", fragte er den 16-Jährigen.

„Ich hatte Angst. Und dann rief Stefan mich an. Mein Onkel."

Hendrik knetete mit einer Hand den Träger seines Rucksacks, während er seinen Vater fixierte. Seine Augen flackerten unruhig.

„Ich weiß, dass du am Dienstagabend nicht mit Stefan zusammen warst. Er hat mir erzählt, du hättest dich betrunken. Alleine."

„Das hat er gesagt?" Jona sah die Kränkung in Denges Gesicht, die auch Hendrik nicht entgangen war. Leise fügte er hinzu, dass sein Onkel ja nicht wissen konnte, was die Lüge bedeutete.

„Was weiß der überhaupt, der Schmarotzer? Heiratet eine mit Geld Gestopfte, Beruf Tochter. Milena hat ihm den Durchbruch für seine sogenannte Kunst verschafft. Und wenn er mal ein paar Aktien kauft, klettern die, dass man meint, der Allmächtige selbst habe mitspekuliert. Und ich..." Seine Schultern sackten nach unten und spiegelten auf frappierende Weise die Haltung seines Sohnes. „Ich falle auf so ein Börsenschwein rein." Sein Blick streifte Jona. „Das sind die wirklichen Psychopathen. Für den bin ich einfach ein Statist, den man ausnimmt, ein Nichts."

„Du bist mein Vater."

Hendrik wurde rot. Seine Worte schienen sämtliche Geräusche mit einem Schlag gelöscht zu haben. Hilflos standen sich Vater und Sohn gegenüber, unfähig zu einer Umarmung, einem versöhnlichen Wort.

„Ich würde vorschlagen, wir setzen die Unterhaltung im Präsidium fort." Wieder der ruhige, bestimmte Tonfall Steiners.

„Ich gehe mit", sagte Hendrik rasch. „Wegen mir hat das alles angefangen."

Nein, wegen mir, dachte Jona und verfolgte beklommen, wie Steiner nach kurzem Überlegen nickte und seinem Mitarbeiter ein Zeichen gab, bevor er sich ihr zuwandte.

„Bitte kommen Sie morgen früh ins Präsidium. Melden Sie sich beim Empfang. Um neun. Ich hole Sie ab."

Das angedeutete Lächeln vermochte nicht über die reservierte Körperhaltung des Kommissars hinwegzutäuschen. Jona sah der kleinen, ungleichen Gruppe hinterher, die das Krankenhausfoyer durchquerte und den Ausgang passierte, bis die Glastür sich hinter ihnen schloss. Sie war alleine, wie so oft, nur dass es ihr diesmal schmerzhaft bewusst war. Alles, war ihr von dem Fall blieb, war ihr bewusstloser, psychisch kranker Mitarbeiter. Und ihr Geständnis am morgigen Tag. Wie in Trance setzte sie sich in Bewegung, ohne zu wissen, wohin sie eigentlich sollte.

In ihre Praxis würde sich zukünftig wohl kein halbwegs gesunder Mensch mehr verirren, und zu Hause wartete nur Mister Bones.

Zu Ron?

Sie hatte nicht die geringste Ahnung, wo er sich gerade aufhielt.

Lu? Ihre Schwester?

Nein.

Als ihr plötzlich das selbstgezimmerte Gartenhäuschen einfiel, löste sich die Spannung in ihren Gliedern und sie beschleunigte ihre Schritte.

19

Über der Gartenanlage östlich der Autobahn lag der Geruch von gegrilltem Fleisch, Rauch zog sich hier und dort wie ein loses Band ins Himmelsblau, und im Schatten der Büsche standen Plastikwannen mit gekühlten Getränken. Jona blieb stehen und spürte unter ihren Fußsohlen das stachelige Gras, während sie die Idylle in sich aufnahm. Diese Stimmung war unwirklich. So leicht und perfekt, dass es beinahe wehtat. Alles wucherte. Der Löwenzahn am Rande des Weges, Gänseblumen, Farn und die dicken Büsche von Rhododendren, deren violette Blüten aus dem Gitter eines Gartens ragten. Sie fühlte sich wie ein Fremdkörper in all der Harmonie.

Während sie ihren Garten betrat, fragte sie sich, wie wohl der Ort aussehen musste, in den sie sich perfekt einfügte.

In der Laube riss sie das Fenster auf. Seit sie Cornelius Denges Portrait in den Verschlag am Komposthaufen gesperrt hatte, war sie nicht mehr hier gewesen, in ihrem geschützten Raum, in dem es früher, in einem anderen Leben, wie ihr schien, weder Zeit noch Außenwelt gegeben hatte, und in den vor zwei Wochen jäh die Wirklichkeit eingebrochen war.

Sie legte ihre Tasche auf den geblümten Gartensessel. Frische Wäsche, der Terminkalender, Fingerfood und eine Flasche gekühlten Chateau d'Yquem Jahrgang 1970, ihrem Geburtsjahr. Sie hatte sich nach einem Erschöpfungsschlaf und einer anschließenden Dusche in ihrer Wohnung mit dem Wichtigsten eingedeckt und war gut ausgerüstet für einen langen Abend. Sie entkorkte die Flasche, zögerte einen Moment und prostete mit dem türkischen Teeglas, das sie zur Hälfte mit dem Süßwein gefüllt hatte, den Fotogesichtern an der Wand zu.

Von Lebenserfahrung und Arglosigkeit sollte der Portraitzyklus handeln, der aus den Fotovorlagen entstand. Unversehrte und gebrandmarkte Seelen. Ihr Blick suchte das Konterfei der

30-jährigen, eigentlich hübschen Frau, das sich durch einen Wutanfall in eine Fratze verwandelt hatte. „Inferno" war der vorläufige Titel dieses Portraits, das sie nicht hatte beginnen können, weil bereits alles auf den beiden Fotos abgebildet war.

In der Spiegelung der geöffneten Fensterscheibe musterte sie ihre eigenen Gesichtszüge, die grünen Augen, die im Zusammenspiel mit ihren dichten Brauen noch intensiver hervorstachen und ihren vollen, breiten Mund. Würde ihr Selbstportrait Oscar Wildes „Bildnis des Dorian Gray" gleichen? Jeder Übergriff eine in die Haut eingegrabene Furche, jede Manipulation ein Kainsmal. Würde sie hässlich werden, wenn sich ihr Inneres nach außen stülpte? Nein. Aber fremd. Sich selbst fremd. Ihr eigenes Portrait würde eine 40-jährige Frau zeigen, in deren Augen Heimatlosigkeit lag. Weder Trotz noch Bedauern, nur eine Sehnsucht, die versprengten Teile ihrer Persönlichkeit wieder zusammenzufügen und der Mensch zu werden, der sie früher gewesen war. Bevor sie versteckte Interviews mit Betroffenen geführt und Beweismaterial zerstört hatte, bevor sie in eine fremde Wohnung eingedrungen war und Patienten instrumentalisiert hatte. Die Hecke wilder Rosen, auf die sie starrte, verschwamm vor ihren Augen, eine hellgrüne Fläche mit rosa Klecksen, von der sie sich langsam abwandte.

Sie hatte Verrat an allem begangen, was ihr einmal heilig gewesen war.

„Grins nicht so."

Mit zwei Schritten stand sie bei der Wand, fegte die Aufnahme eines lächelnden Mannes herunter und zerriss sie. Ihm folgte das Mädchen mit Zöpfen, das makellos konturierte Gesicht einer Afrikanerin, und schließlich die komplette Reihe der Fotos, deren Fragmente nach und nach den Holzboden übersäten.

Der Wind trug Gelächter und den Geruch verkohlter Bratwürste über die Gartenanlage.

Jona starrte auf das Chaos zu ihren Füßen. Im Lichtkegel der Sonnenstrahlen tanzten die Staubpartikel wild durcheinander. Sie würden sich beruhigen, sich auf die Fotoschnipsel niedersenken und mit der Zeit eine Staubschicht bilden, die die Geschichte allmählich unter sich begrub. Als ihr Blick auf die zwischen Couch und Weinkisten eingeklemmte Staffelei fiel, wusste sie plötzlich, was sie zu tun hatte.

Im Holzverschlag hinter dem Komposthaufen war es stickig. Jona sank auf den Boden und überließ sich für einen Moment den Erinnerungen an die letzten Stunden. Ihr Herz flatterte, der Kopf suchte Halt an einer Holzlatte, benommen von einem plötzlichen Schwindel. Vielleicht eine Reaktion auf die Ausdünstungen der Farbe. Nein, sie wusste es besser. Langsam zog sie das Laken von der Leinwand. Selbst hier im Halbdunkel sprang die Ähnlichkeit mit dem vor zwei Stunden Abgeführten sofort ins Auge. Cornelius Denge hatte sich durch seine äußerlichen Veränderungen nicht getarnt, sondern im Gegenteil demaskiert.

Ihr Unterbewusstsein schien früh begriffen zu haben, dass es seine Verletzlichkeit und gleichzeitig die Verbindung zu Hendrik war, die sich in dem Gesicht widerspiegelte.

Mit dem Fuß schob sie die Holztür weiter auf. Ein tellergroßes Spinnennetz schillerte in der Ecke. In wenigen Minuten würde die Dunkelheit das Netz erneut verschlucken, ebenso das Portrait, das außer ihr niemand zu Gesicht bekommen durfte. Wieso eigentlich nicht? Das Geständnis lag bestimmt schon unterschrieben in einem Aktenordner, und die Wahrheit verschwand nicht, indem man Indizien entfernte, sie ging höchstens nach einer Weile in einen anderen Zustand über.

Denges Wahrheit würde sich von den Fakten auf dem offiziellen Papier stark abheben. Auch sie selbst war ein Teil davon geworden.

Ihre Hand tastete nach der Schere auf dem Wandregal, bekam den Metallgriff zu fassen und zog einen tiefen Schnitt durch die Leinwand. Das war es doch, was sie die letzten zwei Wochen gemacht hatte, nur dass es um Menschen gegangen war, nicht um Bilder. Wie eine Wunde klaffte das zerschnittene Gesicht aus dem Bild.

Licht und Schatten.

Es gehörte immer beides zusammen, das wusste jeder, hatte auch sie gewusst, das erfuhr sie jeden Tag aufs Neue bei ihrer Arbeit.

Wenn du so weitermachst, kannst du deine Praxis bald schließen. Rons Worte, prophetisch und eher ärgerlich hervorgebracht als besorgt.

Eine Stubenfliege flog in den Verschlag und summte durch den kleinen Raum, bis sie sich im Spinnennetz unterhalb des Regals verfing. Wild flatterten die durchsichtigen Flügel, doch der Körper blieb in den Seidenfäden gefangen und verstrickte sich darin mit jeder weiteren Bewegung. Es dauerte nur wenige Sekunden, bis er mithilfe der Scherenspitze befreit war und die Fliege dem Tageslicht entgegenflog.

Jona erhob sich und lief in die Mitte des Gartens. Hinter ihr fiel die schiefe Tür gegen den Holzverschlag. Der knöchelhohe Rasen nahm sie auf wie eine weiche Decke, und die Sonne goss warme Strahlen auf ihre Haut. Sie spürte, wie ihr Körper sich langsam entspannte. Rons Nummer war eingespeichert, ein Knopfdruck, und seine Stimme würde das Schweigen zwischen ihnen beenden. Seit ihrem Streit letzte Nacht schienen Jahre vergangen. Wie konnte er nur mit Anna, einer Frau, mit der ihn nur ein One-Night-Stand verband, über sie reden? Das passte nicht zu ihm. Ob ihm die ganze Sache näher ging, als er zugab? Oder war das pure Arglosigkeit gewesen? Sie mussten reden. Nicht nur über ihre Beziehung, auch darüber, dass sich ihr Leben drastisch ändern würde. Falsch. Es hatte sich schon verändert: durch den Blickwechsel zwischen Cornelius Denge und seinem Sohn, der verzweifelten Suche nach Nähe darin, und durch Ulf Steiner mit seiner feinen, umsichtigen Art, Dinge für sich sprechen und die Wahrheit in ihrer Unvollkommenheit stehen zu lassen. Es gab keinen Grund, sich ihm nicht anzuvertrauen. Sie hatte das von Anfang an gespürt und es sich nur nicht eingestanden.

Sie öffnete die Augen und drückte die Kurzwahl für Rons Nummer. Über ihr zerteilten Flugzeuge das Himmelblau und hinterließen weiße Streifen. Kurs ändern, Koordinaten neu ausrichten, solche Bilder würden Ron gefallen. Sie fragte sich, wie sie das Gespräch beginnen sollte, doch statt einer Begrüßung teilte Ron ihr mit, dass er mit zwei Freunden die letzten Regale des Weinladens anmontiere und im Stress sei.

„Kannst du eine Pause machen und in den Garten kommen, es ist wichtig."

„Irgendwas Schlimmes?"

Sie atmete tief durch. „Nein, aber..."

„Punkt sieben lassen wir den Hammer fallen, dann lade ich die Jungs noch schnell auf eine Pizza ein, und dann komme ich, versprochen."

Im Hintergrund schlug etwas zu Boden, Ron fluchte. Jona hörte ihn atmen, wahrscheinlich hatte er sein Handy zwischen Ohr und Kinn geklemmt. Noch während er sich räusperte, legte sie auf.

Taxi, Weinladen, seine Kumpels, das waren die Fixsterne, um die sein Leben kreiste. Kein Wunder, dass er an ihr vor allem ihr Verständnis und ihre Unabhängigkeit liebte. Nur war ihre Liebe so frei, dass sie sich dabei verloren hatten.

Jona setzte sich auf und warf ihr Mobiltelefon ins Gras. Ihr Verständnis, verflucht, immer das Verständnis für die anderen und dieses ewige Gerede davon, dass die Dinge eben so waren, wie sie waren.

Von niemandem etwas erwarten, niemals enttäuscht sein, nie verurteilen. Und ihre Philosophie, dass es keine Schuld gab, immer nur Sichtweisen, die Taten und Gefühle nachvollziehbar machten. War das nicht letztlich auch ein Vorwand, um sich selbst alles zu verzeihen?

Warum hatte sie damals keine Hilfe geholt? Wem hatte sie etwas beweisen wollen mit ihrer Aktion – Franky, ihrer Schwester, ihren Freundinnen? Oder sich selbst?

Jona ignorierte ihr Handy, das irgendwo auf der Wiese melodisch klingelte. Ihre Gedanken waren bei Franky, dem Prügelknaben ihrer Kindheit und Jugend.

Es war an einem Sommernachmittag 1986 gewesen, als die Halbstarken zwei Häuserblocks weiter ihm eine Lektion in punkto Sportlichkeit erteilt hatten. Seine letzte.

Jona konnte das abgesperrte Schulgelände so deutlich vor sich sehen, als sei sie gestern erst dort gewesen, selbst der kalkige Geruch des Mauerwerks saß ihr wieder in der Nase. Die Sporthalle war in ein Gerüst gekleidet, die untersten Bretter hatte das Bauamt abschlagen lassen, damit niemand auf die Idee kam, hinaufzuklettern. Doch Franky kauerte mit gesenktem Kopf auf einem Holzbrett des Gerüsts zehn Meter über dem Boden.

„Die haben den hochgetrieben", flüsterte Iska, Jonas Schwester, und zerquetschte das Päckchen Zigaretten, von dem sie zusammen mit Freundinnen dort heimlich hatten rauchen wollen, in ihrer Hand. Auch Katja und Sabine, die Zwillinge von nebenan, starrten nach oben. Jona wagte sich die Szenerie kaum auszumalen. Ein panischer Junge, der auf der Flucht vor Schlägen und Tritten seinen massigen Körper in die Höhe hievte. Wie lächerlich musste der Anblick gewesen sein, und um wie viel erniedrigender musste es sich anfühlen, unter den Augen Schaulustiger vom Gerüst geholt zu werden.

„Lass uns Papa holen", raunte Iska so leise, als könne man ihre Worte noch zehn Meter weiter oben hören, während Katja laut Frankys Namen rief. Doch der Junge antwortete nicht, reglos verharrte er auf seinem Brett und tat so, als gäbe es ihn nicht. Offenbar hatte er aufgegeben. In Jona dagegen bäumte sich alles auf. Prüfend rüttelte sie an den Stahlstreben des Gerüsts. Sie war 14, sportlich und kräftig. Wenn jemand verhindern konnte, dass der dickliche Junge dem Spott des ganzen Viertels ausgesetzt wurde, dann sie. Schließlich hatte sie ihn schon öfter beschützt.

Mit einem Klimmzug begann sie, sich an der Eisenstange hochzuziehen. „Jo, lass den Quatsch", rief Iska erschrocken, und die Zwillinge sahen ihr mit offenen Mündern zu. Es war kein Laut zu hören, nichts außer dem feinen Rieseln des Rostes und dem Ächzen des Eisengestänges. Sie kämpfte sich an der Stahlstrebe zur nächsten Plattform und von dort verbissen weiter nach oben, sie, Jona, die Große, die Unbeugsame, wie pure Energie durchströmten die Worte sie, Jona, die Heldin, deren Armmuskeln allmählich zu zittern begannen, bis plötzlich das Brett, auf dem sie sich abstützen wollte, unter ihrem Fuß wegbrach. Gerade noch konnte sie sich zu der Planke auf der anderen Seite schwingen. Da lag sie, den Körper fest aufs Holz gepresst, um das Gleichgewicht zu halten. Als sie Frankys panisch aufgerissenen Augen zwei Meter über sich sah, begriff sie, dass die Lage außer Kontrolle geriet. Dass sie die Dinge außer Kontrolle gebracht hatte. Der dicke Franky schien aus seiner Trance erwacht. Wie ein Hund kniete er auf allen vieren und beugte seinen Kopf nach vorn, um in die Tiefe zu sehen. Am Fuße des Gerüsts stand Iska und blickte wie versteinert nach oben. Ab da hatte sie nur noch bruchstückhafte Erinnerungen. Eine Stange sprang aus ihrer Verankerung, irgendwas schlug mit einem metallischen Klingen auf den Steinboden, dann folgte ein dumpfer Aufprall.

Unwillkürlich zuckte Jona zusammen. Die friedliche Gartenidylle der Gegenwart ließ die Erinnerung unwirklich erscheinen, und dennoch saß ihr der Aufprall im Ohr. Ein solches Geräusch hatte sie vorher noch nie gehört, und doch wusste sie, was es bedeutete. Gleich darauf erfüllte ohrenbetäubendes Scheppern die Luft, mehrere Bretter stürzten in die Tiefe. Als sie ihre Augen wieder öffnete und nach unten schielte, sah sie die Mädchen im Halbkreis um Frankys gekrümmten Körper stehen.

Wie sie die intakte Seite des Gerüsts hinuntergekommen war, wusste sie nicht mehr. Sie konnte sich nur an den Moment erinnern, an dem sie festen Boden unter den Füßen spürte, den sie bei dem Anblick des Jungen sofort wieder verlor.

Der dicke Franky regte sich nicht, atmete nicht. Blut lief aus seinem rechten Ohr.

„Du bist nicht schuld." Iska fing an zu weinen. Dann stand der Hausmeister plötzlich hinter ihnen. Als er den toten Jungen sah, legte Iska los. Sie erzählte, dass Franky schon dort oben gesessen hätte, als sie kamen, und dass er abgestürzt sei, als er ihnen etwas hätte zurufen wollen. Dabei blickte sie beschwörend in die Runde. Sabine stimmte ihr als erste zu, schmückte ihren Bericht mit kleinen Details aus. Gleich darauf fiel Katja ein. Bevor sie sich versah, hatten sich alle Iskas Version angeschlossen.

Und sie selbst? Hatte geschwiegen. Wie ein Film waren die Lügengeschichten an ihr vorübergezogen, bis ihre Schwester auf der Rückseite der Halle mit zittriger Stimme auf sie einredete. Das sei schlimm, ja, ganz schlimm, aber nicht mehr zu ändern. Franky sei tot, nichts auf der Welt mache ihn lebendig, auch nicht ein Geständnis. Die Wahrheit helfe niemandem, und außerdem habe er ja von alleine das Gleichgewicht verloren. Aus Iskas Augen sprach die pure Angst, und dennoch redete sie so vernünftig, wie man es von einer Zwölfjährigen kaum erwarten konnte.

Polizei, Eltern, Nachbarschaft, allen wurde die gleiche Version aufgetischt. Immer wieder. Auch von ihr, sodass sie fast selbst daran geglaubt hätte. Aber nachts im Bett waren die Trugbilder der Wirklichkeit gewichen. Tausendmal war sie in Versuchung gewesen, zu den Eltern des verunglückten Jungen zu gehen und ihnen alles zu gestehen. Aber es war zu spät. Längst war sie ein Teil der Lüge geworden wie jede von ihnen. Nur dass sie Schuld auf sich geladen hatte, auch wenn ihr das damals niemand ins Gesicht gesagt hatte. Es schwang im Schweigen der anderen mit. Iska zog ihre Decke über den Kopf, wenn sie nachts im Bett davon anfing. Dass sie von der Geschichte nichts mehr wissen wollte, hatte Jona ihrer Schwester jahrelang übel genommen.

Sie wühlte ihre Finger ins warme Erdreich und zupfte einen Büschel Gras heraus. Um es sich nicht selbst übel zu nehmen. Um einen Schuldigen zu haben. Der Klumpen Erde in ihren Händen zerbröselte.

Eine Weile saß sie in der friedlichen Naturidylle, umgeben von Grün, vom Grillduft und dem vom Wind herübergetragenen Gelächter der Nachbarsgärten.

Zwischen ihrem einstigen Alleingang und ihren heimlichen Ermittlungen lagen 26 Jahre, und dennoch hatte der gleiche Impuls sie gesteuert. Das Band zur Vergangenheit ließ sich nie ganz kappen: Wie oft hatte sie das Patienten in einer Sitzung mit auf den Weg gegeben – als Motivation, der Wahrheit ins Auge zu sehen. Mit Steiner würde sie ihre Wahrheit morgen teilen, rein und ungeschminkt. Sie mochte ihn, auch wenn sie noch nicht daraufgekommen war, was sich hinter seiner feinen Ironie verbarg. Sie würde die Fotos aus dem Schließfach der B-Ebene holen und sie dem Kommissar samt Schilderung des Geschehens präsentieren. Und gleich nach ihrem Termin im Präsidium würde sie die Kassenärztliche Vereinigung aufsuchen, um auch dort ihre Verfehlungen zu gestehen. Ihre eigene Fahrlässigkeit einräumen, ihren Alleingang dokumentieren, Akteneinsicht gewähren. Inzwischen hatte der Gedanke an Teschs Übergriffe seinen Schrecken verloren. Man würde ihr zu einer Selbstanzeige raten. Die sie bei Steiner zuvor schon getätigt hätte.

Es dauerte eine Weile, bis sie ihr Handy in dem knöcheltiefen Grashalmmeer fand und es mit in die Gartenhütte nahm. Die Abendsonne ließ den Holzboden in warmem Gelb erscheinen. Sie stieg über die verstreuten Fotoschnipsel, befreite den Holztisch von Pinseln und Skizzenheft und drapierte stattdessen Ziegenkäse, Feigen, Olivenbrot und Zartbitterschokolade neben den Eiskühler mit dem Süßwein. Erst als sie die Carmina Burana-CD in den Player eingelegt hatte, ließ sie sich in den Gartensessel fallen. Den Patienten für diese Woche musste sie telefonisch absagen, alle weiteren Termine ließen sich schriftlich verschieben, morgen, in Ruhe, wenn alles vorbei war. Sie brach ein Stück schwarze Schokolade von der Rippe, schob es sich in den Mund und nippte am Süßwein. Es würde eine lange Nacht werden, vielleicht die schonungsloseste ihres Lebens. Angst jedoch verspürte sie nicht.

Epilog

Mein lieber Hendrik,
vor einer Stunde hat sich die Tür endgültig hinter mir geschlossen. Du bist bestimmt schon zu Hause und hörst Musik, vielleicht sitzt Margot neben dir am Bettrand. Werdet ihr jetzt ohne mich wieder zu der Familie, die wir schon seit zwei Jahren nicht mehr sind?

Ich hätte nie gedacht, dass es soweit kommt, aber die haben es geschafft, uns auseinanderzubringen, die haben mir alles genommen. Dir auch. Du bist jetzt der Sohn von jemandem, den sie zum Kriminellen machen.

Hendrik. Ich hatte nie vor, an diesem Dienstag vor zwei Wochen in deinem Tagebuch zu lesen, das musst du mir glauben. Aber ich war so hilflos wegen dieser Erpressung. Nur deswegen kam ich auf den Gedanken, dass du dahinterstecken könntest. Aus Rache für meine Grobheit. Und weil ich dich so oft unter Druck gesetzt habe. Dann kam mir die Idee, dass deine Mitschüler dich zwingen könnten, ihnen Geld zu beschaffen. Und du dich durch Geschenke beliebt machen wolltest. Ich dachte im Ernst, du seist es, der mich erpresst. Und dann las ich, dass du deinem Therapeuten von der Sache erzählt hast.

Ich weiß nicht, was du jetzt über mich denkst, bitte versteh doch. Es blieb mir keine andere Wahl, als die Dinge selbst in die Hand zu nehmen. Ich wollte nur unser Erspartes zurückholen, das man mir aus der Tasche gezogen hat: erst der Broker, dann die Bank und dann auch noch Tesch.

Und unsere Familie retten. Von dieser kranken Gestalt befreien, die sich Therapeut nennt und dabei war, systematisch alles zu zerstören, was wir uns aufgebaut haben.

Aber in diesem Land werden die Täter geschützt, nicht die Opfer.

Morgen werde ich dem Richter vorgeführt.

Ich bin erschöpft. Die ewige Heimlichtuerei, die schlaflosen Nächte, dazu jeden Tag die Angst, dass alles rauskommt. Und nie darüber reden können. Dabei habe ich dir vertraut, Hendrik, wirklich.

Denk mal an letzte Woche, nachts im Wintergarten. Die Unterlagen, die ich dir gezeigt habe, da stand alles drin. Du hättest mich nur zu fragen brauchen. Karten auf den Tisch, habe ich gesagt, aber du wolltest nicht. Warum nicht?

Mit ein bisschen Glück wärst du im nächsten Halbjahr schon in einer Schule im Taunus gewesen, Margot hätte ihren Laden vergrößern können und ich… Ach, wozu die Träumerei? Vielleicht schaffst du es ohne mich auf die Seite der anderen. Halte dich an Margot oder an deinen Onkel, wenn du lernen willst, wie man oben bleibt.

In Liebe, Cornelius

Hallo Papa,
das ist der vierte Anlauf. Briefe schreiben liegt mir nicht.

Nur vorab, ich habe es nie gemocht, Cornelius zu dir zu sagen. Was nutzt dieses Gerede von wegen „auf Augenhöhe", wenn man doch wie ein Kind behandelt wird. Du schreibst von Träumerei, aber wie kann man darin schwelgen, wenn dafür jemand ins Koma geschlagen werden muss?

„Es war ein Affekt" – O-Ton von dir. Ich glaub dir das. Auch dass du nur das Beste für mich wolltest.

Aber in eine andere Schule gehen und deswegen in so einem Kaff zu wohnen? Hast du mich nur ein einziges Mal gefragt, ob ich das möchte?

Und es geht doch gar nicht um Geld oder den Platz in der Gesellschaft. Es geht um dich. Stefan hat mir viel erzählt von früher, auch von euch beiden. Du warst anders als die anderen. Und bist dafür klein gemacht worden. Ein Außenseiter. Da bin ich wohl ein richtiger Horrorsohn für dich.

Stark sollte ich sein, und mir nichts gefallen lassen. Hast du jemals verstanden, dass ich einfach nur in Ruhe gelassen werden will? Und warum hat Wolf seiner Frau nicht einfach gesagt, dass er in der Stadt wohnen will, statt ihr Elternhaus abzufackeln? Und du hilfst ihm beim Betrügen. Echt krass. Und feige. Dass Tesch mein Vertrauen ausgenutzt hat, um an dein Geld zu kommen, ist genau die gleiche Schiene. Ihr seid alle Egoisten. Manchmal braucht man Ellbogen, ein Zitat von dir. Aber ich glaube nicht an so eine Gesellschaft, ich glaube auch nicht an Erfolg durch Leistung und Beharrlichkeit wie Mama. Soll ich dir mal sagen, was ich am Fotografieren so toll finde?

In der Fotografie gibt es kein Oben und Unten. Nur Perspektiven.

Dank

Die Autorin dankt Claudia Struth, Arnd Slegers, Martina Eberhard, Thomas von der Ohe, Pete Smith, Andrea Schaaf, Katja Rinno, André Hecker, Kerstin Schlegel, Alex Roth, Zsóka Palvölgyi, Nicole Helmer und Stefanie Köhler.

Die Autorin

Foto: Maria Harsa

Sonja Rudorf wurde 1966 in Frankfurt am Main geboren. Nach dem Abitur studierte sie Germanistik und schloss mit dem Magisterexamen ab. Durch ein Werkstattstipendium des Literarischen Colloquiums Berlin ermuntert, begann sie mit der Arbeit an ihrem ersten Roman, der im Februar 2000 unter dem Titel „Die zweite Haut" bei Rotbuch erschien. Es folgten Erzählungen und weitere Romane. Sonja Rudorf lebt als Schriftstellerin und Dozentin für Kreatives Schreiben in Frankfurt am Main.

ERHÄLTLICH IM BUCHHANDEL ODER

Pete Smith
Das Mädchen vom Bethmannpark

Unweit des Bethmann-Parks entdeckt ein Anwohner eine bewusstlose junge Frau, die sich, als sie erwacht, an nichts erinnert: weder wie sie heißt, wo sie wohnt, noch was mit ihr passiert ist. Offenbar leidet sie an Amnesie. Während sich Ärzte ihrer annehmen, bemüht sich die Polizei, die Identität der mysteriösen Fremden zu ermitteln. Doch niemand scheint sie zu vermissen... Unterdessen verzweifelt Jakob, Ergotherapeut in der Neurologischen Rehaklinik Kirschwald, zusehends am Schicksal seiner Patienten. Oft erzählt er ihnen Episoden aus den Biografien berühmter Personen und ermuntert sie, vorübergehend in deren Leben zu schlüpfen. So verwandeln sie sich in Edgar Wallace, Albert Einstein oder Coco Chanel, um neuen Lebensmut zu schöpfen. Als die unbekannte junge Frau in die Reha verlegt wird, kreuzen sich ihre Wege. Jakob ist von der geheimnisvollen Schönen auf Anhieb fasziniert. Umso mehr, da sie ihn an die erste Liebe seines Lebens erinnert...

352 Seiten, Broschur, ISBN 978-3-95542-191-5, 12,80 Euro

AUF WWW.SOCIETAETS-VERLAG.DE

ERHÄLTLICH IM BUCHHANDEL ODER

AUF WWW.SOCIETAETS-VERLAG.DE

Maria Knissel
Spring!

Dreißig Sekunden. Nur noch ein einziger Sprung bis zum olympischen Gold ... Ein halbes Leben lang versucht Angelika, den Moment ihres großen Versagens bei den olympischen Spielen zu vergessen. Doch dann kommt die zehnjährige Lian in ihre marode Turnhalle in Kassel. Ein außergewöhnliches Turntalent - und ein sehr ernstes Kind.

In ihrem bewegenden dritten Roman erzählt Maria Knissel, wie sich aus einem Versagen Stärke entwickeln kann.

„Nach diesem Buch werden Sie die Welt des Spitzensports mit anderen Augen sehen. Die Geschichte der Turnerin Angelika hat mich an Vieles in meiner Laufbahn erinnert und zu Tränen gerührt." *(YVONNE HAUG, mehrfache deutsche Meisterin im Kunstturnen)*

288 Seiten, Broschur, ISBN 978-3-95542-144-1, 12,80 Euro